HEYNE<

Sylvia Day

DREAM GUARDIANS

Begehren

Roman

WILHELM HEYNE VERLAG
MÜNCHEN

Titel der amerikanischen Originalausgabe
HEAT OF THE NIGHT – DREAM GUARDIANS 2
Deutsche Übersetzung von Ursula Gnade

Verlagsgruppe Random House FSC® N001967
Das für dieses Buch verwendete FSC®-zertifizierte
Papier *Holmen Book Cream* liefert
Holmen Paper, Hallstavik, Schweden.

Deutsche Erstausgabe 06/2014
Redaktion: Catherine Beck
Copyright © 2008 by Sylvia Day
Copyright © 2014 der deutschsprachigen Ausgabe
by Wilhelm Heyne Verlag, München,
in der Verlagsgruppe Random House GmbH
Printed in Germany 2014
Umschlaggestaltung: Nele Schütz Design, München,
unter Verwendung eines Motivs von shutterstock/alorac
Satz: KompetenzCenter, Mönchengladbach
Druck und Bindung: GGP Media GmbH, Pößneck

ISBN: 978-3-453-53456-8

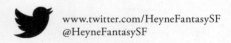

www.twitter.com/HeyneFantasySF
@HeyneFantasySF

www.heyne-fantastisch.de

Für meine Familie, die mich stets so unglaublich unterstützt. Neun Bücher innerhalb eines Jahres zu veröffentlichen ist viel Arbeit, und ihr wart bereit, den Preis mit zu bezahlen. Danke, dass ihr es mir ermöglicht, meinen Traum zu leben. Ihr gebt mir all die Kraft, die ich brauche, und das bedeutet mir unendlich viel.

Ich liebe euch.

Hüte dich vor dem Schlüssel, der sich im Schloss dreht und die Wahrheit enthüllt.

1

Im Zwielicht

Connor Bruce schaltete den Wachposten, der ihm am nächsten war, mit einem perfekt gezielten Pfeil aus einem Blasrohr aus.

Er selbst brauchte keine Sekunde, doch es dauerte ein wenig, bis die Wirkung des Betäubungsmittels einsetzte. Der Wachposten hatte noch Zeit, den Pfeil herauszureißen und seine Glefe zu ziehen, ehe die Augen in seinen Kopf zurückrollten und er auf dem Fußboden zusammenbrach wie eine Pfütze aus roten Kleidungsstücken.

»Tut mir leid, Kumpel«, murmelte Connor, als er sich über den am Boden liegenden Körper beugte und dem Wachposten Funkgerät und Schwert abnahm. Der Mann würde beim Aufwachen nur das vage Gefühl haben, er sei eingedöst, vielleicht aus Langeweile.

Connor richtete sich wieder auf und stieß einen leisen, trällernden Vogelruf aus, um Lieutenant Philip Wager mitzuteilen, dass er sein Vorhaben erfolgreich ausgeführt hatte. Der Pfiff, mit dem ihm geantwortet wurde, verriet ihm, dass auch die anderen Wachposten, die den Tempel umstanden, außer Gefecht gesetzt worden waren. Innerhalb von Momenten scharte sich ein Dutzend seiner Männer um ihn. Sie waren für den Kampf mit dunkelgrauen, eng anliegenden, ärmellosen Tuniken und dazu passenden, lose sitzenden Hosen bekleidet. Connor trug ähnliche Kleidungsstücke, doch seine waren schwarz, um seinen Rang als Captain der Elitekrieger zu kennzeichnen.

»Ihr werdet da drinnen Dinge sehen, die euch erschrecken«, warnte Connor, und als er die Glefe aus der Scheide an seinem Rücken zog, pfiff die Klinge durch die Luft. »Konzentriert euch auf den Einsatz. Wir müssen dahinterkommen, wie die Ältesten Captain Cross von der Daseinsebene der Träumer ins Zwielicht zurückgeholt haben.«

»Ja, Captain.«

Wager richtete einen Infrarotsender auf den massiven roten Torbogen, den *Torii*, der den Eingang zum Tempelkomplex markierte, um vorübergehend die Videokamera zu stören, die jeden Besucher aufzeichnete. Mit einer brodelnden Mischung aus Entsetzen, Verwirrung und Wut blickte Connor zu dem Torbogen auf. Das Bauwerk war so imposant, dass es jeden Wächter zwang, es anzustarren und die Warnung zu lesen, die in der uralten Sprache eingraviert war: *Hüte dich vor dem Schlüssel, der sich im Schloss dreht.*

Jahrhundertelang hatten er und alle Angehörigen seines Teams Jagd auf den Träumer gemacht, von dem es in der Prophezeiung hieß, er käme durch den Traumzustand in ihre Welt und würde sie alle vernichten. Der Träumer, der sie als das ansehen würde, was sie waren – der erkennen würde, dass sie keine Hirngespinste waren, die einer nächtlichen Einbildung entsprangen, sondern echte Wesen, die im Zwielicht lebten – dem Ort, an den sich der menschliche Geist im Schlummer begab.

Aber Connor hatte bereits die Bekanntschaft des berüchtigten Schlüssels gemacht, und die Träumerin war kein Schreckgespenst, das Verderben und Vernichtung brachte. Sie war eine schlanke, aber kurvenreiche blonde Tierärztin mit großen dunklen Augen und einem tiefen Quell des Mitgefühls.

Lügen, nichts als Lügen. All die vielen Jahre waren vergeudet. Zum Glück für den Schlüssel – auch unter dem harmlosen Namen Lyssa Bates bekannt – hatte Captain Aidan Cross, legendärer Krieger und Connors bester Freund, sie als Erster gefunden. Er hatte sie gefunden, sich in sie verliebt und war mit ihr auf die Ebene der Sterblichen durchgebrannt.

Jetzt war es Connors Aufgabe, die Geheimnisse der Ältesten hier im Zwielicht zu entwirren, und alles, was er wissen musste, befand sich im Tempel der Ältesten unter sicherem Verschluss.

Lasst uns gehen. Seine Lippen bildeten die Wörter lautlos.

Mit absolut präzisem Timing eilten sie durch den Torbogen. Sie spalteten sich in zwei Teams auf, die an beiden Seiten des mit Steinen gepflasterten Innenhofs entlangliefen und sich zwischen geriffelten Alabastersäulen durchschlängelten.

Der Wind wehte sachte und trug den Duft naher Blumen und Felder voller wild wachsender Gräser mit sich. Es war die Tageszeit, um die der Tempel für die breite Öffentlichkeit geschlossen war und die Ältesten sich zur Meditation zurückgezogen hatten. Ideal also, um einzubrechen und alle Informationen und Geheimnisse zu stehlen, die sie in die Finger bekommen konnten.

Connor betrat als Erster den *Haiden*. Er hob drei Finger und winkte dann nach rechts, während er selbst sich nach links wandte. Drei Elitekrieger befolgten den stummen Befehl und begaben sich zur Ostseite des runden Raums.

Die beiden Teams bewegten sich innerhalb der Schatten voran, denn ihnen war klar, dass jeder falsche Schritt es den Überwachungskameras erlauben würde, ihren feindlichen Einfall aufzuzeichnen. Inmitten des riesigen Raums warteten halbrunde Reihen von Bänken, dem Säulenzugang zugewandt, durch den sie gerade hereingekommen waren. Die Reihen stiegen über mehrere Stockwerke an, und es gab so viele Bänke, dass die Wächter schon vor langer Zeit aufgegeben hatten, die Anzahl der Ältesten zu ermitteln, die von hier aus über sie herrschten. Das hier war das Kernstück ihrer Welt, das Zentrum von Recht und Ordnung. Der Sitz der Macht.

Als sie im mittleren Gang, der zum *Honden* führte, wieder zusammentrafen, blieb Connor stehen, und die anderen erwarteten seine Befehle. Der Gang nach Westen zweigte zu den Unterkünften der Ältesten ab. Der Gang nach rechts führte zu einem abgeschiedenen offenen Innenhof, der Meditationszwecken diente.

In dieser zentralen Galerie ging es gespenstisch zu. Nach seinem ersten – und bisher einzigen – Einbruch in den Tempel war er vorgewarnt. Seine Männer waren es nicht.

Er sah sie mit einer hochgezogenen Augenbraue an und

ermahnte sie stumm, seinen früher erteilten Befehl zu beherzigen. Sie nickten grimmig, und Connor lief weiter.

Eine Vibration unter ihren Füßen lenkte die Aufmerksamkeit aller auf den Boden. Der Stein schimmerte und wurde durchscheinend, und es sah aus, als hätte sich der Boden aufgelöst – als würden sie jeden Moment in eine endlose Sternendecke hineinfallen. Instinktiv tastete Connor nach der Wand und biss die Zähne zusammen. Dann schmolz der Ausblick auf das All zu einem wirbelnden Kaleidoskop aus Farben zusammen.

»Mich trifft der Schlag«, flüsterte Wager.

Connor hatte genau dasselbe gesagt, als er das erste Mal durch diesen Korridor gelaufen war. Bei jedem Schritt breiteten sich zerfließende Farben in Kreisen aus, was darauf hinzuweisen schien, das irgendetwas auf ihre Anwesenheit reagierte.

»Ist das echt?«, flüsterte Corporal Trent grimmig. »Oder ist es eine Art Hologramm?«

Connor hob eine Hand, um die Männer daran zu erinnern, Schweigen zu bewahren. Er hatte keine Ahnung, was das verdammte Ding war. Er wusste nur, dass er es nicht ansehen konnte, weil ihm sonst schwindlig und übel wurde.

Sie kamen an der Privatbibliothek der Ältesten vorbei und erreichten die Schaltzentrale. Dort befand sich ein Ältester, ein einsamer Wachposten in einem riesigen Raum, dessen hohe Wände von gebundenen Büchern gesäumt wurden und der von einer enormen Computerkonsole dominiert wurde. Wie es bei den Ältesten Brauch war, hatten sie diesen einen Mann zurückgelassen, als sich die anderen für den Nachmittag zurückzogen, und das machte ihn zum bedauernswerten Empfänger eines Betäubungspfeils in den Hals.

Connor schleifte den bewusstlosen Mann zur Seite, um Wager den Zugang zu dem halbmondförmigen Bedienfeld und dem Touchpad freizumachen.

»Ich werde eine Dauerschleife in das Videosystem einfügen, damit ihr nicht aufgezeichnet werdet«, sagte der Lieutenant.

Wager trat vor und machte sich an die Arbeit. Seine Haltung war aufrecht, die Beine leicht gespreizt, und er ging ganz in seinem Auftrag auf. Mit dem langen schwarzen Haar und den stürmischen grauen Augen bot er das Erscheinungsbild eines Deserteurs, das sich mit seinem Ruf als unsicherer Kantonist und wandelndes Pulverfass vertrug. Schon seit Jahrhunderten war er zweiter Lieutenant und nur aufgrund seines sprunghaften Naturells nicht längst befördert worden. Connor hatte ihn kürzlich zum ersten Lieutenant befördert, auch wenn ihm das herzlich wenig nutzte. Sie waren Aufständische, die die sanktionierten Regimenter der Elitekrieger verlassen hatten, um die Rebellenfraktion zu befehligen.

Connor war überzeugt, dass Wager die Sache mit der Datenbank meistern würde. Also stellte er zwei Männer am Eingang auf, damit sie Schmiere standen, und nahm zwei andere mit, um eine methodische Durchsuchung der Räumlichkeiten durchzuführen. Vor nicht allzu langer Zeit war er nur mit Wager als Rückendeckung in den Tempel eingebrochen, doch der kürzlich erfolgte Coup hatte die Ältesten gezwungen, die Anzahl der Wachposten zu erhöhen, was wiederum Connor dazu gezwungen hatte, mit einem Dutzend Männern in den Tempelkomplex einzufallen. Sechs draußen und sechs drinnen.

Sie bewegten sich mit raschen Schritten weiter durch den Gang voran und hielten die Blicke von dem schnell kreisenden Kaleidoskop des Fußbodens abgewandt. Licht strömte durch die Dachfenster über ihnen, und eine Tür aus Klarglas am Ende des Gangs bot einen Ausblick auf das hintere Ende des sonnenbeschienen Innenhofs, der Meditationszwecken diente.

Als sie einen Torbogen erreichten, bedeutete Connor einem der Männer einzutreten. »Achte auf alles Ungewöhnliche.«

Der Mann nickte und betrat den türlosen Raum mit gezogener und einsatzbereiter Glefe. Vor einem anderen Torbogen wiederholte Connor dasselbe mit dem zweiten Soldaten und lief dann allein weiter. Er nahm sich den nächsten Raum vor.

Der Raum lag im Dunkeln, was nicht ungewöhnlich war, da sich niemand darin aufhielt. Dennoch gingen seltsamerweise die Lichter nicht an, als er den Raum betrat. Nur das Licht, das aus dem Gang hereinfiel, ermöglichte es ihm, etwas zu sehen.

Die Mitte des Raums war frei, doch an den Wänden waren gestaffelte Rollwagen aus Metall aufgereiht. Ein medizinischer Geruch hing in der Luft, und als er eine Metalltür mit schweren Riegeln entdeckte, stellten sich ihm die Nackenhaare auf. In den oberen Teil der massiven Barriere war ein Sichtfenster eingebaut, aber er wusste nicht, ob es dazu diente, dass jemand hineinschauen konnte, oder ob es eher dazu gedacht war, dass jemand herausschauen konnte. So oder so stellte die Tür eine Abschreckung dar und bedeutete, dass sie etwas Wichtiges beschützte.

»Was zum Teufel ist da drin?«, fragte er sich laut.

Connor begab sich zu dem kleinen Touchpad in der Ecke und gab rasend schnell Befehle ein. Er musste die verdammten Lichter anbekommen, damit er sehen konnte, womit um alles in der Welt er es hier zu tun hatte. Ein Druckmittel konnte er im Moment gut gebrauchen, und es wäre vorteilhaft, wenn es ihm gelänge, einen wertvollen Gegenstand an sich zu bringen.

Eines der vielen Kommandos, die er eingab, bewirkte, dass die Computerkonsole rasch piepste, dann wurde es langsam heller im Raum.

»Ja!« Er grinste und drehte sich um, weil er sich ein Bild von dem kleinen Raum mit dem Steinboden und den nackten weißen Wänden machen wollte.

Das scharfe Zischen, mit dem Hydraulikdruck abgelassen wurde, ließ ihn zurückschrecken. Irgendwie hatte er es wider Erwarten geschafft, auch die Tür zu öffnen, was alles umso leichter machte.

Was als Nächstes passierte, würde sich für alle Zeiten in Connors Gedächtnis festsetzen. Zuerst ertönte ein Brüllen, das nach einer Mischung aus Wut und Furcht klang. Dann flog die schwere Tür mit so explosiver Kraft auf, dass sie sich in die angrenzende Wand einbettete.

Connor griff nach seiner Glefe. Aber auf die Erscheinung, die sich auf ihn stürzte, war er nicht vorbereitet – ein Körper, der denen der Wächter ähnelte, und doch waren die Augen von reinem Schwarz, und die Zähne hatten heimtückisch scharfe Spitzen.

Connor erstarrte, entsetzt und verwirrt. Es war das schwerste Vergehen, einen anderen Wächter zu töten, und seines Wissens war seit Jahrhunderten kein Mord begangen worden. Das ließ ihn zögern, und so hatte er dem brutalen Stoß nichts entgegenzusetzen und stürzte zu Boden – eine Glanzleistung, die bisher noch niemandem gelungen war, denn er war eigentlich viel zu groß und kräftig.

»Verfluchte Scheiße!«, murrte er, als er so fest auf den Steinboden knallte, dass seine Knochen durchgerüttelt wurden.

Das Ding war über ihm, ein nicht gerade unbeträchtliches männliches Wesen, das von unglaublicher Grausamkeit getrieben wurde. Es fletschte die Zähne und raufte sich mit ihm wie eine tollwütige Bestie. Connor warf sich zur Seite und wälzte sich herum, um die Oberhand zu gewinnen. Er hatte eine Hand um die gespannte Kehle seines Angreifers geschlungen und schlug mit der anderen brutal genug zu, um den Mann k. o. zu schlagen. Er fühlte das Knacken eines Backenknochens unter seinen Knöcheln und das Zersplittern einer Nase, doch die Verletzungen schienen keine Auswirkung zu haben, ebenso wenig wie der Entzug von Atemluft.

Tief in Connors Innerem rollte sich Angst zusammen, jederzeit bereit, emporzuschnellen. Diese schwarzen Augen ohne jedes Weiß waren von brodelndem Wahnsinn erfüllt, und dicke Klauen rissen an der Haut auf seinen Unterarmen. Wie besiegte man einen Feind, der kein Bewusstsein hatte?

»Captain!«

Connor blickte nicht auf. Er rollte sich wieder auf den Rücken und drückte den Arm durch, um das Wesen mit einer Hand an der Kehle und am ausgestreckten Arm weit über sich zu halten. Eine Glefe sauste durch die Luft und säbelte die Schädeldecke des Mannes ab. Geronnenes Blut spritzte in alle Richtungen.

»Was zum Teufel war das?«, rief Trent, der mit der tödlichen Waffe in den Händen direkt über Connors Kopf aufragte.

»Ich will verflucht sein, wenn ich das weiß.« Connor schleuderte die Leiche von sich. Angewidert sah er an sich hinunter und berührte mit einem Finger zögernd die Schmiere. Sie war dick und schwarz und ähnelte altem Blut, und sie roch auch so. Sein Blick wanderte zu dem Leichnam, dessen Gesicht von den Augenbrauen abwärts noch intakt war. Braunes Haar wuchs übermäßig lang um die Ohren und das Genick des Mannes herum. Die Haut wies eine ungesunde Blässe auf, und das Fleisch haftete an Knochen. Die Hände und Füße liefen in langen, dicken Reptilienkrallen aus. Doch das Erschreckendste waren die tintenschwarzen blicklosen Augen und der aufgerissene Rachen. Sie machten einen ausgemergelten, kränklich aussehenden Mann zu einem schrecklichen Raubtier.

Es trug nur eine lose sitzende weiße Hose, fleckig und zerrissen. Auf dem Handrücken trug es ein eingebranntes Mal – HB-12. Ein rascher Blick in die Zelle, aus der es entkommen war, zeigte ein Inneres aus dickem Metall, das reichlich zerschrammt war.

»Dein Raum ist entschieden interessanter als meiner«,

sagte Trent. Das Leichtfertige seiner Bemerkung wurde dadurch zunichtegemacht, dass sich seine Stimme überschlug.

Connors Brustkorb hob und senkte sich heftig, jedoch eher vor Wut als vor Anstrengung. »Das ist genau die Form von Scheiße, die uns zur Rebellion gezwungen hat!«

So ziemlich jeder hätte behauptet, eine Revolte anzuführen ginge gegen sein unbekümmertes Naturell, und sie hätten alle recht gehabt. Verflucht noch mal, es fiel ihm immer noch schwer zu glauben, dass er diesen Schritt unternommen hatte. Aber es gab zu viele gottverdammte Fragen, und all die Antworten, die er bekommen hatte, waren Lügen. Klar, es gefiel ihm, wenn alles so unkompliziert wie möglich war – *Wein, Weiber und Arschtritte austeilen* –, aber er hatte keine Bedenken, die Dinge in die Hand zu nehmen und seinen Mann zu stehen, wenn es sein musste.

Es war seine Aufgabe, andere zu beschützen, sowohl Träumer als auch die sanfteren Wächter. Es gab Tausende von seiner Art, alle in bestimmte Spezialgebiete untergliedert, und jeder Wächter hatte seine Stärken. Manche waren zärtlich und spendeten trauernden Träumern Trost. Andere waren verspielt und schmückten Träume von Sportskanonen oder Partys für werdende Mütter in leuchtenden Farben aus. Es gab Lustbetonte und Heiler, Pfleger und Herausforderer. Connor war Elitekrieger. Er tötete Albträume und wachte über sein Volk. Wenn er seine Leute auch vor den Ältesten beschützen musste – na bitte.

»Jetzt gibt es keine Möglichkeit mehr, so zu tun, als sei nicht in den Tempel eingebrochen worden«, hob der Corporal hervor.

»Nein«, stimmte Connor ihm zu. »Das ist jetzt ausgeschlossen.«

Und es störte ihn nicht sonderlich. Tatsächlich war es ihm nur allzu recht, wenn die Ältesten wussten, dass ihre Geheimnisse nicht mehr vor ihnen sicher waren. Er wollte, dass sie über ihre Schultern blickten. Er wollte, dass sie sich so verunsichert fühlten und so argwöhnisch waren wie er. Das war das Mindeste, was sie ihm schuldig waren, nachdem sie von ihm verlangt hatten, sein Leben immer wieder für ein vorgeschobenes Ziel aufs Spiel zu setzen.

Wager kam mit zwei weiteren Elitekriegern im Schlepptau in den Raum gerannt. »Brrr!«, sagte er, als er in dem verspritzten Blut ausrutschte. »Was zum Teufel ist *das* denn?«

»Ich will verflucht sein, wenn ich das weiß.« Connor rümpfte die Nase.

»Ja«, stimmte Wager ihm zu. »Da ist was oberfaul Wahrscheinlich ist es auch das, was an der Computerkonsole den Alarm ausgelöst hat. Ich vermute, Verstärkung ist bereits unterwegs. Wir sollten also besser verschwinden.«

»Haben wir irgendetwas Brauchbares aus der Datenbank bekommen?«, fragte Connor und schnappte sich ein Handtuch von einem der Rollwagen. Er rieb sich die zerrissene Haut und seine Kleidung ab, um möglichst viel von der blutähnlichen Substanz zu entfernen.

»Ich habe runtergeladen, was ich kriegen konnte. Es würde eine Ewigkeit dauern, an das gesamte Material zu kommen, aber ich habe versucht, mich auf Dokumente zu konzentrieren, die besonders interessant klangen.«

»Das wird genügen müssen. Lasst uns gehen.«

Sie zogen sich mit derselben Vorsicht zurück, die sie bei ihrem Eintreffen aufgeboten hatten, und beobachteten die Umgebung scharf. Trotzdem sah keiner von ihnen den Ältesten, dessen dunkelgraue Kutte geschmeidig mit den Schatten verschmolz.

Stumm und unbemerkt stand er da.

Und lächelte.

2

»Wo steckt Lieutenant Wager?«, fragte Connor und sah sich in der größten der Unterwasserhöhlen um, die der Rebellenfraktion im Zwielicht als Hauptquartier dienten.

Über ihren Köpfen blitzten auf Hunderten von winzigen Überwachungsbildschirmen Szenen wie Filme auf, flüchtige Einblicke in das weit geöffnete Bewusstsein von Tausenden hypnotisierter Menschen – Träumer, die ohne Schlaf hierhergebracht worden waren. Sie schwebten im Zwielicht, mehr wach als schlafend, und doch fehlte es ihnen an einem umfassenden Verständnis ihrer Umgebung.

Die Menschen nannten den Prozess des gewaltsamen Hervorrufens unterbewusster Gedanken »Hypnose«. Ganz gleich, welchen Namen man dafür verwendete – der Bestimmungsort der Betroffenen war diese Höhle. Hier hatten die Ältesten über sie gewacht und die Albträume daran gehindert, die Ströme ihres Unbewussten zu nutzen, um auf die Ebene der Sterblichen zu gelangen.

»Hinten, Sir«, erwiderte der Elitekrieger, der am Höhleneingang Wache stand, dem einzigen physischen Zugang.

Mit einem Nicken bedankte sich Connor, machte auf dem Absatz kehrt und schritt durch den langen Gang zwischen den Felswänden. Er war bis ins Innerste des Bergs getrieben worden, schien kein Ende zu haben und war mit seinen identischen Torbogen auf beiden Seiten ausgesprochen verwirrend. Es gab Tausende von diesen Bogen, und hinter jedem Glasröhren, in denen Älteste, die in der Ausbildung begriffen waren, in einer Art künstlichem Koma gehalten wurden. Seine Männer mussten erst noch herausfinden, wer sie waren und warum man sie ausgerechnet so untergebracht hatte.

Connor war diese ganze Angelegenheit unheimlich, und dazu erschütterte ihn die Erkenntnis, dass er seit Jahrhunderten hier gelebt hatte, ohne jemals etwas über seine Welt oder die Ältesten, die sie regierten, zu wissen. Es machte ihn krank, daran zu denken, wie stur er gewesen war, als Aidan ihn aufgefordert hatte, alles zu bedenken, wofür es keine Erklärung gab. Er hatte sich geweigert, die Anzeichen zu sehen, die seinen Freund schon so lange beunruhigt hatten.

Die Sohlen von Connors Stiefeln erzeugten einen rhythmischen Hall, während er mit raschen Schritten den langen Weg zu seinem Stellvertreter zurücklegte. Schon bald verklangen die Geräusche aus dem größten Raum und wichen tiefer Stille. Betrüblicherweise konnte man das Wort »groß« nur als Beschreibung heranziehen, wenn man den Raum mit den anderen Räumen hier unten verglich.

Genau genommen war er verdammt klein, denn er war so konzipiert, dass sich nur drei Älteste in der Ausbildung behaglich dort aufhalten konnten. In der Haupthöhle fühlte man sich beengt, weil sie mit einer halbmondförmigen Computerkonsole und einem massiven Bildschirm voller flimmernder, rasch vorbeiziehender Bilder vollgestellt war. Je nach Blickwinkel konnte ein Wächter geradewegs durch den Monitor hindurch in den Raum dahinter sehen, der voller Slipstreams war – breite Strahlen beweglichen Lichts, die Ströme unterbewusster Gedanken darstellten.

Schnaubend gestand sich Connor zum Millionsten Mal ein, dass er das Konzept des Zwielichts immer noch nicht ganz erfasste. Aidan hatte ihren Lehrer an der Elite-Akademie mit endlosen Fragen darüber gelöchert, woher sie gekommen waren und wo sie sich jetzt befanden. Die einfachste Erklärung, die Connor gehört hatte, war die, sich das Zwielicht wie einen Apfel vorzustellen. Der verkürzte Raum war das Loch, das ein Wurm mitten durch den Apfel gebohrt hat, auch »Wurmloch« genannt. Allerdings hatten die Ältesten eine Möglichkeit gefunden, die Wächter dort anzusiedeln, statt auf der anderen Seite wieder herauszukommen. Diesen Einschluss bezeichneten sie als »das Zwielicht«. Connor bezeichnete ihn als verwirrend.

»Wager!«, brüllte er, als er durch einen der Bogen trat und den Lieutenant versunken vor einer Konsole sitzen sah.

Der jüngere Mann zuckte zusammen und sah ihn dann finster an. »Du hast mir einen Mordsschreck eingejagt!«

»Tut mir leid.«

»Nein, es tut dir eben nicht leid.»

Connor grinste. »Stimmt. Es tut mir nicht leid. Ich habe mich heute schon oft genug erschreckt. Jetzt bist du dran.«

Wager stand kopfschüttelnd auf und streckte sein langes, drahtiges Gestell. »Es ist schön, dich lächeln zu sehen.« Er verschränkte die Arme und stellte sich mit gespreizten Beinen hin. Er war ein gut aussehender Junge, dessen Anziehungskraft die Wächterinnen als die des »bösen Buben« beschrieben.

Frauen. Sie liebten Ärger.

»Es gibt nicht gerade viel, worüber ich lächeln könnte. Irgendeine Missgeburt hat mich heute angegriffen, mein bester Freund ist mit dem Schlüssel ausgerissen, und ich müsste mich dringend mal wieder flachlegen lassen.«

Wager warf den Kopf in den Nacken und lachte schallend. »Ich wette, die Damen vermissen dich ebenfalls. Ich habe gehört, über deine Ausdauer werden Gedichte geschrieben, und wenn die Mädels gemeinsam ausgehen, tauschen sie ihre Erfahrungen aus.«

»Das kann nicht sein.«

»Das kann sehr wohl sein. Morgan nennt dich ›den goldenen Gott mit der goldenen Rute‹.«

Connor fühlte, dass sein Gesicht glühte, und er fuhr sich verlegen mit einer Hand durch das etwas zu lange blonde Haar. »Du redest ja doch nur Scheiße. Das würde sie dir gewiss nicht sagen.«

Schwarze Augenbrauen hoben sich. »Morgan?«

Ein Bild der schlanken Spielerin mit den dunklen Augen zog vor Connors geistigem Auge vorüber. Seine Lippen verzogen sich kläglich. »Zuzutrauen wäre es ihr schon.«

»Erst haut Cross ab, jetzt bist du im Exil. Ich wette, es gibt mehr als nur ein paar gebrochene Herzen.«

»Du bist selbst ein beliebter Kerl.«

»Ich habe meine Reize«, brachte der Lieutenant gedehnt hervor.

»Manchmal, wenn ich darauf warte, dass Cross mit dem Zwielicht in Verbindung tritt, blicke ich über den Hang in die Slipstreams der Träumer und spiele ernsthaft mit dem Gedanken, in einen hineinzuspringen. Und sei es auch nur für eine halbe Stunde oder so.«

Wagers Fröhlichkeit wich der Intensität, die ihn zu einem verdammt guten Krieger machte. »Wie steht es mit dem Strom von Captain Cross? Trifft er schon klarer ein?«

»Nein.« Connor kratzte sich den Nacken. »Er ist immer noch trüb. Ich vermute, es hat etwas damit zu tun, dass sein Slipstream ihn nicht mit dem Tal, sondern mit der kargen Ebene verbindet.«

Für die meisten Träumer galt, dass ihr Unterbewusstsein die Verbindung zum Zwielicht im Tal der Träume aufnahm. Sie berührten das Leben von Wächtern durch breite goldene Strahlen, die sich aus der Talsohle erhoben und den diesigen Himmel durchbohrten, bis sie nicht mehr zu sehen waren. Die unterschiedlichen Ströme unterbewusster Gedanken breiteten sich aus, so weit das Auge sehen konnte.

»Ich halte das eigentlich für eine Manifestation des Problems, nicht für seine Ursache.« Als Connor eine Augenbraue hochzog, erklärte Wager: »Da wir uns physiologisch von Menschen unterscheiden, habe ich den Verdacht, unsere Gehirnströme liegen auf einer vollkommen anderen Wellenlänge. Das führt dazu, dass Cross' Slipstream an einem anderen Ort die Verbindung mit dem Zwielicht aufnimmt und mit verminderter Intensität zum Ausdruck kommt.«

Wenn Aidan in den Traumzustand eintrat, kam er in einem blauen Strom zu ihnen. Im Gegensatz zu den anderen Slipstreams, die klar genug waren, damit man durch sie hindurchsehen konnte – fast so, als schaute man durch eine nasse Scheibe –, stellte sich Aidans Strahl flimmernd dar, wie ein Fernsehsender mit schlechtem Empfang.

»Okay.« Connor atmete hörbar aus. »Das ändert natürlich die Lage.«

»Ja, allerdings.«

»Corporal Trent hat gesagt, du hättest Neuigkeiten für mich?«

»Ja.« Wager ließ die Schultern kreisen, als seien sie angespannt und brauchten Lockerung.

Connors Nackenhaare stellten sich auf. »Lass mich raten. Es sind keine guten Neuigkeiten.«

»Unter Verwendung von Informationen auf den Datenchips, die ich im Tempel runtergeladen habe, bin ich auf einen Verweis auf HB-9 gestoßen.«

»Das Ding im Tempel hatte das Brandzeichen HB-12.«

»Das habe ich gesehen.« Der Lieutenant schob grimmig die Lippen vor. »Bedauerlicherweise war der Ordner, der die Information über das HB-Projekt enthalten hat, unvollständig, weil der Download zu früh abgebrochen wurde.«

»Mist.« Connor blickte finster drein. »*HB-Projekt?* Was heißt das?«

»Das heißt, dieses Ding war Teil eines größeren Programms, aber ich kann nicht beurteilen, wie umfangreich es war.«

»Verfluchte Scheiße.« Connor hatte nicht übel Lust, auf irgendetwas einzuschlagen. »Wenn es noch mehr von diesen Missgeburten gibt, haben wir ein Problem.«

»Das ist milde ausgedrückt.«

»Ich muss Cross warnen.«

»Ja.« Wager nickte weise. »Und da er sich an das, was du ihm in Träumen erzählst, nicht erinnert, wirst du es ihm persönlich sagen müssen.«

»*Was?*«, keuchte Connor. »Bist du vollkommen übergeschnappt?«

»Du hast eines von diesen Dingern gesehen«, hob der Lieutenant hervor, »und mit ihm gekämpft. Das verschafft dir einen Vorteil. Trent ist der einzige andere Elitekrieger, der es in Aktion erlebt hat, und du weißt, dass er für eine solche Mission noch nicht reif ist.«

Connor knurrte und begann, in dem Raum mit den Steinmauern auf und ab zu laufen.

»Denk doch mal nach, Captain. Traust du irgendjemand anderem zu, Cross den Ernst dieser Lage zu übermitteln?«

»Auf dich ist Verlass.«

Wager verstummte und räusperte sich dann. »Danke. Ich weiß dieses Vertrauen zu schätzen, das weißt du selbst. Aber du brauchst mich hier, damit ich die Einträge durchsehe, die wir von der Datenbank runtergeladen haben, und zwischen dir und Captain Cross besteht eine einzigartige Dynamik. Über Jahrhunderte habt ihr beide die Moral und die Schlagkraft der Elite hochgehalten. Und ihr seid Freunde. Ich glaube, in einer neuen Welt, in der ihr möglicherweise gegen einen neuen Feind zu kämpfen habt, werdet ihr diesen Rückhalt brauchen, um erfolgreich zu sein.«

»Es ist eine ganz schlechte Idee, den ranghöchsten Offizier von der Truppe fortzuschicken. Das gefällt mir nicht.

Überhaupt nicht.« Connor warf einen Seitenblick auf den in der Ausbildung begriffenen Ältesten, der ganz in der Nähe selbstvergessen in der Glasröhre schlief. Sein Kopf hing tief hinunter, das Kinn lag auf seiner Brust, und sein Körper wurde durch keine erkennbare Vorrichtung aufrecht gehalten. Dieser hier war dunkelhaarig und sehr jung. Kaum mehr als ein Teenager, wie Connor vermutete.

»Mir gefällt es auch nicht, aber die Fakten sehen folgendermaßen aus: Ich bin besser als jeder andere geeignet, die Datenbank zu durchsuchen, und du bist besser als jeder andere geeignet, mit Cross zusammenzuarbeiten. Mit vertauschten Rollen würden wir beide Missionen in den Sand setzen, bevor es überhaupt losgeht. Das können wir uns nicht leisten.«

»Verdammt noch mal, das weiß ich selbst.« Connor fuhr sich mit beiden Händen durchs Haar. »Ich versuche gar nicht erst, es zu bestreiten. Es ist nur so, dass mir das Prinzip dahinter nicht behagt.«

»Mir ist klar, dass du es nicht bestreitest. Ich spreche nur laut die Gedanken aus, die dir durch den Kopf gehen. Ich wünschte, offen gesagt, ich könnte derjenige sein, der hingeht.« Wager lächelte, und seine grauen Augen hellten sich belustigt auf. »Ich habe selbst eine Träumerin, die ich gern ausfindig machen würde.«

»Das kann nicht sein.«

Wager zuckte die Achseln. »Aber du bist derjenige, der hingehen sollte. Ich bin durchaus fähig, die Dinge hier in die Hand zu nehmen.«

»Ich weiß.« Connor seufzte tief. »Du hättest schon vor langer Zeit befördert werden sollen.«

»Da wäre ich mir nicht so sicher«, sagte der Lieutenant leichthin. »Meine Gefühle kommen mir öfter in die Quere, als sie es tun sollten. Es wächst sich mit der Zeit aus, aber dafür habe ich einige Jahrhunderte gebraucht.«

Connor wandte sich dem offenen Torbogen zu. »Ich werde mit den Männern reden. Du findest ein Medium im Süden Kaliforniens für mich.«

»Captain?«, rief Wager ihm nach.

»Ja?«

»Was die Rückkehr angeht ...«

Mit angespannter Mundpartie zog Connor beide Augenbrauen zu einer stummen Frage hoch.

»Ich habe noch etwas anderes entdeckt. Wenn wir unseren Körper vom Strom unterbewusster Gedanken eines Menschen mittragen lassen, hinterlassen wir einen nachweislichen Faden, der zurückverfolgt werden kann. Dadurch ist es möglich, den Wächter zurück ins Zwielicht zu *zerren*.«

»So haben die Ältesten Aidan zurückgeholt?«

»Anscheinend. Falls es notwendig werden sollte, können wir dich auf dieselbe Art zurückziehen. Aber ... das Medium erleidet dabei Schaden.«

»Schaden?«

»Für Menschen ist es tödlich.« Der Lieutenant verschränkte die Arme und verlagerte sein Gewicht auf die Fersen, eine Körperhaltung, die Connor mittlerweile kannte. Er tat das immer, wenn er sich auf eine schwierige Aufgabe vorbereitete. »Die Folgen sind Schlaganfälle, dilatative Kardiomyopathie ... und ›plötzlicher Tod‹.«

»Mist.« Connor stützte sich mit einem Arm am Torbogen ab. »Deshalb ist es kein praktikables Mittel, um zwischen den beiden Ebenen hin und her zu flitzen.«

»Ich habe den Verdacht, das ist der Grund, weshalb wir nicht dorthin übergesiedelt sind«, stimmte Wager ihm zu. »Noch nicht mal ein kleiner Prozentsatz von uns. Wir würden Wächter zurücklassen müssen, um die Albträume daran zu hindern, die Slipstreams zu benutzen. Kein Bataillon würde diese Aufgabe auf unbegrenzte Zeit übernehmen wollen, und wir müssten so viele zurücklassen, dass die Flut von Albträumen an der Pforte eingedämmt und das Tal bewacht werden kann.«

»Aber wir könnten sie nicht ablösen, weil die Reise hin und zurück Tausende von medial veranlagten Menschen töten würde.«

»Richtig.«

Jeder Wächter war sich der Verantwortung bewusst, die er trug. Auf ihrem Heimatplaneten war es zu einer Invasion von Albträumen gekommen, einer Rasse schattenhafter, substanzloser Parasiten. Die Ältesten hatten eine Spalte im verkürzten Raum erschaffen. Sie hatte als Portal zu dieser Ebene zwischen der menschlichen Dimension und derjenigen gedient, die die Wächter gezwungenermaßen hinter sich zurückgelassen hatten. Die Albträume waren ihnen rasch gefolgt und hatten sich gewaltsam einen Weg gebahnt, vorbei an einer imposanten Barriere – der Pforte – und Hunderten von Elitekriegern.

»Wir haben Mist gebaut, indem wir die Albträume eingelassen haben. Wir dürfen nicht alles noch schlimmer machen, indem wir selbst Menschen töten oder ihre Welt erobern.«

Connor nickte grimmig, und sein Blick bewegte sich durch den Raum, während sein Gehirn versuchte, sich mit der Vorstellung seiner Abreise zu arrangieren. Vielleicht würde er diesen Ort nie wiedersehen. Noch vor ein paar Minuten wäre ihm der Gedanke reizvoll erschienen. Jetzt fühlte er sich entwurzelt. Er roch den Moder in der feuchten Luft und spürte den rauen Fels unter seiner Handfläche, doch diese Gefühle schenkten ihm keine Bodenhaftung. Er fühlte sich ohne jeden Halt. »Ich verstehe. Wir brauchen die Menschen lebend.«

»Ja, aus Pflichtgefühl, aber auch für unser eigenes Überleben. Wir stünden an der Spitze ihrer Nahrungskette und brächten die Ordnung des Nahrungserwerbs durcheinander. Mit der Zeit würden die Menschen aussterben, und ein ganzes Bindeglied zu töten hätte potenziell verheerende Auswirkungen auf die Erde. Das wiederum würde sich durch deren Galaxie und sogar noch darüber hinaus ausbreiten. Wir könnten erleben, wie ...«

»Brrr!«, murrte Connor und hob die Hände zu einer defensiven Geste. »Mein Gehirn ist überlastet. Aber ich habe begriffen, worauf du hinauswillst.«

»Tut mir leid.«

»Es braucht dir nicht leidzutun. Wir überstehen das. Die Elite übersteht alles.« Connor richtete sich auf, atmete tief ein und konzentrierte sich voll und ganz auf seine Aufgabe. »Finde ein Medium im Süden Kaliforniens für mich. Ich mache mich bereit und erkläre den anderen den Auftrag.«

»Wird gemacht, Sir.« Wager salutierte.

Connor erwiderte die Geste, wandte sich dann abrupt ab und ging.

Connor starrte auf die Ströme aus goldenem Licht und sog tief Luft in seine Lungen. Er rief sich ins Gedächtnis, dass Aidan genau dieselbe Reise gerade erst vor wenigen Wochen unternommen hatte. Wenn er das konnte, dann konnte Connor es auch.

Aber Cross war hier nicht glücklich, flüsterte eine Stimme in seinem Innern.

Connor hingegen *war* glücklich hier. Er war immer zufrieden gewesen.

»Bist du bereit, Captain?«

Er warf einen Blick durch den Glasmonitor auf die Konsole, an der Wager arbeitete, und nickte grimmig.

»Der Strom direkt rechts von dir wird dich zu einem Medium in Anaheim, Kalifornien, führen, etwa eine Stunde von Temecula entfernt, wo Captain Cross mit Lyssa Bates lebt.«

»Kapiert.«

»Diese Slipstreams arbeiten nach einem anderen Prinzip als die von Träumern.« Wager lehnte sich auf dem Stuhl zurück. Seine Gesichtszüge waren vor Anspannung verkniffen. Lange schwarze Strähnen hatten sich aus seinem Pferdeschwanz gelöst, und sein Äußeres stand in einem grandiosen Widerspruch zu seinem beinah gelehrtenhaften Wesen. Er sah eher nach einem Hell's Angel aus als nach einem Computerfreak. »Sie sind in Bewegung. Du wirst in ihr Unterbewusstes hineinspringen und feststellen, dass es dich in ihre Daseinsebene trägt. Dein Auftauchen dort wird eine temporäre Störung auslösen, eine Art Schluckauf in der Zeit.«

»Einen Schluckauf?« Connor zog die Stirn in Falten.

»Ja, sie wird sich beträchtlich verlangsamen. Was für die Menschen wie eine Sekunde ist, wird für dich wie eine Minute sein. Ich bin nicht sicher, was für ein Gefühl das sein wird. Kein gutes, vermute ich mal. Aber wenn du dich beeilst, erlaubt dir dieser Umstand, unbemerkt den Ort deines plötzlichen Auftauchens zu verlassen. Andernfalls wirst du für die Menschen in einem Moment nicht da gewesen sein, und im nächsten bist du da. Das ließe sich nur schwer erklären, und daher würde ich an deiner Stelle mein Glück nicht überstrapazieren.«

»Kein Problem. Ich werde mich schnell verdrücken.«

»Ich werde dich durch deine Träume aufspüren können, genauso, wie du Captain Cross in seinen Träumen begegnet bist.«

Connor reckte beide Daumen in die Luft. Das war das Beste, was er unter diesen Umständen bewerkstelligen konnte. Seine Kehle war so zugeschnürt, dass er kein Wort herausbrachte.

Trotz der vielen Jahrhunderte, die er auf dem Buckel hatte, fühlte er sich meistens nicht älter als zu dem Zeitpunkt, zu dem er gemeinsam mit Aidan die Elite-Akademie abgeschlossen hatte. Klar, er konnte nicht mehr die ganze Nacht durchficken und am nächsten Tag Albträume zerfetzen, ohne weiche Knie zu kriegen. Aber das war eher ein Seitenhieb auf seinen männlichen Stolz als ein Anzeichen seines Alters.

Im Moment fühlte er jedoch jedes seiner Jahre.

Wager seufzte tief. »Ich bewundere dich sehr, Bruce. Ich glaube, ich bin nervöser als du.«

»Nee. Ich verberge es nur besser.« Er wandte das Gesicht

dem geeigneten Slipstream zu. Seine Glefe war auf seinen Rücken geschnallt, und er trug eine saubere Uniform. Er war bereit zum Aufbruch. »Wir sehen uns auf der anderen Seite«, sagte er.

Dann sprang er.

Wilde Bestien rissen ihm die Gliedmaßen aus und hieben seinen Schädel gegen einen Felsen.

Zumindest fühlte es sich für Connor so an, als er langsam wieder zu Bewusstsein kam, auch wenn seine Wahrnehmungen äußerst schwammig waren. Es kostete ihn seine gesamte Energie, einfach nur den Kopf zu heben. Die Augen aufzuschlagen war ihm nahezu unmöglich. Blinzelnd versuchte er, den Blick auf seine Umgebung scharf zu stellen.

Es war dunkel, abgesehen von den winzigen bunten Lichtern, die am Nachthimmel leuchteten. Der Geruch, der ihm in die Nase drang, war intensiv. Überwältigend. Moschusartig, verräuchert, ekelerregend. Connor fühlte, wie sich sein Magen erst hob und dann in Aufruhr geriet. Sein Schädel steckte in einem Schraubstock, der fester angezogen wurde. Seine Zähne schmerzten. Seine Haarwurzeln stachen und brannten.

Er lag im Sterben. Niemand konnte sich derart beschissen fühlen und es überleben. Das war einfach unmöglich.

Vom blanken Selbsterhaltungstrieb angetrieben, kam Connor unversehens auf schmerzliche Gedanken.

... in einem Moment wirst du nicht da gewesen sein, und im nächsten bist du da ... das ließe sich nur schwer erklären ...

Er war nicht sicher, ob jemand da war, dem er etwas erklären musste. Wie es aussah, hatte er sich von einem Slipstream geradewegs in eine Höllendimension tragen lassen. Ihm blieben nur noch wenige Atemzüge, bis der Gestank in der Luft bewirken würde, dass er sich übergab.

Connor hievte den Oberkörper hoch und schaffte es, sich in eine kniende Haltung aufzurichten; dann hockte er sich auf die Fersen, um sich auszuruhen. Alles um ihn herum drehte sich schwindelerregend schnell. Er stöhnte kläglich und hielt sich den Bauch.

»Verdammte Scheiße.«

Mit verklebten Augen sah er sich um. Langsam zeichnete sich seine Umgebung klarer ab. Ein schmaler Lichtstreifen lockte ihn an. Connor griff danach ... und fiel prompt wieder zu Boden, unwürdig verdreht. Es war ein Vorhang. Er zog ihn aus dem Weg und fand dahinter eine riesige Kongresshalle. Menschen standen in der Nähe, viel zu nah; sie waren in einem einzigen Moment in der Zeit erstarrt.

Es musste irgendeine Art Science-Fiction-Treffen sein. Einige der Besucher waren aufwendig verkleidet; ihre Kostüme reichten von Wesen aus dem All bis hin zu Robotern.

Connor blickte über die Schulter. Er stand in einer Art provisorischem kleinem Zelt. Alles war schwarz, und der Boden war hart und kalt, aber mit einer rauen Plane bedeckt. In seiner Nähe stand ein runder Tisch, auf dem schwarzer Stoff drapiert war. Darauf lag eine Kugel, die das Licht hervorbrachte, das, wie er jetzt erkannte, von einer Decke zurückgeworfen wurde. Eine Frau lag mit geschlossenen Augen auf einer gepolsterten Liege, in den hypnotisierten Zustand versunken, der ihn hierhergebracht hatte. Connor hatte den Verdacht, sie sei von dem Mann in Trance versetzt worden, der im Moment über sie gebeugt war und Geld aus ihrer Handtasche stahl.

Connor schnaubte angewidert, zog sich wankend auf die wackligen Beine und versuchte, nicht durch die Nase zu atmen. Er zog dem Mann das Portemonnaie der Frau aus der Gesäßtasche und nahm das gesamte Bargeld an sich.

»Karma, Arschloch.«

Er entfernte sich so schnell, wie es seine wackligen Beine zuließen. Ein leises Surren hing in der Luft, das Geräusch von Wörtern, die sich in ihrem infantilsten Zustand bildeten. Die Gerüche der Menschenwelt bestürmten ihn. Künstliche Gerüche wie Parfums. Essensgerüche. Körpergerüche.

Im Zwielicht und im Unterbewussten der Träumer waren solche Sinneswahrnehmungen gedämpft oder auf das Elementarste reduziert. Nicht so in der Realität. Connor war gezwungen, neben einem Abfalleimer am Ausgang stehen zu bleiben, um sich zu übergeben.

Hier gefiel es ihm nicht. Sein Herz tat weh. Er wollte nach Hause, in seine geliebte Heimat, die er jetzt schon fürchterlich vermisste.

Stattdessen stieß er die Glastüren des Kongresszentrums von Anaheim auf und trat in seine neue Welt hinaus.

Stacey Daniels wusste, dass es lächerlich war, auf dem Sofa zu sitzen und sich die Augen auszuheulen. Sie sollte begeistert sein, endlich Zeit für sich selbst zu haben.

»Ich sollte einen Termin für eine Pediküre, eine Maniküre und einen Haarschnitt vereinbaren«, murmelte sie.

Sie sollte den scharfen UPS-Fahrer anrufen, der Bates' Kleintierpraxis, ihren Arbeitsplatz, mit pharmazeutischem Bedarf belieferte. Nach wochenlangem Flirten hatte er ihr seine Karte mit Handynummer gegeben. Das Zwinkern, als er sie ihr überreichte, hatte deutlich gemacht, dass es sich dabei nicht nur um ein geschäftliches Angebot handelte.

»Ich könnte mich auf eine heiße Nacht freuen, die ich bitter nötig hätte – schmutzigen Sex ohne alle Verpflichtungen.« Sie schniefte. »Verdammt noch mal, ich könnte jetzt, in diesem Moment, schmutzigen Sex haben.«

Stattdessen war sie ein dummer Trauerkloß und heulte, weil ihr früherer Freund, der seiner Unterhaltspflicht nicht nachkam, ihren Sohn endlich zu einem längst überfälligen Wochenendbesuch abgeholt hatte. Es war erbärmlich und leicht geistesgestört, aber sie kam einfach nicht darüber hinweg.

Stacey ließ sich tiefer im Sofa ihrer besten Freundin versinken, sah sich in der Wohnung um und war dankbar dafür, dass sie für ihre Chefin Lyssa Bates das Haus hüten durfte. Sie wusste nicht, wie sie es geschafft hätte, ohne Justin in ihrer eigenen Wohnung zu sein. Lyssa hatte wenigstens Fische und eine Katze, obwohl Jelly Bean der fieseste Kater aller Zeiten war, eine missmutige, fauchende Bestie mit einem peitschenden Schwanz, die derzeit auf der Armlehne des Sofas saß und sie mit dem bösen Blick bedachte. Trotzdem war selbst diese unangenehme Gesellschaft besser, als allein zu sein.

Natürlich erkannte Stacey genau, wie einsam sie wirklich war. An irgendeinem Punkt hatte sie aufgehört, sich selbst als vollständige Frau zu betrachten, und stattdessen angefangen, sich als »Justins Mom« zu sehen, was ziemlich ungesund war, wie ihre Reaktion heute Morgen so treffend unter Beweis stellte. Sie hatte keine Ahnung, was sie mit sich anfangen sollte. Wenn das nicht traurig war!

Du hast ein Recht darauf, stinksauer zu sein, sagte der Teufel auf ihrer Schulter.

Sie riss sich den Hintern auf, um ohne einen Cent Alimente über die Runden zu kommen, und Tommy war derjenige, der in den Genuss kam, Justin zum ersten Mal zum Skilaufen mitzunehmen. Tommy fiel die Rolle zu, cool zu sein. Tommy stand das Privileg zu, Justins Gesicht vor Freude und Erstaunen strahlen zu sehen. Und all das nur, weil ihm vor einem Jahr in Reno ein Zwanzigdollarschein ein Loch in die Tasche gebrannt hatte. Ein Zwanziger, den er prompt darauf gewettet hatte, dass die Colts ins Finale kommen würden.

»Ein Zwanziger, den er *mir* hätte geben sollen«, keifte Stacey, »damit ich tanken kann, um zur Arbeit zu fahren und *unser* Kind zu ernähren.«

Es war so ungerecht. Fast zwei Jahre lang hatte sie auf einen Ausflug nach Big Bear gespart, und Tommy entriss ihr dieses Vergnügen innerhalb von zwei Minuten. Genauso, wie ihr Leben ihr entrissen worden war, als sie im College schwanger wurde.

Du kannst immer noch abtreiben, hatte er unbekümmert gesagt. *Wir haben unser ganzes Leben vor uns und werden noch jahrelang studieren. Du kannst kein Baby bekommen.*

»Arschloch«, stänkerte sie. Sie hatte von der Schule abgehen und staatliche Unterstützung beziehen müssen. Tommy hatte gesagt, es sei ihre Entscheidung, und viel Glück. Mach's gut, ich möchte nicht in deiner Haut stecken. Er hatte den Abschluss gemacht und war Drehbuchautor geworden, mit genug Geld, um Partys zu feiern, aber nicht genug, um Alimente zu zahlen. Sie hatte eine Reihe von Aushilfsjobs hinter sich gebracht, bis sie schließlich bei Lyssa in der Tierarztpraxis eine feste Anstellung gefunden hatte, gut bezahlt und nicht erniedrigend. Stacey rupfte ein Papiertaschentuch aus der Schachtel neben sich und putzte sich die Nase. Es war kleinlich und kleinkariert von ihr, Justin einen Ausflug, den er sich so sehr wünschte, nur deshalb zu missgönnen, weil sie nicht diejenige war, die ihn mit ihm unternahm. Sie wusste es und gestand es sich ein, doch das trug nicht dazu bei, dass es ihr besser ging.

Es läutete an der Tür, und Stacey drehte den Kopf zur Diele und blickte finster drein. Wenn sie zu Hause gewesen wäre, hätte sie das Klingeln einfach nicht beachtet, aber sie hütete Lyssas Haus und ihre Haustiere, während die Chefin mit ihrem Verlobten einen Kurztrip nach Mexiko unternahm. Also musste sie auch Lyssas Pakete annehmen.

Stacey murrte leise vor sich hin, stand auf und durchquerte das Wohnzimmer mit dem beigefarbenen Teppich in die mit Marmor ausgekleidete Diele. JB fauchte und folgte ihr, wobei er zur Warnung sein dämonisches Katzenknurren ausstieß. Er hasste Besucher. Nun ja, er hasste so ziemlich jeden, aber insbesondere hasste er wildfremde Menschen.

Es läutete noch einmal ungeduldig, und sie rief: »Moment! Ich komme ja schon!«

Stacey drehte den Türgriff und zog die Tür auf. »Mädchen muss man eine Minute Zeit lassen, damit sie ...«

Vor Lyssas Tür stand ein Wikinger.

Und er sah umwerfend gut aus.

3

JBs Meckern riss so abrupt ab wie Staceys Worte.

Mit offenem Mund gaffte sie den blonden Riesen an, der die Türöffnung vollständig ausfüllte. Er war mindestens eins fünfundneunzig, über seiner linken Schulter ragte der Griff eines Schwerts hervor, und sein Brustkorb war so muskelbepackt, dass Dwayne »The Rock« Johnson neidisch gewesen wäre. Seine Arme waren gewaltig, mit straffen Muskeln und stark hervortretenden Adern, über denen sich goldene Haut spannte. Er trug eine ärmellose schwarze Tunika mit einem V-Ausschnitt, die wie aufgemalt aussah, und eine Hose, die über den weiten Hosenbeinen auf schmalen Hüften hauteng anlag. An den Füßen trug er heimtückisch aussehende Kampfstiefel.

»Uih«, murmelte sie gebührend beeindruckt. Der Mann war scharf, scharf wie sonst was – wirklich unglaublich. Sogar kostümiert. Ein gemeißeltes Kinn, ein sündiger Mund, arrogant schräge Augenbrauen und eine vollendete Nase. Tatsächlich war alles an ihm perfekt. Oder zumindest das, was sie von ihm sehen konnte. Prachtvoll auf eine Weise, die schwer zu definieren war. Etwas an ihm war anders, ein physisches Charisma oder vielleicht der Reiz des Fremden? Es war so einzigartig, dass sie es nicht exakt bestimmen konnte; sie wusste nur, dass sie niemals in ihrem ganzen Leben einen schöneren Mann gesehen hatte.

Er war nicht schön im Sinne von »hübsch«. Er war schön im Sinne der Dolomiten oder der Serengeti. Schroff, abweisend und ungezähmt. Ehrfurcht gebietend auf eine durch und durch einschüchternde Weise. Und da sie eingeschüchtert war, tat Stacey das, worauf sie sich am besten verstand.

Sie wurde rotzfrech.

Sie schob ihre Hüfte vor, um sich an den Türrahmen zu lehnen, und lächelte strahlend. »Hi.«

Leuchtend azurblaue Augen wurden groß und zogen sich dann schmal zusammen.

»Wer zum Teufel bist du?«, fragte der Mann barsch. Seine Stimme war ein tiefes, gutturales Schnarren, charmant und köstlich, was man von seiner herablassenden Art nicht gerade behaupten konnte.

»Die Freude ist ganz meinerseits.«

»Du bist nicht Lyssa Bates«, murrte er.

»Verdammt noch mal. Womit habe ich mich verraten? Ist es das kurze Haar? Der fette Hintern?« Sie schnalzte mit den Fingern. »Ich hab's! Ich bin keine umwerfende Schönheit und dann auch noch robust gebaut.«

Seine Mundwinkel zuckten. Er versuchte es zu verbergen, doch sie sah es, da ihr Blick gerade auf seinen sinnlichen Mund gerichtet war. »Süße, du siehst fantastisch aus, und gut gebaut bist du auch, aber du bist nicht Lyssa Bates.«

Stacey berührte ihre Nase, denn sie wusste, dass sie aussehen musste wie Rudolph, das kleine Rentier mit der leuchtend roten Nase, und dass sie obendrein blutunterlaufene Augen haben musste. Manche Frauen sahen toll aus, wenn sie weinten. Sie zählte nicht dazu. Und ihre Figur? Ha! Sie hatte ein Kind. Nichts war mehr da, wo es früher mal gewesen war, und die letzten fünf Kilo ihrer Schwangerschaft war sie nie mehr losgeworden. Da er mit seinem Kompliment oder seinem Scherz ihr Gehirn verbrutzelt hatte, fiel ihr keine geistreiche Retourkutsche ein, also sagte sie einfach: »Lyssa ist verreist. Ich hüte ihr Haus, während sie fort ist.«

»Ist Cross hier?« Er konnte mühelos über ihren Kopf in die Wohnung sehen.

»Wer?«

Er schaute wieder auf sie hinunter und zog die Stirn in Falten. »Aidan Cross. Er wohnt hier.«

»Äh, ja, aber wenn du glaubst, er ließe Lyssa allein irgendwohin gehen, dann spinnst du.«

»Stimmt.« Irgendetwas zog durch seine Augen, als er sie ansah.

Himmel, da, wo Aidan herkam, wo auch immer das sein mochte, musste sie dringend mal Urlaub machen. Offenbar stammte auch dieses Prachtexemplar auf der Veranda von dort. Derselbe Schwertfetischismus. Und kein bisschen weniger scharf als sein Kumpel, den sich Lyssa geangelt hatte.

»Ich bleibe hier, bis sie zurückkommen«, kündigte er an und trat einen Schritt vor.

Stacey rührte sich nicht vom Fleck. »Das kommt gar nicht infrage.«

Er verschränkte die Arme. »Hör zu, Süße, ich bin nicht

zu Spielchen aufgelegt. Ich fühle mich beschissen. Ich muss dringend eine Weile pennen.«

»Hör zu, Süßer«, gab sie zurück und äffte seine Pose nach. »Ich spiele keine Spielchen. Es tut mir leid, dass es dir mies geht, aber ich hatte auch einen miserablen Tag. Penn woanders.«

Sie sah, wie sich sein Kiefer anspannte. »Aidan würde nicht wollen, dass ich mich woanders einquartiere.«

»Ach ja? Er hat mir kein Wort davon gesagt, dass jemand vorbeikommt. Ich kenne dich nicht durch Aidan.«

»Connor Bruce.« Er streckte ihr eine kräftige Hand hin.

Sie zögerte einen Moment und nahm sie dann. Die Hitze seiner Handfläche verbrannte ihre Haut und zog prickelnd durch ihren Arm. Sie blinzelte.

»Stacey Daniels.«

»Hallo, Stacey.« Er zog sie an seine Brust, hob ihre Füße von dem Kachelboden, betrat die Wohnung und trat die Tür hinter ihnen zu.

»He!«, protestierte sie und versuchte zu ignorieren, wie köstlich er roch. Moschusartig und exotisch. Er roch nach Mann, nach einer geballten Ladung Sex, einem dominanten Kerl. Sie verspürte den Wunsch, ihr Gesicht an seinem kräftigen Hals zu begraben und den Geruch tief einzuatmen. Ihre Beine um seine Hüften zu schlingen und sich an ihm zu reiben. Das war vollkommen grotesk, wenn man bedachte, wie sauer sie auf ihn war.

»Draußen stinkt es«, klagte er. »Ich bleibe nicht noch länger da stehen.«

»Du kannst nicht einfach hier reinplatzen.«

»Klar kann ich das.«

»Okay, du *kannst* es. Das heißt aber noch lange nicht, dass du es *solltest*.«

Connor blieb im Wohnzimmer stehen und sah sich um. Dann stellte er sie hin, zog das Schwerthalterdingsbums über seinen Kopf und lehnte es an die Wand neben der Tür.

»Ich gehe ins Bett.« Er streckte Arme und Rücken in einer Pose, die ihr den Mund wässrig machte.

»Es ist noch nicht mal Mittag!«

»Na und? Rühr das nicht an.« Er deutete auf sein Schwert und wandte sich dann der Treppe zu.

»Du kannst mich mal.« Stacey stemmte die Arme in die Hüften und sah ihn finster an.

Er blieb mit einem Stiefel auf der untersten Treppenstufe stehen. Sein Blick fiel auf ihre nackten Füße, hob sich dann langsam und wanderte glühend an ihr hinauf. Zwischen ihren Beinen machte er Halt und dann auf ihren Brüsten, ehe er bei ihren Lippen verweilte und ihr schließlich in die Augen sah. So war sie noch nie zuvor in ihrem Leben mit Blicken ausgezogen worden. Sie hätte beschworen, dass er durch ihre tief sitzenden Jeans und ihr Tanktop auf die Haut darunter geschaut hatte. Ihre Brüste schwollen an, und ihre Brustwarzen wurden hart. Ohne BH – hey, sie hatte keinen Besuch erwartet – war deutlich zu erkennen, dass seine Begutachtung sie angemacht hatte.

»Die Versuchung ist groß, Schätzchen.« Sein irischer Akzent war ausgeprägt und angenehm. »Aber ich bin im Moment nicht in der Verfassung, dir gerecht zu werden. Frag mich noch mal, wenn ich wach werde.«

Sie trommelte mit dem Fuß auf den Boden. »Ich bin

nicht deine Süße, dein Liebling, dein Schätzchen. Und wenn du nach oben gehst, rufe ich die Polizei.«

Connor grinste, und seine Züge verwandelten sich von »zu scharf, um damit klarzukommen« in »absolut göttlich«. »Na klar. Sorg dafür, dass sie Handschellen mitbringen ... und sie dalassen.«

»*Dich* werden sie *nicht* dalassen!« Wie zum Teufel schaffte es dieser Mann, sie gleichzeitig ins Schwitzen und auf die Palme zu bringen?

»Ruf Aidan an«, schlug er vor und stieg die Treppenstufen hinauf. »Oder Lyssa. Sag ihnen, Connor sei hier. Bis später.«

Stacey rannte zur Treppe und bereitete sich darauf vor, ihm etwas nachzuschreien. Stattdessen ertappte sie sich dabei, dass sie seinen perfekten Arsch bewunderte. Ihr Mund klappte zu. Sie hastete in die Küche und griff nach dem Telefon. Eine Minute später sagte ihr das seltsame Geräusch, als läutete das Telefon in einem Eimer, dass die Verbindung zu dem Hotel in Rosarito Beach, Mexiko, hergestellt wurde.

»Hallo?«

»Hey, Doc.« Stacey kletterte auf einen der Barhocker, zog einen Stift aus dem Stifthalter und begann, auf den Zeichenblock zu kritzeln, der neben der Basisstation des schnurlosen Telefons lag. Sie musste erst etliche makellose Darstellungen von Aidan überblättern, um ein leeres Blatt zu finden. Die meisten Ärzte hatten eine vollkommen unleserliche Handschrift. Lyssa war Tierärztin, aber sie war zeichnerisch erstaunlich begabt.

»Hey, Stace«, sagte Lyssa zur Begrüßung. Ihre Stimme klang erleichtert.

Stacey war immer noch nicht dahintergekommen, was Lyssa so stresste. Nachdem sie jahrelang abgespannt und emotional verbraucht gewirkt hatte, war sie nach Aidans Rückkehr vollkommen aufgeblüht. Sie hatte dringend benötigtes Gewicht zugelegt und wirkte ausgeruhter. Aber sie wirkte auch so verängstigt, dass sich Stacey nicht gerade wenige Sorgen um sie machte. Ihre Hauptsorge war, es könnte etwas mit Aidan zu tun haben. Vielleicht befürchtete sie, er würde nicht allzu lange bleiben? Schließlich hatte der Mann Lyssa irgendwann schon einmal verlassen und war dann zu ihr zurückgekommen.

»Ist alles okay mit dir, Doc?«

»Ja. Mir geht es prächtig. Es ist wunderschön hier.«

Als sie hörte, dass der wachsame Tonfall einem verträumten wich, schob Stacey die Sorge um ihre Freundin beiseite und wandte sich wieder ihrem eigenen Dilemma zu. »Super. Hör mal, ich habe ein Problem. Kennst du einen Typen namens Connor?«

»Connor?«

»Ja, Connor. Groß, blond und verdammt herablassend.«

»O mein Gott ... Woher weißt du, wie er aussieht?«

Stacey seufzte. »Dann kennst du ihn also. Ich weiß nicht, ob ich erleichtert oder am Boden zerstört sein soll.«

»Stacey. Woher weißt du, wie Connor aussieht?« Lyssas Stimme klang jetzt so, als würde sie dem Besitzer eines Patienten gerade eine tödliche Krankheit erklären müssen.

»Er ist hier, Doc. Vor etwa zehn Minuten ist er aufgetaucht und hat sich hier häuslich eingerichtet. Ich habe ihm gesagt, er soll sich eine andere Bleibe suchen, aber ...«

»Nein! Lass ihn bloß nicht aus den Augen!«

Stacey riss sich das Mobilteil vom Ohr und blickte es finster an, während sie aus sicherer Entfernung zuhörte, da Lyssa jetzt aufgeregt ins Telefon schrie.

»Er ist Aidans bester Freund ... er könnte sich verirren ... lass ihn nicht aus dem Haus gehen ... Stacey, bist du noch dran?«

»Ja, ich bin da«, erwiderte sie und hielt das Mobilteil mit einem scharfen Ausatmen wieder ans Ohr. »Weißt du, der Typ ist tierisch scharf, aber er geht mir echt auf den Geist. Er ist herrisch und arrogant. Und grob. Es ist schon hart genug, JB zu ertragen, aber gleich zwei von der Sorte?«

»Ich gebe dir eine Gehaltserhöhung«, sagte Lyssa einschmeichelnd.

»In Ordnung. Ich glaube, mittlerweile verdiene ich mehr als du.« Nun, nicht ganz, aber sie wussten beide, dass sie überbezahlt war. Lyssa war viel zu großzügig. »Im Ernst, ich kann mit ihm fertigwerden.« *Ich will es sogar, ich würde ihn am liebsten von Kopf bis Fuß in die Mangel nehmen.* Das war ja gerade das Problem. Sie fühlte sich grundsätzlich von der falschen Sorte Mann angezogen. So war es schon immer gewesen.

»Nimm es nicht persönlich. Da, wo Aidan herkommt, sind sie alle etwas ... *brüsk*«, sagte Lyssa.

»Woher genau kommt er eigentlich?« Stacey versuchte schon seit Monaten, an eine genaue Ortsangabe zu kommen.

»Irgendwo in der Nähe von Schottland, glaube ich.«

»Du hast ihn immer noch nicht gefragt?«

»Es ist nicht wichtig«, tat Lyssa das Thema ab. »Aidan ist gerade zum Getränkeladen gelaufen, um Bier zu kaufen, aber wenn er zurückkommt, rufen wir an und sprechen mit Connor. Ich werde ihn bitten, mit ihm über gebührende Höflichkeit zu reden, okay?«

»Ja, das wird bestimmt toll.« Stacey schüttelte den Kopf. »Connor macht gerade ein Nickerchen. Er hat gesagt, er fühle sich beschissen. Du hättest die Aufmachung sehen sollen, in der er hier aufgetaucht ist, kostümiert und mit einem Schwert. Es sieht aus, als sei er von einem *Star Wars*-Treffen gekommen oder so.«

»Oh. Mist.« Es entstand eine lange Pause. »Es wird ihm eine Weile schlecht gehen, Stacey. Nicht lange, einige Stunden oder über Nacht. Er wird Fieber und Schüttelfrost bekommen.«

»Huch? Woher weißt du das?« Lyssa war gut auf ihrem Gebiet, aber das ging zu weit. Niemand konnte einen Patienten diagnostizieren, ohne ihn gesehen oder mit ihm gesprochen zu haben.

»Es ist eine verrückte Sache mit der Akklimatisierung, wenn sie aus dem Flugzeug steigen. Du weißt schon ... die Neue Welt und all das.«

»Die Neue Welt?«

Lyssa fluchte tonlos. »Neue Welt im Sinne von Pilgervätern und Konquistadoren, nicht Neue Welt im Sinne von fernen Planeten.«

»Klar, Doc.« Stacey klopfte mit dem Stift auf die gekachelte Tischplatte. »Ganz, wie du meinst. Trink Tafelwasser in Mexiko, in Ordnung? Ich glaube, was dort unten aus der Leitung kommt, kann ziemlich übles Zeug sein.«

Lyssa sagte lachend: »Keine Sorge. Ich bin nicht high.«

»Soso. Und hast du einen Vorschlag, was gegen diese grippeartige Erkrankung hilft?«

»Tylenol, falls er es braucht. Andernfalls lässt du ihn einfach schlafen, bis er von selbst aufsteht.«

»Das sollte sich leicht machen lassen.«

»Prima. Danke, dass du so verständnisvoll damit umgehst. Du bist die Beste.«

Stacey verabschiedete sich mit dem Versprechen, das Mobilteil in Erwartung von Aidans Anruf stets in ihrer Nähe zu haben. Dann saß sie lange da, dachte über die Ereignisse des Tages nach und verweilte bei dem Moment, in dem sie die Wohnungstür geöffnet und Connor davor gestanden hatte. Wenigstens konzentrierte sie sich nicht mehr ganz so sehr auf Justin und Tommy, aber sie sollte auch nicht so intensiv an Connor denken. Sie litt unter sexuellem Notstand, das war alles. Sie würde nicht in das altbewährte Muster zurückfallen und sich sexuell zu einem bösen Buben hingezogen fühlen, der ihr Leben total aus dem Lot bringen würde.

Stacey stieß sich von dem Barhocker ab und begab sich an den nahen Esstisch, auf dem ihre Lehrbücher ausgebreitet waren. Sie hatte sich endlich wieder im College eingeschrieben. Beim ersten Mal hatte sie vorgehabt, Schriftstellerin zu werden, und hatte Kurse in Englisch und in kreativem Schreiben belegt. Jetzt, dreizehn Jahre später, erfüllte sie die Voraussetzungen, um Veterinärtechnikerin zu werden.

Sie war zufrieden mit dieser Entscheidung und stolz auf sich, weil sie wieder die Schulbank drückte. Träume mussten erwachsen werden, genau wie Menschen. Allein ein Kind großzuziehen hatte ihr Leben verändert.

Darauf sollte sie sich konzentrieren, nicht auf das Prachtstück, das oben im Bett lag.

Leichter gesagt als getan.

Der Rotschopf mit den üppigen Rundungen, der die Straße überquerte, war nicht menschlich.

Wenn Aidan Cross nicht Jahrhunderte damit verbracht hätte, Albträume zu töten, wäre er vielleicht nicht aufmerksam genug gewesen, um es festzustellen, und wenn er nicht rasend verliebt gewesen wäre, hätte er sich vielleicht mehr für die Kurven der Frau interessiert als für ihre Stiefel. Aber er war nun mal ein aufmerksamer Beobachter und in festen Händen, und daher war es zwar ihr leuchtend rotes Haar, das ihm – und jedem anderen Mann, der durch die Straße lief – ins Auge stach, doch das, was seine Aufmerksamkeit fesselte, waren ihre Kampfstiefel. Sie waren schwarz, durch ein leichtes Antippen zu verschließen und aus einem Material gefertigt, das es auf der Erde nicht gab.

Aidan verlangsamte seine Schritte und rückte die Sonnenbrille so zurecht, dass sie ihn besser verbarg. Die Frau überquerte die verkehrsreiche Straße diagonal; sie kam von der gegenüberliegenden Straßenseite aus auf den Bürgersteig zu, auf dem er sich vorwärtsbewegte. Er ließ sich zurückfallen, damit sich noch mehr Passanten zwischen ihnen befanden.

Es war ein wunderschöner Tag in Rosarito Beach, Mexiko. Der Himmel war von einem makellosen Blau und mit reinweißen Wattewölkchen gesprenkelt. Gleich hinter den Geschäften zu seiner Linken traf das Meer in gleichmäßigen, rhythmischen Wellen auf die Küste. Die Luft war frisch und salzhaltig, die Temperatur warm, die Brise kühl. Der Sechserpack Corona, den er in der Hand hielt, fühlte sich vom Kondenswasser feucht an, und in dem Hotelzimmer um die Ecke erwartete ihn die schöne Frau, die er liebte. Er konnte sicher sein, dass sie ihn nackt erwartete.

Aber sie war nicht nur nackt. Und schön. Sie war auch in Gefahr.

Er beobachtete die Wächterin – möglicherweise zählte sie zu den Ältesten –, während sie, nur wenige Meter vor ihm, in den schwachen Strom von Fußgängern eintauchte. Sie trug ein kurzes Sommerkleid mit schmalen Trägern und einem geblümten Muster auf weißem Untergrund, und sie hätte unschuldig wirken können, wären nicht die zahlreichen Tribal Tattoos auf ihren Armen und die Lederarmbänder mit den Spikes gewesen.

Aidan ließ die Schultern kreisen und lockerte seinen Körper zur Vorbereitung auf den Kampf. Falls die Frau an der nächsten Kreuzung um die Ecke bog und auf das Hotel zuging, war er bereit, den Fehdehandschuh hinzuwerfen.

Es war für beide ein Glück, dass sie es nicht tat.

Seine Erleichterung war nur geringfügig. Seine gesamte Ausbildung sagte ihm, er solle ihr folgen und sich ein Bild davon machen, worauf sie es abgesehen hatte. Sein Herz dagegen drängte ihn, sich durch die schmale Seitenstraße in sein Zimmer zu begeben und dafür zu sorgen, dass Lyssa in Sicherheit war. Der Kampf in seinem Innern war schlimmer als der, für den er sich gerüstet hatte. Er *hasste* es, mit Frauen in den Ring zu steigen, er verabscheute es wirklich – aber damit würde er leichter umgehen können als damit, Lyssas Leben in Gefahr zu bringen.

Aidan überquerte die Straße, die zu seinem Hotel führte. Er warf einen schnellen Seitenblick auf das Gebäude und suchte das Äußere gründlich ab. Als ihm dort nichts Fragwürdiges auffiel, presste er die Kiefer aufeinander und ging weiter. Er folgte seiner Beute und ignorierte den Krampf in seinen Eingeweiden, die gegen seine Entscheidung protestierten. Er konnte sich ohnehin nicht geradewegs zu Lyssa begeben. Seine Vorsichtsmaßnahmen, um sicherzugehen, dass er nicht verfolgt wurde, verlängerten den fünfminütigen Weg zum Getränkeladen um etwa fünfundzwanzig Minuten.

Er war froh, dass es nicht lange dauerte, bis der Rotschopf von der Hauptstraße abbog und den Weg zu einem miesen kleinen Motel einschlug, das eindeutig bessere Zeiten erlebt hatte.

Er ließ sich weiter zurückfallen.

Als die Frau einen verstohlenen Blick über die Schulter warf, hakte sich Aidan bei einer zierlichen Brünetten in seiner Nähe ein und bot ihr ein Bier an. Das Erstaunen seiner arglosen Komplizin verwandelte sich in sinnliche Wertschätzung, als sie Aidans Äußeres zur Kenntnis nahm. Er lächelte auf sie hinunter, behielt jedoch die Wächterin im Auge, die ihn anscheinend für harmlos genug befand, um ihn zu missachten.

»Danke«, murmelte er seiner Begleiterin zu, als der Rotschopf in ein ebenerdiges Zimmer schlüpfte. Aidan prägte sich die Nummer auf der Tür ein und löste sich dann behutsam von der Brünetten. »Lassen Sie sich das Bier schmecken.«

Sie rief ihm etwas hinterher, doch er lief bereits in die

Richtung zurück, aus der er gekommen war. Zurück zu Lyssa. Auf dem Rückweg zum Hotel schlug er eine lange, umständliche und gründlich ungeplante Route ein und blieb oft stehen, um sich verschiedene Ponchos, Hüte, Schmuckstücke und Schnapsgläser, die auf Tischen am Straßenrand zum Verkauf angeboten wurden, genauer anzusehen. Er nahm jeden wahr, der sich in seiner Nähe oder hinter ihm bewegte. Erst als er absolut sicher sein konnte, dass er nicht verfolgt wurde, lief er durch das schmale offene Eisentor, das den gepflegten Rasen des Hotels dekorativ von der staubigen öffentlichen Straße abteilte.

Als er ihr Zimmer im zweiten Stock betrat und die zahlreichen Schlösser an der Tür verriegelte, klagte Lyssa: »Das hat ja ewig gedauert.«

Aidan warf seine Sonnenbrille auf die Kommode neben dem Fernseher, stellte die restlichen fünf Flaschen des Sechserpacks auf den Nachttisch und kroch über Lyssas Körper, der von einem Laken verhüllt wurde. Als er mit gespreizten Beinen auf ihr saß, senkte er den Kopf und machte sich über ihren Mund her, dabei kniff er die Augen fest zu, von Erleichterung durchflutet. Die lebhafte Sorge um ihre Sicherheit, die er verspürt hatte, verblasste, als sich ihre schlanken Arme um seinen Hals schlangen und sie ihn eng an sich zog. Ihr leises Stöhnen, mit dem sie ihn willkommen hieß, war Musik in seinen Ohren.

Aidan neigte den Kopf so, dass ihre Münder besser aufeinanderpassten. Seine Zunge glitt über ihre, und seine Sinne wurden von Lyssas Geruch und ihrem Geschmack überschwemmt und auch davon, wie sie sich anfühlte. Als sie sich ihm entgegenwölbte und ihre Brüste an seinen

Brustkorb presste, stieg ein Knurren tief aus seiner Kehle auf.

»Mmh …«, schnurrte sie.

»Mmh«, stimmte er ihr zu und hob den Kopf, um seine Nase an ihrer zu reiben. Dann ließ er sich neben ihr auf die Matratze sinken und schmiegte sie an sich.

»Du wirst nicht glauben, was ich dir zu erzählen habe«, murmelte sie.

Ihre Haut roch nach Äpfeln, und ihr langes blondes Haar war feucht, da sie gerade erst geduscht hatte. Das Bettzeug verströmte noch die Essenz ihrer Vereinigung, nackte Haut an nackter Haut und eine leidenschaftliche Liebesnacht, die von Sonnenuntergang bis Sonnenaufgang gedauert hatte.

»Ach ja?« Er legte eine Hand um ihren Hinterkopf und hielt sie eng an sich gepresst.

»Ja. Connor ist in meinem Haus.«

Eine lange Pause trat ein. »Das muss man sich mal vorstellen.«

Lyssa hob den Kopf und blickte auf Aidan hinunter. »Warum wirkst du nicht allzu überrascht?«

Aidan stieß den Atem aus. »Ich habe schon wieder eine Wächterin gesehen. Sie wohnt in einem Hotel nicht allzu weit von hier.«

»So ein Mist.«

Er nickte matt. »Genau.«

4

Nach Luft japsend und von heftigen Schauern erschüttert, tauchte Connor aus dem eisigen See auf und kroch an das sandige Ufer. Als er sich auf die Füße zog, klebte seine Elite-Uniform schwer an seinem Körper. Er richtete seine gesamte Konzentration darauf, gegen die Verspannung anzukämpfen, die von der Unterkühlung herrührte, und so merkte er zu spät, dass er angegriffen und nach hinten gestoßen wurde.

Als sich ein kleinerer, drahtigerer Körper um ihn schlang, wurde sein empörtes Aufheulen von der Wasseroberfläche zurückgeworfen, und seine zunehmende Spannung löste sich. Connor wand sich und raufte mit seinem Angreifer bis zu dem Moment, als sie beide rückwärts in den See fielen; eine Fontäne sprühte auf, als ihre Haut auf das Wasser aufschlug.

Der brennende Schmerz des unerwarteten Aufpralls, der riesige Schreck – beides zusammen machte Connor stinksauer. Er packte die Kutte seines Angreifers am Nacken und zerrte ihn ans Ufer.

»Warte!« Da er grau gekleidet war, konnte es sich bei dem Mann nur um einen Ältesten handeln.

Sein Pech war, dass Connor in dem Moment nicht besonders gut auf die Ältesten zu sprechen war und keine Nachsicht zeigte; außerdem war er dazu aufgelegt, ernsthafte Arschtritte auszuteilen. Er griff über die Schulter und zog seine Glefe aus der Scheide. »*Falls du Todessehnsucht hast, Alter*«, *knurrte er,* »*hättest du das rundheraus sagen sollen.*«

»*Cross braucht dich.*«

Der Klang der vertrauten Stimme ließ Connor zusammenzucken. Natürlich konnte es nicht einfach irgendein Ältester sein. Nicht an einem so beschissenen Tag wie heute. Es musste ausgerechnet der Älteste Sheron sein, sein Ausbilder an der Elite-Akademie.

»*Was Cross braucht, sind Antworten. Wir alle brauchen Antworten.*«

Der Älteste stieß die klatschnasse Kapuze zurück, die sein Gesicht verbarg, und Connor betrachtete den Mann, der dabei geholfen hatte, ihn zu dem Krieger zu machen, der er heute war. Sherons äußere Erscheinung hatte sich so drastisch verändert, dass er in ihm kaum noch den dynamischen, kraftstrotzenden Lehrmeister erkennen konnte, der er früher einmal gewesen war. Sein dunkelbraunes Haar war jetzt reinweiß, die einst sonnengebräunte Haut wies eine ungesunde Blässe auf, und seine Pupillen waren so groß und dunkel, dass sie das Weiße seiner Augen vollständig schluckten. In dieser Hinsicht sah er dem Ding, das im Tempel eingesperrt gewesen war, sehr ähnlich.

Connor verspürte Ekel, der jedoch gleich darauf von Wut abgelöst wurde. Aidan hatte zu Sheron aufgeblickt, wie man zu einem Vater aufgeblickt hätte. Da seine leiblichen Eltern ihn im Stich gelassen hatten, weil er die Elite-Akademie besuchte, hatte Aidan eine Vaterfigur gebraucht und sich an Sheron gewandt, damit er diese Rolle übernahm. Der Gedanke, wie unangebracht das Vertrauen seines Freunds gewesen war, erboste Connor noch mehr.

Connor seinerseits entstammte einer langen Ahnenreihe von Elitekriegern. Sämtliche Bruces, ob männlich oder weiblich, hatten sich der Elite angeschlossen. Durch das Schwert leben und sterben, *lautete das Credo der Familie, und deshalb riss Connor bei jeder Form von Lug und Trug schnell der Geduldsfaden. Zeit war kostbar, sogar für einen nahezu Unsterblichen.*

Aidans Eltern dagegen gehörten einer ganz anderen Sorte von Wächtern an – ein Elternteil ein Heilender Wächter, der andere ein Pfleger. Sie konnten den Weg nicht verstehen, den ihr Sohn eingeschlagen hatte, und die ständigen Fragen, mit denen sie Aidan bedrängten, hatten ihn schließlich vertrieben. Die Crosses konnten nicht begreifen, warum ihr einziges Kind gegen die Albträume arbeiten musste, statt den Schaden, den sie angerichtet hatten, im Nachhinein zu beheben. Da er außer ihnen keine anderen leiblichen Verwandten hatte, blieben Aidan nur noch zwei emotionale Bindungen, nämlich die an Connor und an Sheron.

Und Sheron hatte sich einer solchen Achtung und Zuneigung als unwürdig erwiesen.

»*Andere sind Cross auf die Ebene der Sterblichen nachgeschickt worden*«, *sagte Sheron grimmig. Er hielt den Griff seines Schwerts mit beiden Händen umklammert.* »*Mächtige Älteste. Er wird Beistand brauchen.*«

»*Wir sind nicht so ahnungslos, wie Ihr vielleicht glaubt*«, *höhnte Connor, während er seinen Gegner mit langsamen, gleichmäßigen Schritten umkreiste.* »*Und wenn Ihr gerade dazu aufgelegt seid, Dinge auszuplaudern, warum erklärt Ihr mir dann nicht, was dieses Ding im Tempel war?*«

Sheron blieb still stehen und senkte sein Schwert. »*Ich habe sie gewarnt. Ich habe ihnen gesagt, das System sei unerprobt. Es war zu riskant, aber sie waren wild entschlossen.«*

»*Wovon redet Ihr?*« *Connors Blick richtete sich auf den Ältesten, und seine Wachsamkeit nahm zu. Er sah diese List nicht zum ersten Mal – dass ein Kämpfer so tat, als habe er das Interesse an dem Kampf verloren, aber nur, um das Überraschungsmoment zu nutzen, wenn er zuschlug.*

Sheron hielt in der Bewegung inne. »*Die Höhle war unser wichtigstes Instrument, um den Durchlass zwischen der Ebene der Sterblichen und dem Zwielicht zu kontrollieren, aber wir wussten, dass wir zu angreifbar sind, wenn wir uns zu sehr auf eine einzige Örtlichkeit verlassen. Wir haben einen Raum im Tempel der Ältesten umgewandelt, um die Slipstreams medial veranlagter Menschen anzulocken. Es hat geklappt, wenn auch in geringerem Ausmaß. Aber der Tempel ist nicht sicher vor Albträumen.*«

»*Ist er nicht?*« *Diese Vorstellung ließ großes Unbehagen in Connor aufkommen. Beim Anblick des schimmernden weißen Gebäudes, in dem der Tempelkomplex untergebracht war, hatte er immer Frieden verspürt. Dieser Ort war nicht von ihrem Feind besudelt und in der Halle des Wissens mit der Geschichte seines Volks angefüllt. Obwohl er persönlich nie Gebrauch von den Informationen gemacht hatte, die dort zu finden waren, hatte ihn der Gedanke daran doch beruhigt.*

»*Nein.*« *Sheron stieß den durchnässten Schopf reinweißen Haars zurück, das ihm in die Stirn fiel.* »*Die Verzweiflung der Albträume hat zugenommen. Die älteren haben gelernt, sich an ihre Beute anzuschleichen, statt einfach in einem rasenden Taumel anzugreifen. Jeder Schatten, den du siehst, ist suspekt, und nur die Höhle ist sicher vor ihnen, obwohl wir nicht genau sagen können, warum. Ich habe den Verdacht, es hat etwas mit dem Wasser zu tun.«*

»Vielleicht ist es zu verdammt kalt«, schlug Connor vor, der in der sanften Brise zitterte. Er fuchtelte mit der Hand, um die Luft um sich herum anzuwärmen. Außerhalb des Bereichs, der ihn umgab, nahm die Windgeschwindigkeit exponentiell zu, und brodelnde Wolken verdunkelten den Himmel.

»Wir wissen es nicht, Bruce. Ich habe versucht, die anderen davon abzubringen, aber sie fanden, der Nutzen sei das Risiko wert.«

»Und worin genau besteht das Risiko?«

Sheron schob die Lippen vor. »Dass die Albträume mit der Zeit...«

Donner krachte, und Schwärze sank in einer alles umschlingenden Decke herab. Der Älteste stieß einen Schrei aus, und die Wolken begannen, Gestalt anzunehmen, indem sie sich zu der vertrauten Form von Albträumen umbildeten.

Es waren Tausende...

Connor erwachte voller Grauen.

Er setzte sich kerzengerade im Bett auf, erschrocken über seine Umgebung, und sein Gehirn brauchte einen Moment zu lange, um zu begreifen, wo er war. Sein Herz raste, und seine Haut war mit Schweiß überzogen.

Die Ebene der Sterblichen.

Er befand sich in der Hölle.

Sein Atem ging so schwer, dass sich sein Brustkorb mühsam hob und senkte, während er die Beine über die

Bettkante schwang und den Kopf in die Hände sinken ließ.

Albträume, diese Mistkerle.

Als seien die Gerüche dieser Welt noch nicht schlimm genug, musste er sich jetzt auch noch mit Albträumen abgeben.

Angewidert stemmte er sich von der Bettkante hoch und zog seine Sachen aus. Er warf sie auf einen Haufen und ließ ihn auf dem Boden liegen. Dann öffnete er die Tür des Gästezimmers, das er ausgewählt hatte, nachdem er gesehen hatte, dass die beiden anderen Schlafzimmer belegt waren. Eines war das geräumigste und luxuriöseste, offenbar Lyssas Schlafzimmer, und das andere roch nach dem heißen Feger, der ihm die Haustür aufgemacht hatte.

Sein Mund verzog sich grimmig. Wenigstens gab es hier etwas oder, besser gesagt, *jemanden*, der ihm gefiel.

Stacey mit diesen fülligen Hüften, dem wohlgeformten Arsch und den großen Titten war der Inbegriff rundlicher, reifer, kurvenreicher Perfektion. Sie war eine Frau von der Sorte, an der sich ein Mann festhalten und die er hart rannehmen konnte.

Sein Schwanz schwoll bei dem Gedanken an, und er stöhnte leise, als sein Körper aus einer Kombination von zu langer Abstinenz, einem zu beschissenen Tag und einer zu tollen Frau zu sieden begann. Er wollte seine Faust in die wüste Mähne aus dichten schwarzen Korkenzieherlöckchen graben und über diesen üppigen roten Mund herfallen. Sogar mit verweinten grünen Augen und einer roten Nase war ihr herzförmiges Gesicht im animalischsten Sinne verlockend gewesen. Er wollte es gerötet sehen, mit glitzerndem Schweiß überzogen und von dem qualvollen Verlangen nach einem Orgasmus gezeichnet. Wenn er sich nicht gefühlt hätte, als würde er jeden Moment sterben, hätte er sie sofort aufgeheitert.

Natürlich galt auch hier: Besser spät als nie. Er konnte ebenfalls eine Aufheiterung gebrauchen. Er fühlte sich zerrissen – wütend und desillusioniert und verloren. Am tiefsten traf ihn seine Orientierungslosigkeit. Er wusste ein festes Fundament zu schätzen. Aidan war der Abenteurer – Connor hingegen gefiel es, wenn sein Leben klar definiert und ohne Überraschungen verlief. Dieses Gefühl des freien Falls behagte ihm nicht, und er wusste genau, wie man in einer hektischen Welt einen friedlichen Ort fand.

Dieser Ort war in Stacey.

Und sie war unten und wartete auf ihn, auch wenn sie das selbst noch nicht wusste.

Connor ging ins Gästebad und duschte kalt. Nach allem, was ihm der Tag bisher beschert hatte, war es ein himmlisches Gefühl, sich zu waschen, und als er ein paar Minuten später in den Flur trat, fühlte er sich gefasster. Weniger unruhig und dafür beherrschter.

Er spielte mit dem Gedanken, sich anzuziehen, ehe er nach unten ging und sich auf die Suche nach etwas Essbarem machte, doch dann entschied er sich dagegen. Ihm war nicht danach zumute, seine Uniform wieder anzuziehen, solange sie nicht gesäubert war, und für seine Begriffe war er mit dem Handtuch, das er um seine Hüften geschlungen hatte, vorzeigbar. Außerdem könnte sich Stacey darüber ärgern, dass er so wenig anhatte, und das konnte durchaus der benötigte Impuls sein, um sie ins Bett zu kriegen. Wenn man es richtig anstellte und die Überredungskunst beherrschte, ließ sich jede Form von Leidenschaft in Leidenschaft sexueller Natur umwandeln. Und Stacey wollte ihn bereits – auch wenn sie ihn nicht wollen *wollte*.

Er hatte genügend menschliche Fantasien wahr werden lassen, um zu wissen, dass Frauen ihre Gelüste manchmal leugneten, aus Gründen, die nichts mit dem eigentlichen Sex zu tun hatten. Ob ein Mann einen guten Job hatte, Kinder mochte, treu war, anständig kochen konnte, wusste, wie man Autos reparierte, oder zur Arbeit einen Anzug trug – die Gründe, Nein zum Sex zu sagen, waren viel zahlreicher als die Gründe, Ja zu sagen.

Wächter hatten keine solche Sorgen, die nichts mit dem Thema zu tun hatten. Sex war Trost und Trieb und eine notwendige Befriedigung von Bedürfnissen. Er war der Gesundheit und Stimmung zuträglich. Er war so notwendig wie das Atmen, und obwohl sich einige Wächter dauerhaft als Partner zusammentaten, hielten sich die meisten ihre Möglichkeiten offen.

Er brauchte jetzt Trost und Vergessen, und wenn er Stacey mehr Gründe zum Jasagen als zum Neinsagen gab, konnte er sie haben. Und er wollte sie. Dringend.

Als Connor von der letzten Treppenstufe auf die Marmorfliesen der Diele trat, warf er einen raschen Blick auf das dekorative Fenster über der Schiebetür aus Glas, die auf die Terrasse führte. Die rötliche Tönung des Sonnenscheins verriet ihm, dass es spät am Nachmittag war. Sechs Uhr, wenn er dem digitalen Kabelempfänger über dem Fernseher Glauben schenken konnte.

»Ich versuche nicht, Schuldgefühle bei dir zu wecken!«, protestierte Stacey glühend.

Wer zum Teufel war zu Besuch gekommen?

Er wollte schon wieder in sein Zimmer gehen, um sich eine Hose anzuziehen, als sie sagte: »Ich kann nichts dafür, wenn meine Stimme traurig klingt. Du fehlst mir. Was für eine Mutter wäre ich denn, wenn ich dich nicht vermissen würde? Das heißt aber noch lange nicht, dass ich versuche, dir die Stimmung zu vermiesen. Ich werfe dir doch nicht vor, dass du mitgefahren bist!«

Sie war am Telefon. Er fühlte, wie die Anspannung aus seinen Schultern wich. Im Moment fühlte er sich einer direkten Konfrontation nicht gewachsen. Seine Nerven waren zum Zerreißen gespannt.

Connor durchquerte das Wohnzimmer und blieb im Durchgang zum Esszimmer stehen. Stacey war von ihm abgewandt. Ihr Rücken war verkrampft, und sie rieb mit einer Hand ihren Nacken.

Verdammt noch mal, sie hatte wirklich einen hübschen Hintern. Fett hatte sie ihn genannt. Er musste zugeben, dass er nicht gerade klein war, aber er war stramm und rund und mehr als eine Handvoll. Er wollte diese festen Backen in den Händen halten, während er ihre Hüften in den perfekten Winkel brachte, um seinen Schwanz bis zum Anschlag aufzunehmen, wenn er hart und tief in sie drang… Er wollte es ebenso sehr, wie er atmen wollte, wollte die greifbare Verbindung zu einer anderen Person. Ein Schauer des Verlangens erschütterte ihn von Kopf bis Fuß. Dann wurde ihre Stimme aufgeregter, und er blickte finster.

»Mir ist klar, dass du ihn seit Jahren nicht gesehen hast. Als ob ich das vergessen könnte... Nein, das war keine Stichelei... Himmel, es ist die gottverdammte Wahrheit... er hat mir keinen Cent für deinen Unterhalt geschickt! Ich erfinde das nicht... *Darüber wegkommen?* Er läuft Ski, und ich bin pleite, und *ich* soll darüber wegkommen? Justin? *Justin?* Schätzchen...?« Sie seufzte schwer und knallte das Mobilteil auf die Basisstation. »Mist!«

Connor sah zu, wie sie sich mit beiden Händen durch die wüsten Locken fuhr. Dann fiel ihm auf, dass ein stummes Schluchzen ihre Schultern beben ließ. Plötzlich wurde aus dem Bedürfnis zu ficken und zu vergessen etwas ganz anderes – das Bedürfnis, Leid zu teilen und Mitgefühl zu zeigen.

»He«, schnarrte er leise und konzentrierte sich auf die Frustration und den Kummer, die er aus ihrem Fluch herausgehört hatte.

Sie schrie auf und sprang mindestens dreißig Zentimeter, wenn nicht mehr, in die Luft.

»Du verdammtes Arschloch!«, kreischte sie und drehte sich mit finsterer Miene zu ihm um. Eine Hand hielt sie aufs Herz gepresst, Tränen hingen an dichten schwarzen Wimpern und verschmierten ihre blassen Wangen. »Du hast mich zu Tode erschreckt!«

»Tut mir leid.«

Ihr Blick sank auf seine Hüften, und sein Ständer zog die Enden des Handtuchs auseinander und entblößte seinen Oberschenkel bis zur Taille. »O mein Gott.«

Seine Lust, ihr Schmerz und die Albträume, die er gerade erst gehabt hatte, machten gekünstelten Charme unmöglich. »Du hast den hübschesten Arsch, den ich jemals gesehen habe«, erklärte er.

»Ich habe einen hübschen …?« Sie blinzelte, wandte den Blick jedoch nicht ab. »Du läufst halbnackt mit einem Ständer durchs Haus, und alles, was du dazu sagen kannst, ist: ›Du hast einen hübschen Arsch‹?«

»Ich kann auch ganz nackt sein, wenn es dir lieber ist.«

»Nein, zum Teufel.« Sie verschränkte die Arme vor der Brust, was nur dazu diente, ihre BH-losen Brüste hervorzuheben. Verlangen, das sich über Wochen in ihm angestaut hatte, loderte über seine Haut und ließ einen dünnen Schweißfilm zurück. »Diese Leistungen sind in der Unterkunft nicht inbegriffen.«

»Mir ist egal, was in der Unterkunft inbegriffen ist«, sagte er aufrichtig. Sie war eine weiche, warme, gefühlvolle Frau. Genau das brauchte er. »Ich will wissen, was bei *dir* inbegriffen ist. Sanfte Berührungen? Etwas Gröberes? Magst du es, schnell und hart rangenommen zu werden? Oder hast du es lieber lang und bedächtig? Wovon wird deine Stimme heiser, meine Süße?«

»Himmel! Du redest wohl gar nicht erst um den heißen Brei herum?«

Connor beobachtete, wie sich ihre Pupillen weiteten – eine unbewusste Aufforderung. Er trat näher. Behutsam. Bloß keine raschen Bewegungen, denn er konnte erkennen, dass die Kampf-oder-Flucht-Reaktion sie voll im Griff hatte, und er wollte nicht, dass sie fortrannte. Er bezweifelte, dass er sie davonlaufen lassen konnte.

»Mit fehlt im Moment die Geduld für Lügen«, murmelte er. »Ich will dich. Nach allem, was ich in der letzten Zeit durchgemacht habe, wäre eine Nacht mit dir der Himmel. Mir gefällt es hier nicht. Ich habe Heimweh und fühle mich ganz einfach elend.«

»T-tut mir leid...« Stacey schluckte schwer, die Augen in ihrem reizenden Gesicht waren groß, und ihre Zunge schoss hervor, um kirschrote Lippen anzufeuchten. »Tut mir leid, dass ich dich enttäuschen muss, aber ich kann heute nicht. Ich habe Kopfschmerzen.«

Er trat näher.

Sie wich zurück und stieß gegen einen Barhocker. Ihr Brustkorb hob und senkte sich schnell, ebenso wie seiner. Ihre Nasenflügel blähten sich, da sie Gefahr witterte. Fest zusammengerollt in seinem Innern war das Bedürfnis, sie eng an sich zu reißen. Sie davon zu überzeugen, dass sie blieb und Ja sagte. Sie daran zu hindern abzustreiten, dass sie ihm gehörte, denn irgendeine primitive Stimme in seinem Innern flüsterte ihm zu, dass es so war. *Meins,* beharrte die Stimme. *Sie gehört mir.*

Etwas in *ihrem* Innern verstand die Situation.

»Wir haben beide einen beschissenen Tag«, brachte er mühsam hervor, und seine Stimme klang krächzender, als ihm lieb gewesen wäre. »Warum sollten wir obendrein auch noch eine beschissene Nacht haben?«

»Sex wird mein Problem nicht lösen.«

Ihre Hände schlangen sich um den Rand des hölzernen Hockers, sie reckte das Kinn in die Luft. Diese Pose schob ihre Brüste schamlos und trotzig vor, und das Verlangen, das er nach ihr verspürte, wuchs sich zu rasender Gier aus. Ein rohes Knurren füllte den Raum zwischen ihnen aus, und sie keuchte leise. Ihre Brustwarzen stellten sich straff auf und stießen gegen den lockeren Baumwollstoff ihres Tops.

Connors Schwanz schwoll noch mehr an, eine Reaktion, die er, so dürftig, wie er bekleidet war, nicht verbergen konnte. Er wollte sie. *Jetzt.*

Er wollte vergessen, dass er nicht zu Hause war und möglicherweise nie mehr nach Hause zurückkehren konnte, wollte vergessen, dass er belogen, betrogen und vorsätzlich getäuscht worden war. Er wollte sich um eine warme, willige Frau schlingen und ihr dabei helfen, ihren Kummer ebenfalls zu vergessen. Das konnte er, damit kannte er sich aus, darauf verstand er sich blendend. Das gab ihm Halt. Und diesmal würde es echt sein. Kein Traum und auch keine Fantasie.

Er konnte das bebende Verlangen in ihrem Innern wahrnehmen, den Anflug von Verzweiflung, das Bedürfnis, Wut und Schmerz herauszuschreien. Das Bedürfnis, mit jemandem in Verbindung zu treten, der mit all dem, was sie bedrückte, absolut nichts zu tun hatte. Mit jemandem, dem sie nichts vorzuwerfen hatte, jemandem ohne Gepäck oder Erwartungshaltung, ein schuldfreies Vergnügen. Sie brauchte nur einen kleinen Schubs.

Connor zog an seinem Handtuch und ließ es zu Boden fallen.

»Gütiger Himmel«, murmelte Stacey. »Du bist einfach unglaublich.«

Mit einem sanften Lächeln nahm er ihre Bemerkung ganz bewusst so auf, wie sie nicht gedacht war. »Dabei habe ich doch noch gar nicht angefangen.«

Die gesenkte Stimme mit dem starken irischen Akzent schlang sich um Staceys Wirbelsäule und glitt dann in einem feurigen Glissando daran hinunter.

Sie starrte den großen, prachtvollen – unvorstellbar prachtvollen – goldenen *nackten* Mann an, der mit langen Schritten auf sie zukam, und sie war wütend auf sich selbst, weil sie so verdammt erregt war. Sie konnte den Blick einfach nicht von den wunderschönen gestählten Muskeln abwenden, die mit gebräunter Haut überzogen waren. Oder von dem honigblonden Haar, das ihm in die Stirn hing. Oder von den karibisch blauen Augen, die von Kopf bis Fuß über ihren Körper wanderten, mit einem glühenden, lüsternen Blick, in dem aber auch Zärtlichkeit lag.

Um seinen sündhaft sinnlichen Mund hatten Anspannung und Stress tiefe Furchen zurückgelassen, ein Anblick, der sie in Versuchung führte, seine Sorgen fortzuküssen, welcher Art sie auch sein mochten.

Als ob das möglich wäre. Connor Bruce erschien ihr abgeschottet und eigenständig wie eine Insel. Er hatte von Natur aus etwas Gefährliches an sich, etwas Wildes und Ungezähmtes. Er wirkte irgendwie ... gepeinigt. Ein Gefühl, das sie verstand, weil sie sich gerade selbst so fühlte. Angespannt und nur mühsam im Zaum gehalten von ihrer Vernunft. Eigentlich wollte sie nach Big Bear rauffahren und Justin und Tommy sagen, ein einziger verdammter Skiausflug mache Tommy noch nicht zum Vater des Jahrhunderts.

Ihre Unfähigkeit, »darüber hinwegzukommen«, frustrierte Stacey derart, dass sie stattdessen Connors herrlichen Schwanz beäugte. Schließlich stellte er ihn offen zur Schau.

»Den kannst du ganz für dich allein haben«, schnurrte er und kam auf sie zu, voller Entschlossenheit und mit dieser gestählten Bauchmuskulatur, die ihr das Wasser im Mund zusammenlaufen ließ – eine verheerende Kombination. Sie blickte auf und sah die Herausforderung in den Tiefen seiner blauen Augen. Er wusste, dass ihr gar nichts anderes übrig blieb, als das, was er ihr so unverblümt anbot, anzusehen und zu begehren. »Und du gehörst ganz und gar mir.«

O Gott, wie sehr sie wünschte, sie könnte es mit einem Lachen abtun. Wenn man bedachte, wie kurz sie einander erst kannten, hätte diese Bemerkung teuflisch komisch sein müssen. Aber Connor war ein zu primitives Exemplar Mann, um ihn einfach abzuweisen, wenn er Besitzansprüche stellte. Ebenso, wie sie allem Anschein nach primitiv genug war, um es zu genießen, an den Haaren in seine Höhle geschleift zu werden.

Mit einem Mann, der so perfekt war, stimmte etwas nicht. Ganz und gar nicht. Gut zwei Meter reine, potente Männlichkeit. Er war groß, breit gebaut und kräftig, und er war ein böser Bube. Unwiderstehlich böse. Sie hätte ihm vielleicht widerstehen können, wenn das alles gewesen wäre. Aber er schien noch dazu verletzlich zu sein, auf eine Art, die sie nicht näher bestimmen konnte. Doch sie fühlte sich davon angesprochen. Es berührte sie tief in ihrem Innern. Sie stellte fest, dass sie ihn besänftigen wollte, ihn umarmen wollte, ihm ein Lächeln entlocken wollte.

Außerdem war sie machtlos dagegen, dass ihr Blick wieder auf den langen, dicken Schwanz fiel, der ihm den Weg wies. Auch der war perfekt. Sie fand absolut nichts an seinem Körper auszusetzen, obwohl sie es wirklich versuchte. O Mann, und wie sie es versuchte. Er war von einer wilden Schönheit und beängstigend sexy, aber sie würde nicht nachgeben. Auf keinen Fall. Sie geiferte nach ihm, das schon, aber sie würde ihre früheren Fehler nicht wiederholen. Um Himmels willen, sie kannte den Kerl ja nicht einmal!

»Hast du mit diesem Auftritt als Conan der Barbar bisher Erfolg gehabt?«, fragte sie mit einer hochgezogenen Augenbraue und schauspielerte auf Teufel komm raus. »Bei mir zieht das nämlich überhaupt nicht.«

Seine Lippen verzogen sich zu einem knabenhaften Lächeln. Ihre Reaktion darauf verblüffte sie. Es war ein charmantes Lächeln von der Sorte, das in ihr den Wunsch auslöste, ebenfalls zu lächeln.

»Beweis es.« Seine langen, lässigen Schritte ließen sie erschauern. Sie packte die Sitzfläche hinter sich mit solcher Kraft, dass ein Fingernagel abbrach, und ihr entrang sich ein kleiner Schreckenslaut. Dieser leise, heisere Aufschrei verriet sie. Sie merkte es selbst, denn sein Blick wurde glühender, und sein Schwanz schwoll noch mehr an. Der Anblick ließ ihren Mund trocken werden.

Herr, erbarme dich.

Sein langer, dicker Schwanz war von pochenden Adern durchzogen, die sie zwangen, ein sehnsüchtiges Stöhnen zu unterdrücken. Pornostars würden für diesen Schwanz bezahlen. Scheiße, Frauen bezahlten für Schwänze wie seinen, aus Plastik geformt und mit einem Geschwindigkeitsregler.

»Du glaubst wohl, ich traue mich nicht?«, murmelte sie.

Ihr Blick war von der raubtierhaften Anmut seiner Bewegungen gefesselt. Sie fragte sich, wie er sich wohl beim Ficken bewegte, und der Gedanke ließ sie feucht zwischen den Beinen werden.

Sie war einsam, müde, enttäuscht von dem Blatt, das ihr das Leben zugeteilt hatte, und so stinksauer, dass sie ihre Rolle als ungewürdigte Mutter gern für ein oder zwei Stunden abgeschüttelt hätte. *Darüber wegkommen?* Klar. Gab es etwa einen besseren Weg, um darüber hinwegzukommen, als sich unter einen Mann wie Connor Bruce zu legen?

»Lass mich dich in den Armen halten«, murmelte er. Sein Akzent war eine sanfte Lockung.

Stacey rührte sich nicht. Sie konnte nicht.

Als er näher kam, hielt sie den Atem an, denn sie wusste, dass es ihren Widerstand gegen dieses äußerst attraktive, aber unnütze Angebot schwächen würde, wenn sie ihn roch. Der Geruch seiner Haut war einzigartig. Leicht würzig und mit einer Spur Moschus. Hundert Prozent männlich. Ganz und gar Connor. Ein Einatmen würde die Bilder von ihm, die ihr ohnehin schon durch den Kopf gingen, an Tiefenschärfe gewinnen lassen – er aufgestützt über ihr, mit hervortretenden Muskeln in den Armen, die sein Gewicht trugen, die Bauchmuskulatur ein Geflecht aus Strängen, während er den dicken Schwanz in sie hineinstieß und ihn herauszog, die prachtvollen Gesichtszüge angespannt vor Lust.

So, wie er jetzt aussieht.

Da ihre eigenen Gelüste sie in Panik versetzten, schüttelte Stacey heftig den Kopf und sprang mit einem raschen

Satz zur Seite, wobei sie hoffte, nicht an den Esstisch zu stoßen und ... hoffte, er würde Jagd auf sie machen.

Was er tat.

Connor sprang nach vorn und erwischte sie mühelos. Sein stählerner Arm schlang sich um ihre Taille und zog sie näher heran. Die Beengtheit ließ die volle Kraft ihres Verlangens erwachen, und sie wurde weich und nachgiebig und ganz feucht vor Vorfreude.

»Lass mich, Stacey.« Sein Tonfall veränderte sich, wurde eindringlich, und seine Stimme war vor Verlangen belegt. »Ich brauche dich. Du brauchst mich. Lass es zu.«

Die Heftigkeit seines Verlangens drückte sich von Kopf bis Fuß in seiner Körperhaltung aus. Es war greifbar und stellte eine ungeheuer große Verlockung dar.

Es war aber auch Wahnsinn.

»Verdammt noch mal!«, fauchte sie und wehrte sich, aber nur, weil ihre Abwehr sie noch mehr anmachte, nicht etwa, weil sie auch nur im Entferntesten erwartete, ihm entkommen zu können. »Du kannst mich nicht einfach so ins Bett zerren.«

»Du hast recht. So weit schaffe ich es nicht. Ich werde dich gleich hier nehmen.«

»*Hier?*«, krächzte sie. »Das ist irrsinnig! Wir kennen einander überhaupt nicht!«

Er schloss die Arme enger um sie und schmiegte sich liebevoll an ihren Leib. Seine Zunge glitt über den flatternden Puls an ihrer Kehle. Ihr wurde schwindlig davon, so von ihm in den Armen gehalten zu werden, eingehüllt von seinem Duft, während er seine Aufmerksamkeit auf Details richtete. Sie bezweifelte nicht, dass Connor jede erogene Zone ihres Körpers finden würde. Ebenso wenig zweifelte sie daran, dass sie es wollte. Herrgott, es war so lange her, seit sie großartigen Sex mit jemandem gehabt hatte, der darauf aus war, ihr Lust zu bereiten. Mit jemandem, der es zu *brauchen* schien, ihr Lust zu bereiten.

»Du denkst zu viel«, flüsterte er mit den Lippen an ihrem Ohr. Er hob eine Hand und legte sie auf ihre Brust, die nicht durch einen BH eingeengt wurde. Seine Handfläche war warm, und er drückte fest und doch sachte zu. Sein Daumen und der Zeigefinger kniffen in ihre Brustwarze, drehten sie und zogen daran. Sie wand sich, als die Empfindung, die er damit hervorrief, geradewegs in ihr Geschlecht schoss und es wahnsinnig prickeln ließ. Polternd stieg ein rauer Laut aus seinem Brustkorb auf.

Der Drang, die Augen zu schließen und mit ihm zu verschmelzen, war stark. »Man springt nicht einfach mit einem Fremden ins Bett, weil man einen beschissenen Tag hatte.«

»Und warum nicht? Warum versagst du dir etwas, was du willst?«

»Das nennt sich Reife.« Sie änderte ihre Taktik und sackte wie ein totes Gewicht in seinen Armen zusammen. Er schien es nicht zu bemerken. Der Mann war stark genug, um einen Elefanten zu tragen.

»In meinen Ohren klingt das nach Selbstquälerei.«

»Vermutlich bist du in dem Glauben durchs Leben gerauscht, du könntest genau das tun, was dir gerade in den Kram passt, weil du so scharf bist.«

Er drückte einen schnellen, harten Kuss auf ihre Schläfe

und setzte beide Hände ein, um ihre Brüste zu kneten. »Du bist scharf, und du tust nicht, was du willst.«

Stacey schnaubte. »Mit Komplimenten kommst du bei mir nicht zum Zug.«

Connor hob eine Hand, legte sie auf ihre Wange und brachte ihren Kopf in den richtigen Winkel, um sie zu küssen. »Nein«, flüsterte er mit seinem Mund auf ihren Lippen, »aber damit.«

Er riss ihre geknöpfte Jeans auf und stieß seine Hand hinein.

»Nein ...«

Seine Zunge stieß tief in ihren Mund und brachte ihren Protest zum Verstummen. Seine Hand legte sich durch ihren String aus Spitze auf sie. »Doch«, schnurrte er und rieb mit geschickten Fingern ihre notleidende und geschwollene Muschi. »Du bist ganz feucht, Süße.«

Als er den störenden Stoff aus dem Weg stieß und ihre nackte Haut berührte, wimmerte sie.

»Sag mir, dass du mich willst«, krächzte er, und die schwielige Spitze seines Zeigefingers glitt zwischen ihre Falten und strich über ihre geschwollene Klitoris. Hin und her, liebkosend und kreisend.

Die Anspannung war immens, ihr Atem ging keuchend, und ihre Beine versteiften sich.

»Oh! Ich komme gleich ... o Gott ...« Himmel, sie hatte schon so lange keinen Sex mehr gehabt, dass der kleinste Auslöser genügte.

»Sag mir, dass du mich willst«, wiederholte er.

Ihre Hüften kreisten und stießen gegen diesen Finger, der sie fast wahnsinnig machte. »Spielt das denn überhaupt eine Rolle?«, keuchte sie und bäumte sich innerhalb des Käfigs seiner kräftigen Arme auf wie eine Wilde.

»Ja.« Seine Zähne versanken in dem angespannten Muskel an ihrem Hals, und sie schrie überrascht auf. »Es spielt allerdings eine Rolle. Ich will dich. Und ich will, dass du mich auch willst.«

Zwei lange, dicke Finger stießen in sie hinein, und sie zuckte am Rande des Höhepunkts. Ihre Augen schlossen sich, der Kopf fiel an seine Brust zurück. Sie zitterte heftig, überfordert und weinerlich. Der ganze Tag hatte sie emotional überbeansprucht, und jetzt hatte Connor dem Ganzen auch noch Lust und Verlangen hinzugefügt.

»Ja ...«, schluchzte sie, und ihre Nägel gruben sich in seinen Unterarm, der zwischen ihren Brüsten lag. Es war ein so gutes Gefühl, von jemandem in den Armen gehalten und begehrt zu werden.

»Zieh deine Jeans runter.«

Stacey packte den Hosenbund und schob die Jeans bis auf ihre Knie. Sie blinzelte gegen heiße Tränen an. Als sie sich wieder aufrichtete, griff sie nach ihrer Handtasche auf der Granitplatte der Frühstücksbar und zog das Päckchen Kondome heraus, das sie vor einer Woche erstanden hatte. Sie hatte Magnum XL gekauft, ein Scherz, von dem sie glaubte, er würde ihr bevorstehendes Gespräch mit Justin über die Bienchen und Blümchen auflockern und ihm etwas Ungezwungenes geben. Jetzt hoffte sie eher, dass die Kondome nicht zu klein waren. Connor war bestens bestückt, ein Umstand, der sie noch feuchter werden und ihren Widerstand noch mehr schrumpfen ließ. O Gott ... er würde *in* ihr sein ... *schon bald* ...

Er zwängte einen Fuß zwischen ihre Beine und trat ihre Jeans auf den Boden. Ihr Hintern stieß gegen seine stahlharte Erektion, und sein Atem kam zischend durch die Zähne. Seine Arme schlossen sich enger um sie. Ihr Herz machte einen Satz, als Furcht in ihr aufloderte. Er war riesig, und er schien sich kaum noch unter Kontrolle zu haben.

»Ganz ruhig«, gurrte er und ließ sie gerade lange genug los, um seine Hand unter ihr Tanktop zu schieben. Mit seiner Hand über ihrem rasenden Herzen hielt er inne, und sein Brustkorb hob und senkte sich an ihrem Rücken. Sein Gesicht war feucht und fiebrig heiß, und er presste seine Wange grob an ihre. »Das sieht mir gar nicht ähnlich. Ich bin nicht so. Ich dränge dich, es geht viel zu schnell ...«

»Ich bin auch nicht so«, flüsterte sie, legte ihre Hand über ihrem Tanktop auf seine und zog sie auf ihre Brust hinunter. Ihre Finger blieben auf seinen liegen und drückten zu, drängten ihn, ihr schweres, schmerzendes Fleisch zu liebkosen. »Und es geht mir gerade nicht schnell genug.«

»Ich werde dich ficken. Ich kann nichts dagegen tun.« Sein irischer Akzent war jetzt so ausgeprägt, dass sie ihn kaum noch verstehen konnte. »Hart und heftig. Und dann fangen wir noch mal von vorn an. Beim zweiten Mal werde ich dafür sorgen, dass es schön für dich ist. Ich werde alles richtig machen.«

Stacey schüttelte den Kopf, beugte sich vor und offerierte ihm den persönlichsten Teil ihres Körpers. »Tu es einfach, ob richtig oder falsch.«

Connor brummte etwas. Dann öffnete er die Schachtel

mit den Kondomen und riss eine Folienverpackung auf. Stacey zwang sich, sorgsam ein- und auszuatmen und mit Willenskraft zu erreichen, sich weniger benommen zu fühlen. Sie sagte sich, schließlich sei das ein One-Night-Stand und keine gottverdammte Beziehung. Der Mann musste nicht das Material für etwas »Dauerhaftes« sein; er musste nur richtig ausgestattet sein und sie mit einer gewissen Rücksicht behandeln.

Der Mann war Aidans bester Freund, und Aidan war ein prima Kerl. Das machte Connor zwar noch nicht zu einem prima Kerl, aber es machte ihn eine Spur besser als einen Wildfremden. Außerdem waren sie Erwachsene. Sie konnten sich ein bisschen Sex um seiner selbst willen gönnen, ohne den Anstand zu verletzen. Sie wiederholte keine früheren Fehler, weil sie nicht erwartete, dass diese Angelegenheit über einen Orgasmus hinausgehen würde. Richtig? *Richtig?*

Stacey hatte sich selbst fast davon überzeugt, dass bei dieser Begegnung nur unbedeutend mehr im Spiel war als beim Gebrauch eines Vibrators, als Connor ihre Schenkel packte, sie mühelos hochhob und ihr in mehrfacher Hinsicht das Gleichgewicht raubte. Mit einem verblüfften Aufschrei klammerte sie sich an den Barhocker und fühlte, wie die Welt in Schräglage geriet.

Dann war er da, und seine dicke Eichel kerbte sich in den schlüpfrigen Eingang ihrer Muschi. Sie stöhnte, als er dagegenstieß, und er gab einen beschwichtigenden Laut von sich, der sie vielleicht beruhigt hätte, wenn sie nicht vor Lust und hundert anderen Gefühlen geradezu von Sinnen gewesen wäre.

»Entspann dich«, drängte er sie heiser. »Lass mich rein. Bei mir kann dir nichts passieren.«

Keuchend setzte sie ihre Willenskraft ein, um nachzugeben. Sie befürchtete, sie würde zu schwer sein, und stellte verblüfft fest, dass Connor sie mühelos in die Höhe hielt. Behutsam manövrierte er die ersten Zentimeter in sie hinein, und sie fühlte jede Rille und jede Ader, weil sie ihn so fest umklammerte.

»Oh!«

»Fass dich an.« Connor erschauerte, während er seinen dicken Schwanz tiefer in sie hineinschob. »Bring dich dazu, zu kommen. Du bist so eng…«

Stacey klammerte sich mit einem Arm an die Sitzfläche des Hockers, während sie die andere Hand zwischen ihre Beine legte, um sich zu reiben. Sie war stark gedehnt und straff, um ihn aufzunehmen, und dadurch stand ihre Klitoris noch weiter von seiner Eichel ab. Sie war geschwollen, heiß und feucht, und sie konnte sich nicht erinnern, jemals derart erregt gewesen zu sein. Er versank tiefer in ihr, mit raschen, oberflächlichen Stößen, die sie wimmern und betteln ließen. Ihre Muschi flatterte um seinen Schwanz herum, er stöhnte, und seine Fingerspitzen gruben sich wollüstig in das Fleisch ihrer Schenkel.

»So ist es richtig, Kleines«, flüsterte er heiser. »Saug mich in dich ein. Nimm mich ganz auf.«

Mit einem erleichterten Aufschrei gelangte sie zu einem heftigen Höhepunkt. Ihre Finger rieben weiterhin ihre Klitoris, und ein Schwall Feuchtigkeit strömte durch ihre Möse und erleichterte ihm das Vorankommen. Er stieß fest zu und begrub sich mit einem gutturalen Ächzen bis ans Heft in ihr. In einem fernen Winkel ihres Gehirns hörte Stacey das Telefon klingeln, doch das hatte nichts zu bedeuten, und im nächsten Moment konnte sie nur noch das lautstarke Rauschen des Bluts in ihren Ohren hören.

»Halt dich gut fest«, befahl er. Er begann, in einem wilden Rhythmus in ihre Muschi zu stoßen, tief und hart, und seine kräftigen Schenkel beugten sich zwischen ihren. Ihre Augen schlossen sich, ihre Wange ruhte an der harten hölzernen Sitzfläche und glitt in ihrem eigenen Schweiß hin und her. Ihr Körper stand in Flammen, weil seiner in Flammen stand. In ihrem Innern fühlte sich sein Schwanz wie ein glühendes Brandeisen an. Sie war heiß, aber er war noch heißer.

Es war kaum zu glauben, doch die Spannung nahm wieder zu, baute sich auf... wuchs... Seine schweren Eier klatschten immer wieder gegen ihre empfindliche Klitoris, und das Geräusch war so erotisch, dass ihre neuerliche Erregung sie erschauern ließ. Der untere Rand seiner Eichel streifte eine empfindliche Stelle in ihrem Innern, und sie stand augenblicklich kurz vor einem weiteren Orgasmus.

»O Gott«, wimmerte sie. »Ich komme schon wieder.«

Er spreizte ihre Beine weit, stieß tief zu und streichelte dabei gekonnt diesen magischen Ort in ihr, der sie dazu brachte, aufzuheulen, vor Lust geradezu von Sinnen. Seine Genugtuung stand greifbar im Raum, während sie sich ihm unter seinen erbarmungslosen Stößen entgegenwölbte.

Trotz all seiner Warnungen vor ungebührlicher Hast schien er es jetzt, nachdem er in ihr war, mit dem Kommen nicht mehr eilig zu haben. Da sie nicht noch mehr ertragen konnte und sich sogar ein wenig davor fürchtete, noch einen so heftigen Orgasmus zu haben, griff Stacey zwischen ihre Beine und berührte seine pendelnden Eier.

Connor fluchte, schwoll an und füllte sie vollständig aus. »Ich halte nicht mehr lange durch ...«

Sie straffte sich und umschloss ihn enger. Ein heftiger Ruck durchzuckte ihn, und mit einem gutturalen Aufschrei kam er in ihr. Sein Schwanz schwoll an und bäumte sich unter der Kraft seiner Ejakulation in einem brutalen, erschütternden Orgasmus auf. Er sank nieder und nahm sie mit sich. Erst auf die Knie, dann auf den Rücken, sein Schweiß durchnässte ihr Tanktop. Seine kräftigen Arme umschlangen sie, bis sie auf dem Boden lagen.

Dort hielt er sie in den Armen, seine Lippen auf ihrer Schläfe, und kam immer noch.

5

»Hallo! Sie haben Dr. Lyssa Bates und Aidan Cross erreicht. Es tut uns leid, dass wir Ihren Anruf im Moment nicht entgegennehmen können. Sollte es sich um einen Notfall handeln ...«

Aidan legte mit einem gemurmelten Fluch auf und ließ sich auf das Bett zurückfallen.

Lyssa zog sich auf einen Ellbogen hoch und blickte mit ihren großen dunklen Augen auf ihn hinunter. »Nimmt keiner ab?«

Er schüttelte den Kopf.

»Vielleicht schläft Connor noch, und Stacey ist aus dem Haus gegangen, um einen Happen zu essen«, schlug sie vor.

»Vielleicht. Wir werden es später noch mal mit dem Handy versuchen müssen, wenn wir über die Grenze nach San Ysidro fahren.«

Er beobachtete, wie der Anhänger, den er ihr zu ihrem Schutz gegeben hatte, sachte zwischen ihren üppigen Brüsten baumelte. Als sie einander das erste Mal begegnet waren, hatte unruhiger Schlaf sie gequält, eine Folge ihrer verblüffenden Fähigkeit, sowohl Traumwächter als auch Albträume von ihren Träumen fernzuhalten. Jetzt allerdings sah sie blendend aus. Ihre blasse Haut war von der Sonne gebräunt, die Ringe unter ihren Augen waren spurlos verschwunden, und ihre Figur mit den üppigen Rundungen war gepolstert und nicht mehr ganz so schmal. Aber obwohl die Verpackung so wunderbar war, war es doch der Inhalt, den er liebte – ihre Güte und ihr Mitgefühl, ihre tiefe Liebe zu ihm und ihr Bestreben, ihn glücklich zu sehen.

»Bist du sicher, dass du vorhin auf der Straße eine Wächterin gesehen hast?«, fragte sie zum etwa hundertsten Mal und liebkoste mit der Hand die harten Muskelstränge auf seinem nackten Unterleib.

»Verdammt sicher. Entweder das oder eine Älteste. Wir werden es erst mit Sicherheit wissen, wenn wir später rübergehen und ich ihr Zimmer durchsuche.«

Als Lyssa zusammenzuckte, legte er eine Hand um ihren Hinterkopf und zog sie zu sich hinunter, um ihr einen raschen Kuss auf die Stirn zu drücken.

»Vertrau mir«, drängte er sie.

»Das tue ich doch. Du weißt, dass ich dir vertraue.« Sie seufzte, und ihre dichten Wimpern senkten sich, um ihre Gedanken zu verbergen. »Das heißt aber nicht, dass ich nicht ausflippe, wenn du dich in Gefahr bringst. Mir graut bei dem Gedanken, dass dir etwas zustoßen könnte.«

»Ich weiß, was du empfindest, Baby, weil ich für dich dasselbe empfinde. Und genau deshalb müssen wir es zu Ende führen. Wenn du gejagt wirst, dann muss ich es wissen.« Aidan hob die Hand und rieb eine ihrer blonden Locken zwischen seinen Fingerspitzen. »Wir müssen wissen, ob sie hinter dir her ist oder hinter der *Tazza*. Oder ob sie es auf dich *und* auf die *Tazza* abgesehen hat. Mist, vielleicht ist sie aus einem Grund hier, von dem wir noch gar nichts wissen.«

Lyssa setzte sich auf und lehnte sich an das Kopfteil des Betts. Sie seufzte, und das Geräusch vermischte sich mit den Wellen, die sich draußen vor ihrem Balkon am Strand brachen. »Es ist ätzend, der Schlüssel zu sein.«

Aidan gab einen beschwichtigenden Laut von sich. »Es tut mir leid, Liebes.«

Mehr konnte er dazu nicht sagen, und sie wussten es beide.

»Es ist es wert, mit dir zusammen zu sein.« Ihre liebliche Stimme war gesenkt und inbrünstig.

Er hob ihre Hand an seine Lippen und küsste die Knöchel ihrer Finger. »Möchtest du ein letztes Bier, bevor wir auschecken?«

Ihr Lächeln ging ihm unter die Haut und führte ihn in Versuchung, noch länger im Bett zu bleiben, obwohl sie wirklich aufbrechen mussten. Aidan setzte sich auf und stieg aus dem Bett, bevor sein Herz seinen Verstand außer Kraft setzte – was es häufig tat, weil er Lyssa so sehr liebte. Es machte ihn verrückt, dass er das Gefühl nicht abschütteln konnte, ihre gemeinsame Zeit sei begrenzt und es gäbe irgendwo ein Stundenglas, in dem der Sand der Zeit herabrieselte. Für einen Unsterblichen hieß das etwas. Und zwar nichts Gutes.

»Du kümmerst dich immer um mich«, murmelte sie. »Du passt auf mich auf und du unterstützt mich. Ich weiß nicht, was ich ohne dich täte.«

»Und das wirst du auch nie herausfinden, Baby.«

Lyssa starrte in die dunkelblauen Augen ihres Geliebten

und hasste die Beklommenheit, die tief in ihrem Innern vibrierte, das Gefühl von Grauen und Verhängnis, von dem ihr übel wurde. Ihre instinktive Reaktion auf das Wissen, dass eine Wächterin in der Nähe war, war eigentlich, weit fortzulaufen – und ganz bestimmt nicht, Jagd auf sie zu machen und herauszufinden, was sie wollte.

Sie beobachtete, wie Aidan an den Tisch neben der offenen gläsernen Schiebetür trat. Er benutzte sein Taschenmesser, um eine von dem Dutzend Limonen, die er gestern geholt hatte, in Scheiben zu schneiden. Dann häufte er die Scheiben auf seine Handflächen und trug sie zum Nachttisch zurück.

Die schiere Schönheit seines Körpers faszinierte sie, und wie immer war Lyssa gefesselt von dem herrlichen Anblick, den Aidan bot. Seine Bauchmuskulatur spielte unter der goldenen Haut, während er mit ausgestreckten und vom Limonensaft tropfenden Händen auf sie zukam. Mehr als ein Meter achtzig unverfälschter, sinnlicher Männlichkeit. Der Mann ihrer Träume. Buchstäblich. Ein Mann, der alles hinter sich zurückgelassen hatte, um bei ihr zu sein. Ein Mann, der ungeachtet der Gefahren, die es für ihn selbst mit sich brachte, wild entschlossen war, sie vor seinem eigenen Volk zu beschützen, das ihren Tod wollte. Sie liebte ihn so sehr, dass ihre Brust wie Feuer brannte und das Atmen ihr schwerfiel.

»Bist du schon mal auf den Gedanken gekommen, ganz allein auf dich selbst gestellt könnte es dich überfordern, mich zu beschützen, für McDougal zu arbeiten und Jagd auf die Artefakte zu machen?« Sie beobachtete ihn, während er sich auf die Bettkante setzte, und streckte einen

Arm aus, um ihre Hand auf seine Schulter zu legen. Die Muskeln unter ihrer Hand traten hervor, als er die Bierflasche öffnete und eine Limonenscheibe in den Flaschenhals stopfte. Der Duft seiner Haut, exotisch und würzig, drang im selben Moment in ihre Nase wie der herbe Zitrusgeruch. »Wenn sich hier *ein* Traumwächter aufhält, könnten auch mehrere da sein.«

Er drehte sich um und sah ihr fest in die Augen. Das tiefe Blau seiner Iris war intensiv und ähnelte prächtigen Saphiren. Es war ebenso einmalig wie der Rest von ihm. Ein markantes Kinn und geschwungene Augenbrauen, rabenschwarzes Haar und ein Körper, der so beschaffen war, dass er einer Frau Lust bereitete. Er war kantig, gemeißelt und sah alarmierend gut aus.

Und er gehörte ihr. Sie war nicht bereit, ihn zu verlieren.

»Ich weiß.« Er reichte ihr die Flasche und griff dann nach seiner eigenen.

Die kräftigen Muskeln in seinen Armen zeichneten sich bei jeder Bewegung ab und entfachten Schauer sinnlicher Glut in ihr. Sie hatten den ganzen Tag im Bett verbracht und sich aneinander gütlich getan, und doch wollte sie ihn selbst jetzt noch. Es würde sie immer nach ihm und der körperlichen Verbindung gelüsten, die ihre Liebe zu etwas Greifbarem machte.

»Connor wäre nur hergekommen, wenn es um Leben und Tod ginge«, sagte er, und seine Stimme klang matt. »Im Gegensatz zu mir war er im Zwielicht glücklich. Für ihn ist diese Dimension wahrscheinlich die Hölle.«

»Na toll«, murmelte sie. »Das klingt ja vielversprechend.«

Aidan hatte die uralte Prophezeiung seines Volks entkräftet, die besagte, Lyssa sei der Schlüssel, dem es bestimmt war, sowohl seine Welt als auch die menschliche zu zerstören. Seine Liebe zu ihr hatte ihn dazu veranlasst, seine Heimat im Zwielicht zu verlassen. Kein anderer Wächter würde einen so starken Antrieb haben.

»Gib die Hoffnung noch nicht auf.« Er lehnte sich neben ihr an das Kopfteil des Betts und streckte die langen Beine aus, die in lose sitzenden Khakishorts steckten. Die Abenddämmerung ging rasch in die Nacht über, aber sie machten beide keine Anstalten, eine Lampe einzuschalten. Die Tür zum Badezimmer stand einen Spalt offen, und das Licht, das hinausdrang, genügte ihnen.

Aidan setzte die Flasche an, trank in großen Schlucken und lehnte sich dann mit dem Bier auf dem Schoß wieder zurück. »Vielleicht gibt es eine Möglichkeit, die Wächter nun, da sie hier sind, durch Träume aufzuspüren. Vielleicht bringt er gute Nachrichten.«

»Ich hasse diese Hilflosigkeit.« Lyssas Finger zupften unruhig am Etikett der Flasche, und ihre Augen wanderten zu dem Schwert, das in seiner Scheide auf einem Stuhl in der Nähe lag. »Ich kann deine Sprache nicht lesen, und daher kann ich dir nicht dabei helfen, die Aufzeichnungen zu dechiffrieren, die du gestohlen hast.«

»Auf unbegrenzte Zeit entliehen«, verbesserte er sie lachend.

Sie schnaubte. »Ich besitze keine Kampffertigkeiten und daher kann ich dir nicht beim Kämpfen helfen. Ich habe nicht wie du ein Gedächtnis, das über Jahrhunderte zurückreicht, also kann ich dir auch nicht helfen, die Artefakte zu finden.«

Er streckte einen Arm aus und brachte ihre unruhigen Finger mit einer eisigen, nassen Hand zum Stillhalten. »Das heißt noch lange nicht, dass du mir nicht hilfst. Deine sehr wichtige Aufgabe besteht darin, meine Batterien wieder aufzuladen. Deshalb habe ich dich diesmal mitgenommen.«

»Ich wollte mitkommen. Ich hasse es, wenn du tagelang oder sogar für Wochen fort bist. Du fehlst mir einfach zu sehr.«

Aidan sah sie mit einem zärtlichen Lächeln an. »Ich brauche dich an meiner Seite. Es ist nicht nur eine Frage des Wohlbefindens. Jedes Mal, wenn du Atem holst, gibst du mir einen Grund zu leben. Jedes Mal, wenn du lächelst, gibst du mir Hoffnung. Jedes Mal, wenn du mich berührst, lässt du meine Träume wahr werden. Du hältst mich aufrecht, Baby.«

»Aidan ...« Ihre Augen brannten. Er konnte den abgedroschensten Blödsinn sagen, aber aus seinem Mund klang es nie abgedroschen. Was er auch tat, er tat es mit hundertprozentigem Einsatz – und genauso liebte er sie auch.

»Ich war mehr tot als lebendig, bevor ich dir begegnet bin.«

Sie wusste, dass es stimmte. Nicht körperlich, sondern psychisch. Er war die Pattsituation im Krieg gegen die Albträume leid gewesen, und die fehlende Zugehörigkeit hatte ihn entmutigt. Aidan hatte lediglich überlebt. Gelebt hatte er nicht. Er hatte ihr zu verstehen gegeben, wie einsam er gewesen war, aber er hatte es nicht auszusprechen brauchen. Sie hatte die Leere in seinen Augen gesehen.

»Ich liebe dich.« Sie beugte sich zu ihm hinüber und presste die Lippen auf seine.

Trotz ihrer Unterschiede – die immens waren, denn schließlich gehörten sie zwei verschiedenen Daseinsformen an – waren sie einander sehr ähnlich. Gepeinigt von ihrem Mangel an Träumen war sie zu erschöpft für irgendeine Form von Leben gewesen, das über ihre Arbeit hinausging. Aidans Liebe gab Lyssa Optimismus für die Zukunft.

»Das kann ich dir nur raten«, neckte er sie. Wieder legte er eine Hand um ihren Hinterkopf und zog sie an sich heran, als sie sich gerade von ihm zurückziehen wollte. Er leckte ihre Lippen und knabberte dann mit seinen Zähnen an ihrer Unterlippe. Sie stöhnte einladend.

»Den Gefallen täte ich dir gern«, flüsterte er, »aber wir müssen bald aufbrechen.«

Lyssa nickte und ballte die Hand um ihren Anhänger zur Faust. Es war schon seltsam, wie ein Stein aus der Asche von Albträumen, die in ein glasähnliches Material aus der dezimierten Heimatwelt der Wächter eingeschmolzen war, ihr Leben verändern konnte. Aber er strahlte eine einzigartige Energie aus – eine Kombination aus Traumwächter und Albtraum, die in ihren Träumen beide Parteien in Schach hielt und es ihr endlich ermöglichte, normal zu schlafen. »Ich habe meine Sachen in die Reisetasche geworfen, als ich vorhin vom Duschen gekommen bin.«

»Perfekt.« Er drückte ihr einen Kuss auf die Nasenspitze. »Wir sollten mit dem Auschecken warten, bis es vollständig dunkel ist. Dann werde ich dieses Motelzimmer durchsuchen und hoffentlich dahinterkommen, was unsere Wächterfreundin ausheckt. Wir können von dort aus aufbrechen und den Weg nach Ensenada einschlagen, wo wir die Reliquie für McDougal abholen und uns mit dem dortigen Schamanen treffen.«

»Kapiert. Ich bin die Fluchtwagenfahrerin.«

»Genau, Bleifuß.« Aidan trank noch einen großen Schluck Bier. »Wenigstens war es mir diesmal möglich, zwei Wochen Zeit für die Suche herauszuschlagen. Ich verlasse Mexiko nicht ohne diese *Tazza*.«

Am Monatsanfang war er wenige Stunden vor einer Versteigerung, auf der er für eine obskure Traumpuppe bieten wollte, von seinem Arbeitgeber Sean McDougal nach Kalifornien zurückbeordert worden, weil der seine Meinung zu dem möglichen Erwerb eines Schwerts hören wollte. Aidan war wütend gewesen, aber er hatte in dieser Angelegenheit keine andere Wahl gehabt.

McDougal war ein exzentrischer und außerordentlich begüterter Sammler von Antiquitäten, und aufgrund seiner Geschichtskenntnisse aus erster Hand sowie seiner erstklassigen Beherrschung jeder Sprache auf Erden hatte sich Aidan perfekt für die Aufgabe als Leiter von McDougals Ankaufs-Team geeignet. Diese Anstellung versorgte ihn mit den finanziellen Mitteln, nach Belieben auf Spesen um die Welt zu reisen; sonst hätten sie sich Aidans Suche nach den Artefakten, die in den Aufzeichnungen der Ältesten erwähnt wurden, nicht leisten können. Daher war es eine zwingende Notwendigkeit, dass er seinen Job behielt.

»Ich verstehe nicht, warum die Ältesten bis jetzt damit gewartet haben, Wächter auf die Artefakte anzusetzen«, sagte Lyssa. »Warum haben sie es nicht schon getan, bevor du hergekommen bist?«

»Weil diese Gegenstände, bevor der Schlüssel gefunden

wurde – also *du* –, hier sicherer waren. Das Zwielicht ist räumlich beengt. Im Lauf der Jahrhunderte wären sie dort entdeckt worden, und hier waren sie der Reichweite der Neugierigen entzogen.«

Lyssa stöhnte, schlug die Decke zurück und schlüpfte aus dem Bett. Aidans leiser anerkennender Pfiff, als sie nackt dastand, entlockte ihr ein Lächeln. Sie schnappte sich ein leichtes Sommerkleid mit Spaghettiträgern und zog es über. Dann nahm sie ihr Bier und trat auf den Balkon, um den letzten Rest des Sonnenuntergangs über dem Meer zu bewundern.

Im nächsten Moment fühlte sie sich auch schon von Aidans Armen umfangen; eine Hand ruhte auf dem Geländer, die andere hielt das Bier. Seine Lippen legten sich sanft auf ihre Schulter, und die Umarmung seines viel größeren und breiteren Körpers spendete ihr willkommenen Trost.

Von unten wehten Grillgerüche herauf. Ganz in der Nähe, auf dem kleinen Plastiktisch in einer Ecke des Balkons, verströmte eine offene Flasche Sonnenöl einen schwachen Geruch nach Kokosnuss. Für Lyssa waren die Anblicke und die Gerüche, die auf sie einstürmten, das, was sie von einem belebten Fremdenverkehrsort in Baja California erwartete. Aber um Aidan machte sie sich Sorgen, da sie wusste, dass das Leben in einer Blase – technisch gesehen einem Einschluss zwischen zwei Daseinsebenen, wie er es ihr erklärt hatte – über Jahrhunderte ein solches Sperrfeuer von Sinneseindrücken intensiviert hatte und es für ihn störend sein musste.

»Vermisst du es?«, fragte sie leise. »Das Zwielicht?«

Sie fühlte an ihrer Haut, wie sich seine Lippen zu einem Lächeln verzogen. »Nicht in der Form, wie du es dir vielleicht vorstellst.«

Lyssa drehte sich in seinen Armen um und sah ihn an. Sie fand Freude an dem schelmischen Funkeln seiner Augen. »Ach?«

»Manchmal vermisse ich die vollkommene Stille und die Vertrautheit meines Hauses, aber nur, weil ich dich dorthin mitnehmen möchte. Ich möchte an einem ungestörten Ort mit dir sein, einem sicheren Ort. Wo Zeit nicht wichtig ist und ich jedes Geräusch abstellen kann. Ich will nichts anderes hören als dich ... die Geräusche, die du von dir gibst, wenn ich in dir bin.«

»Das wäre wunderbar«, hauchte sie. Sie schlang die Arme um seine schmale Taille und hüllte ihn mit ihrer Liebe ein.

»Es ist mein Traum«, murmelte er und stützte das Kinn auf ihren Kopf. »Zum Glück wissen wir beide, dass Träume wahr werden.«

Stacey rührte sich als Erste. Connor kämpfte gegen den Drang an, sie festzuhalten, damit sie in seiner Nähe blieb. Sie ruckelte herum und rieb dabei diesen knackigen Arsch an seinen Lenden. Sein Schwanz reagierte bewundernswert darauf, vor allem, wenn man bedachte, dass er keineswegs in Hochform war. Das Reisen zwischen Daseinsebenen verlangte einem ziemlich viel ab.

»Mein Gott«, hauchte sie. »Wie kannst du *danach* immer noch eine Erektion haben?«

Er unterdrückte ein Lachen inmitten ihrer duftenden

Mähne schimmernder schwarzer Locken und schloss sie fester in die Arme. Wie er erwartet hatte, war sie weich und warm, ein hochgeschätzter Zufluchtsort und eine Freude in einer Welt, die er reichlich beschissen fand. Er hatte nie dazu geneigt, sich vor Schwierigkeiten zu drücken, und trotzdem geriet er in Versuchung, mit Stacey unterzutauchen. Sich gemeinsam mit ihr in irgendeinem Schlafzimmer zu verkriechen und so zu tun, als sei nichts von dem passiert, was sich in den letzten Wochen abgespielt hatte. »Du reibst und wetzt deinen scharfen kleinen Körper an mir. Ich würde mir Sorgen machen, wenn ich *keinen* steifen Schwanz hätte.«

»Du bist wahnsinnig. Ich bin total kaputt.«

»Ach wirklich?«, schnurrte er und ließ eine Hand zwischen ihre gespreizten Beine gleiten. Er bog die Hüften nach oben und stieß seinen Schwanz tiefer in sie, während er die freie Hand auf eine ihrer üppigen Brüste legte. Mit ehrfürchtigen Fingerspitzen umkreiste er ihre Klitoris und achtete darauf, behutsam zu sein, da sie sich gerade erst so heftig gerieben hatte. »Ich übernehme die ganze Arbeit, mach dir keine Sorgen.«

»Ich m-mache mir keine … Oh! Ich kann nicht …«

»Klar kannst du, Liebling.« Connor leckte um ihre Ohrmuschel herum und tauchte seine Zunge dann tief hinein.

Stacey erschauerte und wurde um seinen Schwanz herum feucht. Es war ein herrliches Gefühl, und er bewegte seine Hüften mit sanften Stößen nach oben und massierte ihre erfreulich enge Möse mit seiner breiten Eichel. Dabei fühlte er, wie die Glut ihrer Reaktion sein Heimweh und die Kälte wegschmolz, die die Albträume hervorgerufen hatten.

Sie begann zu wimmern und sich zu winden, sich in seinen Armen zu versteifen und atemlos zu flehen: »... ja ... o Gott ... tiefer ...«

Er nahm ihre Brustwarze zwischen die Finger, kniff hinein und zog daran. Die Muskeln in ihrem Inneren zuckten um seinen Schaft herum, und er stöhnte.

»So ist es brav«, lobte er, restlos betört von ihrer Reaktion. Ihre gesamte Aufmerksamkeit galt ihm, wie auch er sich nur auf sie konzentrierte. Es war einfach perfekt. *Sie* war perfekt.

Mit einem schwachen Aufschrei, der ihm beinahe die Selbstbeherrschung raubte, löste sich Stacey in seiner Umarmung in ihre Bestandteile auf. Er biss die Kiefer zusammen, hielt sich zurück und besänftigte sie mit Küssen und beifälligem Murmeln.

»Herr im Himmel«, keuchte sie. Ihr Kopf fiel zur Seite, und ihre Wange presste sich an seine. »Drei Orgasmen in einer Stunde. Versuchst du, mich umzubringen?«

»Beklagst du dich? Ich kann mich noch mehr ins Zeug legen.«

Sie schlug ihm auf die Hand, als er ihre Brustwarze zwickte, und er lachte.

»Ich mag dein Lachen«, sagte sie schüchtern.

»Ich mag dich.«

»Du kennst mich doch gar nicht.«

»Hmm ... ich weiß, dass du deinen Sohn liebst und eine gute Freundin von Lyssa bist. Ich weiß, dass du zäh bist und ohne Unterstützung ein Kind allein großgezogen hast.

Das nimmst du dem Vater übel, und zwar zu Recht. Du bist ungeniert und fühlst dich wohl in deiner Haut. Du hast einen beißenden Humor, und du verlässt dich nicht darauf, dass Männer mehr als Sex von dir wollen.«

»Manchmal ist das praktisch.« Sie kicherte, und dieses mädchenhafte Geräusch in Verbindung mit ihrem üppigen Frauenkörper ließ ihn noch steifer werden. »Allmächtiger, vielleicht solltest du das Ding wirklich mal untersuchen lassen.«

»Auf deine drei Orgasmen kommt bei mir nur ein einziger«, hob er hervor. »Und ich will mehr von dir als Sex.«

Sie zuckte zusammen.

»Ich habe keine Freunde hier, Stacey. Außer Aidan.«

»Hör zu …« Sie zog sich mühsam in eine sitzende Haltung und richtete sich auf.

Connor seufzte innerlich vor Enttäuschung, als er ebenfalls aufstand und seine Hand nach unten streckte, um das lästige Kondom abzuziehen. Solche Vorsichtsmaßnahmen waren im Zwielicht überflüssig, denn dort gab es keine Krankheiten, und die Fortpflanzung musste geplant werden, aber das konnte er ihr nicht sagen. Sie hätte ihm nicht geglaubt.

»Für viele Leute ist es eine prima Lösung, Freunde mit gewissen Vorzügen zu haben, aber für mich ist das nichts.«

Er nahm sich einen Moment Zeit, um das Kondom im Gästebad zu entsorgen. »Okay …« Er klappte den Toilettensitz hoch, um bei offener Tür zu pinkeln, während er weitere Einwände von ihr erwartete.

Stacey lehnte sich an den Türrahmen und musterte Connor argwöhnisch. Dieses Bedürfnis vor ihren Augen zu verrichten war schamlos und etwas derb, doch es stellte auch eine unbestreitbare Intimität her, und genau das strebte er an. Intimität. Eine Verbindung zwischen ihnen. Er würde dafür sorgen, mit allen Mitteln, die sich ihm boten. Außerdem schien es sie einigermaßen zu faszinieren. Jedenfalls vergaß sie, dass sie von der Taille abwärts nackt war, ein Anblick, den er enorm zu schätzen wusste.

»Ich kann mich nicht entscheiden, ob du ein absoluter Rüpel und arrogant bist«, murmelte sie, und es schien fast mehr für ihre eigenen Ohren bestimmt zu sein, »was ich nicht ausstehen kann. Oder ob du einfach offen und selbstbewusst bist, was ich mag.«

»Du magst mich.«

Sie schnaubte und verschränkte die Arme vor der Brust. »Ich kenne dich nicht annähernd so gut, wie du mich zu kennen glaubst. Das Einzige, was wirklich für dich spricht, ist, dass du ein sehr guter Freund von Aidan bist, denn der ist alles in allem ein netter Kerl.«

Connor schob die Unterlippe zu einem gespielten Schmollen vor. »Die drei Orgasmen helfen nicht?«

Ihre Mundwinkel zuckten, und plötzlich war er entschlossen, sie zum Lachen zu bringen. Sie war zu ernst, und er konnte das Gefühl nicht abschütteln, dass die harte Schale einen verletzlichen Kern beschützte. Einen Kern, den nur sehr wenige privilegierte Menschen jemals zu sehen bekamen.

»Wir hätten das nicht tun sollen«, sagte sie.

Er spülte und trat dann vor das Waschbecken, um sich die Hände zu waschen. Im Spiegel darüber musterte er

Staceys Spiegelbild. Ihre Blicke trafen sich, und sie sahen einander fest an. »Warum nicht?«

»Weil unsere besten Freunde heiraten werden. Wir beide werden einander gelegentlich über den Weg laufen, und das«, sagte sie und wedelte mit einer Hand zwischen ihnen herum, »wird immer da sein. Dass wir sexuelle Dinge voneinander wissen. Dass ich dir beim Pinkeln zugeschaut habe.«

Connor zog das Handtuch vom Halter, trocknete sich die Hände ab und lehnte sich dann wieder an das Waschbecken. »Du bleibst nicht mit den Menschen befreundet, mit denen du schläfst?«

Sie biss sich auf ihre geschwollene Unterlippe. Für das Küssen hatte er im Allgemeinen nicht viel übrig, aber das Verlangen, diesen Mund auf seinem zu fühlen, war unbestreitbar gewesen, und er hatte ihm nachgegeben. Stacey hatte volle, pralle Lippen. Connor wollte sie überall fühlen, auf seinem ganzen Körper.

Bei dem Gedanken regte sich sein Schwanz, der durch das Zudrücken bei Staceys letztem Orgasmus bereits auf Halbmast war, und ging in Habachtstellung.

»Okay.« Sie wies mit einem anklagenden Finger auf seine Erektion. »Dieses Ding ist ein sexbesessener Irrer.«

Connor lachte und verstummte gleich wieder, als sie in sein Gelächter einfiel. Der Klang war nicht das, was er erwartet hatte. Anstelle eines mädchenhaften Trällerns war es ein tiefer, kehliger Laut, der nahezu rostig und kaum benutzt klang. Ihre grünen Augen funkelten, und ihre Wagen röteten sich.

»Wunderschön«, sagte er.

Sie sah zur Seite und wandte sich dann ab, um im Esszimmer ihre abgeworfenen Kleidungsstücke aufzusammeln. Sie hielt sie in einer offenkundig defensiven Pose an den Körper gepresst, und Connor nahm ihren bisherigen Platz im Türrahmen ein, der jetzt frei war.

»Du hast meine Frage nicht beantwortet«, murmelte er und ließ sie nicht aus den Augen.

Sie zuckte die Achseln und sagte: »Ich habe einen schlechten Geschmack, wenn es um Männer geht.«

Er sagte nichts dazu, sondern musterte sie aufmerksam.

»Ich werde jetzt duschen.« Sie wollte an ihm vorbeigehen.

Er streckte eine Hand aus, packte ihren Arm und hielt sie an. »Stacey.«

Ihr Blick fiel erst auf seine Hand, die sich um ihren Oberarm geschlungen hatte, und hob sich dann, um ihm in die Augen zu sehen. Sie zog die Augenbrauen hoch.

»Magst du chinesisches Essen?«

Sie blinzelte und bedachte ihn dann mit einem matten Lächeln, da sie das Friedensangebot erkannte. »Moo Shu vom Schwein. Und Wan Tans mit Frischkäsefüllung.«

»Kapiert.«

Nach einem kurzen Zögern nickte sie und ging zur Treppe.

Connor wusste, was als Nächstes passieren würde. Sie würde geduscht und angezogen die Treppe herunterkommen, eine äußerliche Demonstration ihres inneren Entschlusses, das alles ungeschehen zu machen. Sie würde von vorn anfangen und so tun wollen, als seien sie einander gerade erst begegnet. Als sei nichts vorgefallen. Das wusste er, weil das seine eigene Art war, mit ähnlichen Situationen im Zwielicht umzugehen. Frühmorgendliches Training hatte sich über Jahrhunderte als Ausrede bewährt, um nicht über Nacht bleiben zu müssen. Er wünschte, Stacey hätte ihnen mehr Zeit als Liebespaar zugestanden, aber er respektierte ihre Entscheidung und glaubte sogar, es könnte die richtige sein. Es war besser, den Vorfall als ungeplanten Quickie abzutun und das Ganze schleunigst zu beenden, als zu riskieren, dass sie sich in eine vertrackte Situation brachten.

Die Elite vermied von Natur aus emotionale Bindungen. Sehr wenige der Krieger taten sich mit Partnern zusammen, und bei denjenigen, die es taten, hielten diese Partnerschaften selten längere Zeit an. Distanz war erforderlich, wenn man erfolgreich sein wollte, und für die Wächterinnen, die das Pech hatten, sich in einen Elitekrieger zu verlieben, blieb es eine einsame und unausgewogene Romanze. Elitekrieger waren nicht fähig, so viel Liebe zu geben, wie ihnen entgegengebracht wurde. Dazu kam noch, dass es Connor schlicht und einfach anerzogen worden war, seine Aufmerksamkeit auf seine Mission zu richten und sie nicht aus dem Auge zu verlieren.

»Die Bruces leben und sterben durch das Schwert.« Er betete sich die vertraute Litanei laut vor. Etwas anderes gab es für ihn nicht.

Deshalb eignete er sich ganz besonders für den Schutz sinnlicher Träumerinnen. Es war eine symbiotische Beziehung. Er konnte in eine Rolle schlüpfen und mit einem anderen Individuum in Verbindung treten, die geheimsten Wünsche der Träumerin erfüllen und gleichzeitig sein eigenes Bedürfnis nach Zuneigung stillen. Für ein paar Stunden die große Liebe irgendeiner Frau zu sein genügte, um die Kälte eines Hauses und eines Betts zu vertreiben, das er mit niemandem sonst teilte.

Connor atmete tief aus und richtete sich auf, begab sich in die Küche und fand dort die Schublade, in der Lyssa und Aidan die Speisekarten von Lieferdiensten aufbewahrten. Sie bestellten so oft im China-Restaurant Peony, dass sie dort anschreiben lassen konnten – das wusste Connor, weil er Aidan im Traumzustand getroffen hatte.

Wenn ein Wächter die Verbindung zu einem Slipstream herstellte, wurden sämtliche Erinnerungen des Träumers für ihn zu einem offenen Buch. Alles, was Aidan in seinem Gedächtnis aufbewahrte, wurde jetzt auch in Connors Gedächtnis aufbewahrt. Anfangs war das brutal gewöhnungsbedürftig gewesen, diese Flut von Erinnerungen aus Jahrhunderten – nicht nur Aidans Erinnerungen, sondern auch die von Tausenden Träumern, die Aidan beschützt hatte. Connor hatte gelernt, sich auf die schönsten Momente zu konzentrieren, um seinen eigenen Verstand nicht zu gefährden.

Natürlich waren die schönsten Momente in Aidans Leben diejenigen, die er mit Lyssa verbracht hatte, und das wiederum zwang Connor zu erleben, was für ein Gefühl es war, eine Frau von ganzem Herzen zu lieben. Jahrhundertelang war er in Fantasien derjenige gewesen, dem derart überwältigende Zuneigung galt. Als er in Aidans Träume eingeweiht wurde, entdeckte er, wie es war, eine solche Liebe zu erwidern.

Connor zog die Speisekarte heraus, die er gesucht hatte,

und schloss die Schublade. Etwas Warmes und Weiches rieb sich an seinen Knöcheln, und als er an sich hinabblickte, stellte er fest, dass JB um seine Füße herumstrich. In dem Moment wurde ihm klar, dass er immer noch nackt war. Das war ein Zustand, in dem er sich recht wohl fühlte, wenn er allein zu Hause war. Allerdings war er ziemlich sicher, dass es Stacey nervös machen würde, und daher ließ er die Speisekarte auf die Granitplatte fallen und beschloss, sich von Aidan etwas zum Anziehen zu borgen.

Als er das obere Ende der Treppe erreichte, wurde die Tür des Gästebads gerade geöffnet. Stacey tauchte in dem kurzen Flur auf, in eine Wolke aus duftendem Wasserdampf gehüllt. Ihr Haar war in einen weißen Turban gewickelt, ihr kurvenreicher Körper unter einem passenden Duschtuch verborgen. Sie blickte auf und sah ihn – nackt von Kopf bis Fuß. Ihre Augen sanken zu dem Kater hinunter, der sich schamlos um seine Füße herum zusammenrollte, und hoben sich dann zu seinem Gesicht; bei dieser Wanderung verweilten sie an all den Stellen, die sich unter ihrem prüfenden Blick erhitzten und hart wurden.

Connor seinerseits genoss den Anblick, der sich ihm bot, ebenso. Staceys seidenweiche Haut war sowohl von der Dusche als auch von der therapeutischen Wirkung ihrer Orgasmen gerötet. Ihre grünen Augen mit den dichten Wimpern leuchteten wie Jade, ihre vollen Lippen waren rosig, und die Brüste wurden durch den Knoten des Handtuchs zwischen ihnen hervorgehoben.

Plötzlich wurde sein Entschluss, Distanz zu wahren und ihr den Freiraum zu geben, den sie haben wollte, von dem weitaus drängenderen Verlangen zertrampelt, zu fühlen, wie sie sich unter ihm wand. Er hatte niemanden in dieser Dimension, mit dem er reden konnte. Niemanden, dem er die Einzelheiten seines höllischen Tags erzählen konnte, keine Träumerin, in der er sich verlieren konnte, keinen Elitekrieger, mit dem er Strategien entwerfen konnte. Er hatte keine Ahnung, ob er jemals wieder nach Hause kommen würde. Aber eine Zeit lang hatte Stacey es ihm ermöglicht, all das zu vergessen. Sie hatte ihm einen Grund zum Lächeln gegeben und etwas anderes, auf das er sich konzentrieren konnte – nämlich auf sie.

So, wie er sich auch jetzt auf sie konzentrierte.

Er wies auf das Schlafzimmer von Lyssa und Aidan am Ende des Flurs. »Ich wollte mir gerade etwas zum Anziehen suchen.«

Sie nickte. »Ich gehe gleich wieder runter.«

»Okay«, sagte er lahm, gehemmt durch die eigentümlichen Gefühle, die ihn bestürmten.

Stacey wandte sich ab und ging zur Tür des Gästezimmers, das sie belegt hatte. Connor rührte sich nicht von der Stelle, denn seine Aufmerksamkeit wurde von dem sanften, ungekünstelten Wiegen ihres vollendeten Hinterns gefesselt. Stacey drehte den Türgriff, betrat das Zimmer und blieb gleich darauf stehen.

»Du gaffst mich an«, warf sie ihm über die Schulter zu, ehe sie aus seinem Blickfeld verschwand.

»Ich weiß«, murmelte er. Er starrte ihr noch lange nach.

6

An lauen Abenden war die Küste immer wunderschön, und der heutige stellte keine Ausnahme dar, aber Aidan war zu sehr auf seine Mission fixiert, um das weiche silberne Licht des Vollmonds oder die Musik des Meeresrauschens genießen zu können. Mit lautlosen Schritten bog er um die Ecke des Motels und ging auf Zimmer 108 zu. Überall waren Menschen, Gruppen von Twens, die für die Clubs zurechtgemacht waren und Fusel in den Händen trugen, und ältere Paare, die in Richtung Strand schlenderten.

Die Anzahl möglicher Zeugen machte ihm keine Sorgen. Hier schien mehr oder weniger die Regel »Alles ist erlaubt« zu gelten. Mist, er war sogar ziemlich sicher, dass er jemanden bitten könnte, ihm dabei zu helfen, in das Zimmer einzubrechen. Mit einer simplen Geschichte über einen Schlüssel, den er in einer kompromittierenden Situation verloren hatte, wäre er durchgekommen.

Aber diese List war nicht nötig. Aidan hatte einfach das Schloss der Tür aufgehebelt, hinter der die Reinigungskräfte ihre Utensilien aufbewahren und die praktischerweise vor den Blicken der Gäste verborgen war, und den Hauptschlüssel an sich genommen.

Mit dem erforderlichen Zubehör ausgerüstet, schlenderte er lässig davon und pfiff vor sich hin, die Hände in den Taschen und in Gedanken bei Lyssa, die mit einer geladenen Glock auf dem Schoß im Wagen wartete. Vor seinem geistigen Auge konnte er sie sehen – ihr sinnlicher Mund grimmig verkniffen, die dunklen Augen hart und wachsam. Es begeisterte ihn, dass sie von Natur aus mitfühlend und sanft war, aber auch zäh, klug und mehr als bereit, alles zu tun, um sie beide am Leben zu halten.

Mit Träumerinnen hatte er genügend Fantasien ausgelebt, die auf Liebesromanen gründeten, um zu wissen, dass nicht alle Frauen die Situation, in der sie sich befanden, mit so viel Sachlichkeit bewältigt hätten. Manche würden jammern und weinen und darauf warten, errettet zu werden.

Aidan blieb vor der richtigen Tür stehen und stellte fest, dass hinter den Vorhängen vor dem großen Fenster kein Licht brannte. Niemand war zu Hause. Einerseits war er erfreut darüber, andererseits aber auch nicht. Wenn die Wächterin in ihrem Hotelzimmer gewesen wäre, hätte er wenigstens gewusst, wo sie sich aufhielt. So allerdings konnte sie überall sein. Oder sie könnte an einem unerwünschten Ort sein – beispielsweise in Lyssas Nähe.

Aidan zog den Schlüssel aus der Tasche, ließ ihn ins Schloss gleiten und drehte ihn. Der Mechanismus öffnete sich. Er riss die Tür weit auf und drückte auf den Lichtschalter. Die Lampe auf dem Tisch zwischen den beiden Betten ging an und zeigte eine Matratze, die mit dem ausgekippten Inhalt einer Reisetasche bedeckt war, und ein makelloses, unberührtes Bett. Hinter dem Schlafbereich waren ein Waschbecken, ein Spiegel und die Tür zum Badezimmer zu sehen.

Niemand hielt sich in dem Raum auf.

Aidan betrat das Zimmer, schloss die Tür hinter sich und trat mit dem Fuß gegen den Bettvolant. Seine Stiefelspitze traf auf hohl klingendes Sperrholz, eine billigere Alternative zu den herkömmlichen Metallrahmen. Niemand konnte sich unter solchen Betten verstecken. Dann ging er auf das Badezimmer zu und überprüfte es auf einen möglichen Hinterhalt, ehe er sich endlich den Gegenständen auf der Matratze zuwandte, die für ihn von Interesse waren – ein Funkgerät, diverse Landkarten und Messer und ein Datenchip, zu dem bedauerlicherweise das Lesegerät fehlte. Aidan nahm trotzdem alles an sich und warf es in die Reisetasche zurück. Als er die Hand in die Tasche steckte, stieß er an etwas Hartes und Kaltes. Seine Pulsfrequenz schoss in die Höhe. Er schlang die Finger um den Stiel und zog den Gegenstand heraus.

Die *Tazza*. Und darin befand sich etwas, sorgfältig in ein dickes Tuch eingewickelt. Er zog das kleine Bündel heraus, öffnete es und fand einen metallischen Gegenstand, der mit getrockneter Erde verkrustet war. Als er ihn mit seinen Fingerspitzen rieb, legte Aidan zierliche filigrane Schnörkel frei. Er hatte keine Ahnung, worum es sich handelte, und er würde es auch nicht wissen, solange der Gegenstand nicht gründlich gereinigt worden war, doch für sein geschultes Auge war offensichtlich, dass es sich um etwas von großer Bedeutung handelte. Er wickelte das Objekt wieder ein, ließ es in die Tasche gleiten und wandte seine Aufmerksamkeit dann wieder der *Tazza* zu.

Sie sah genauso aus wie auf den Abbildungen in den Aufzeichnungen der Ältesten. Ein silberähnliches Metall, das im Lauf von Jahrhunderten verschrammt und eingebeult worden war und dort, wo einst Edelsteine den Rand verziert hatten, leere Fassungen aufwies. Er war noch nicht dahintergekommen, welchem Zweck die *Tazza* diente, doch sie gehörte ihm. Sie war in seinem Besitz.

Seine Mundwinkel hoben sich zu einem echten Lächeln, in dem sich sein Gefühl eines winzigen Erfolgs widerspiegelte. Er war der Wahrheit wieder einen Schritt näher gekommen. Einer Wahrheit, die Lyssa hoffentlich endlich in Frieden leben lassen würde.

Eine rasche Durchsuchung der Schubladen und des Kleiderschranks förderte kaum mehr zutage. Ein wenig Kleidung und mehr Schmuckstücke mit Spikes wie diejenigen, die er am Nachmittag an der Wächterin gesehen hatte. Allerdings immer noch kein Lesegerät. Verdammtes Pech, aber es war immerhin besser als gar nichts.

Er schwang sich den Riemen der Tasche über die Schulter und wandte sich in dem Moment der Tür zu, als er hörte, wie ein Schlüssel ins Schloss gesteckt wurde. Aidan erstarrte für einen Herzschlag, und sein Verstand registrierte rasch, dass die Lichter brannten und von draußen deutlich sichtbar waren. Er ließ die Tasche fallen, ging in die Hocke und bereitete sich vor.

Die Tür flog mit immenser Kraft und einem lauten Knall auf. Seine Gegnerin stürzte sich geradewegs auf ihn, ihre Bewegungen so blitzschnell, dass nur verschwommenes rotes Haar und ein wallender schwarzer Rock zu sehen waren. Ein beängstigend lauter und schriller Schrei zerriss die Luft, ließ Aidan zusammenschrecken und veranlasste ihn, schleunigst zu handeln. Er sprang in dem Moment in die Höhe, als ihr Körper auf seinen getroffen wäre. Die Geschwindigkeit seines Gegenangriffs erschütterte beide, und der brutale Zusammenprall entrang ihm ein Ächzen und ihr einen Schrei, der etwas von einem wütenden Aufheulen hatte.

Sie landeten in einem wirren Knäuel aus Gliedmaßen auf dem Boden. Seine Gegnerin hieb wüst auf ihn ein, und er stand ihr in nichts nach, wehrte sich und ließ nicht zu, dass sein Gehirn sie als Frau wahrnahm. Nur einer von beiden würde lebend aus dem Kampf hervorgehen – sie oder er. Anders durfte er diese Sache nicht betrachten.

Sie rollte ihn auf den Rücken und stemmte sich auf eine Hand, um ihren Oberkörper aufzurichten, damit sie ihre andere Hand für einen Hieb nach unten befreien konnte. In dem Moment erhaschte Aidan einen Blick auf ihr Gesicht. Er sah es nur kurz aufblitzen, doch das genügte, um ihn derart zu erschrecken, dass er erstarrte. Er war so fassungslos, dass er ihren Hieb nicht abwehrte und ihre Faust mit voller Kraft gegen seinen Kiefer krachte.

Der durchdringende Schmerz ließ ihn aus seinem Grauen aufschrecken. Er stellte die Fußsohlen flach auf den Boden, riss die Hüften nach oben und schleuderte die Frau über seinen Kopf. Dann drehte er sich auf den Bauch und kroch auf ihre um sich tretenden Füße, wobei er den Hagel ihrer Schläge mit zusammengebissenen Zähnen hinnahm. Er riss einen Arm zurück und versetzte ihr einen festen Hieb gegen die Schläfe. Dieser Angriff hätte ein gestandenes Mannsbild k. o. geschlagen. Der Rotschopf entblößte lediglich seine Lefzen und fauchte wie ein wildes Tier.

»Das ist doch nicht zu fassen!«, knurrte Aidan und rang darum, die wilde Wächterin zu bändigen.

Gemeinsam knallten sie so fest gegen die Kommode, dass das Möbelstück an die Wand schlug. Ihre Nägel gruben sich in das entblößte Fleisch seiner Unterarme und zerfetzten sein Hemd. Einen so unermüdlichen Angriff hatte Aidan in all den Jahrhunderten seines Daseins noch nicht erlebt. Die Frau war besessen, vollkommen unerbittlich, und irgendwie zapfte sie eine Kraft an, die es ihr gestattete weiterzumachen, wenn jeder andere längst bewusstlos gewesen wäre.

Letzten Endes blieb ihm nur eine Wahl.

Grimmig entschlossen kämpfte Aidan darum, sich in die richtige Position zu manövrieren und dann ihren Kopf mit seinen Armen zu packen. Dann versuchte er, ihr das Genick zu brechen, indem er ihren Kopf wie den Schraubverschluss einer Flasche drehte, eine Aufgabe, die keine Minute erfordern sollte, wenn sie nicht so stark gewesen wäre und geknurrt hätte wie ein wahnsinniges Tier. Weißglühender Schmerz brannte sich tief in sein Bein und gab ihm den endgültigen Adrenalinstoß, den er brauchte, um ihren Hals weit genug zu verdrehen. Das Zersplittern ihrer Halswirbel hallte durch den Raum. Die daraus resultierende Geräuscharmut – nur von seinem schweren, keuchenden Atem durchbrochen – war schaurig.

Aidan blickte auf den leblosen Körper in seinen Armen hinunter und rang innerlich immer noch mit diesen Augen, diesem undurchbrochenen Schwarz, das nicht einmal durch eine Iris und die Pupille gemildert wurde, und mit den spitzen Zähnen in ihrem aufgerissenen Rachen, die heimtückisch scharf waren.

Was zum Teufel sie auch sein mochte – eine Wächterin war sie nicht. So viel stand für ihn fest.

Aidan zog sich auf die Füße, wankte und sackte dann fluchend auf ein Knie. Als er sein Bein betrachtete, sah er den Dolch, der dort eingedrungen war und den stechenden Schmerz erklärte, den er vorhin verspürt hatte.

»Verdammt noch mal!«

Er zerrte die Klinge aus seinem Oberschenkel, riss einen Streifen von dem weiten Baumwollrock des Rotschopfs ab und wickelte ihn als provisorischen Verband um sein Bein. Bis zum kommenden Morgen würde die Wunde vollständig verheilt sein, aber er musste die Zeit bis dahin überstehen.

»Mist.« Finster blickte er auf das tote *Ding*, das auf dem Boden lag. »Wie zum Teufel soll ich dich hier raustragen, wenn mein Bein in diesem Zustand ist?«

Aber er konnte sie nicht zurücklassen. Sie war kein Mensch, und man konnte keine Mordanklage gegen ihn erheben.

Aidan zog sich wieder hoch und lehnte sich schwer an den Fernseher, während sich das Zimmer um ihn drehte. Japsend sog er Sauerstoff ein, als hätte er einen verdammten Marathonlauf hinter sich gebracht, und da sein Adrenalinspiegel jetzt leicht absank, nahm er die unzähligen Kratzer und Schürfwunden an seinem Körper wahr. Außerdem schmerzte sein Bein teuflisch.

Er griff wieder nach der Reisetasche, dann warf er sich das tote Gewicht seiner unerwünschten Last über die Schulter und verließ das Zimmer.

Er war etliche Türen weit gekommen, als eine Gruppe

von herausgeputzten jungen Männern vor ihm um die Ecke bog und fragte: »Was ist los, Mann?«

»Nach dem fünften Shot habe ich ihr gesagt, sie soll es sein lassen«, erklärte er und wurde langsamer. »Sie wollte nicht auf mich hören. Danach ging alles in die Hose. Ich hoffe nur, ich schaffe es bis in unser Zimmer, bevor sie mir den Rücken vollkotzt.«

»Du bist ganz schön angeschmiert«, sagte einer der Typen mitleidig. »In den Clubs geht es jetzt erst richtig rund, und für dich ist der Abend gelaufen. Mit dem Vögeln wird es für dich auch nichts mehr, es sei denn, du servierst sie ab.«

»Ich wünschte, ich könnte es«, sagte er und meinte jedes Wort ernst.

Der Rest der Gruppe lachte und schlug vor, er solle »das Miststück nächstes Mal zu Hause lassen«.

»Gute Idee«, murmelte er und ging weiter.

Es war ein weiter Weg vom Motelzimmer zu dem Leihwagen, einem dunkelgrünen Honda Civic – verdammt viel weiter als der Weg vom Wagen zum Zimmer.

Lyssa kam herausgesprungen. Sie sicherte die Glock, ehe sie die Waffe rasch hinten in den Bund ihrer Shorts aus Jeansstoff steckte. Ihr schulterlanges blondes Haar war zu einem Pferdeschwanz zurückgebunden, und das kurze weiße T-Shirt, das sie trug, zeigte ihren straffen Bauch. Ihr Gesicht war frisch gewaschen und ungeschminkt, und Aidan war sich ganz sicher, dass er nie in seinem Leben jemanden oder etwas so Schönes gesehen hatte. Er bedauerte nichts, was er für ihre Sicherheit tun musste.

»O mein Gott.« Sie blinzelte schnell. »Du *entführst* sie?«

»So ungefähr.« Als er über die unebene Schotterpiste stolperte, ächzte er.

»Was ist passiert? O Mist! Dein Bein blutet.«

»Mach die hintere Tür auf, Baby.«

»Nenn mich nicht so«, murrte sie, doch sie eilte los, um seiner Aufforderung nachzukommen. »Es war nicht abgemacht, dass du verletzt wirst.«

»Nun ja, das ist immer noch besser, als tot zu sein, wie unsere Freundin hier.«

Er konnte die Woge des Grauens und der Verwirrung fühlen, die über Lyssa zusammenschlug.

»Herr im Himmel ... sie ist *tot*? Und du packst sie in den Wagen?« Wie erstarrt stand sie da und sah zu, wie er ihre Mitfahrerin quer auf den Rücksitz legte. »Was rede ich da überhaupt?«, fragte sie schließlich. Die hohe Tonlage ihrer Stimme gab den einzigen Hinweis darauf, wie tief verstört sie war. »Wir müssen sie mitnehmen. Wir können sie nicht dalassen, oder?«

»Nein, das können wir nicht.« Aidan tauchte rückwärts aus dem beengten Raum hinten im Wagen auf und richtete sich auf, um Lyssa anzusehen. Sie war blass, ihre Augen waren viel zu groß und ihre Lippen farblos. Zum ersten Mal war sie mit einem unwiderlegbaren Beweis dafür konfrontiert, was er war – ein Krieger, der tötete, wenn es sein musste. »Ist alles klar mit dir?«

Lyssa holte scharf Luft und warf einen Blick auf die Leiche im Wagen. Dann nickte sie. »Ja.«

»Ist alles klar mit *uns*?«, fragte er grimmig.

Sie blickte finster drein und starrte ihn an. Dann hellte sich ihre Miene auf. »Ja. Mit uns ist alles klar. Ich weiß, dass du es für mich getan hast. Für uns. Es ging um Leben und Tod. Du oder sie, richtig?«

»Richtig.« Er hätte sie gern berührt, ihre Wange gestreichelt und sie eng genug an sich gezogen, um den Duft ihrer Haut einzuatmen. Aber er fühlte sich schmutzig und wollte sie nicht anfassen, bevor er wieder sauber war.

»Tja, sie ist nun mal nicht diejenige, in die ich verliebt bin. Also hast du die richtige Wahl getroffen.«

Er stieß ein erleichtertes schroffes Lachen aus, und die Anspannung wich aus seinem Körper. »Obendrein hatte sie die *Tazza*, was wirklich verdammt praktisch ist, da wir es nicht schaffen werden, nach Ensenada runterzufahren.«

Als sie ihre Fassung wiedererlangt hatte, hob sie das Kinn und zog die Schultern zurück. »Sollte ich das Verbandszeug rausholen?«

Sie hatten als Vorsichtsmaßnahme eine Arzttasche mit Notfallbedarf mitgenommen. Ihr Zusammenleben war gefährlich, und das vergaßen sie beide nie.

»Nicht hier«, sagte er. Im Vergleich zu Menschen heilten Verletzungen bei ihm sehr rasch, doch er hatte festgestellt, dass sich der Heilungsprozess durch die eine oder andere kleine Naht von etlichen Stunden auf eine oder zwei reduzieren ließ. »Lass uns in Richtung Grenze zurückfahren. Wir halten irgendwo an, wo wir ungestört sind.«

Im Kofferraum hatten sie eine Militärschaufel, Teil eines Werkzeugsets, das er im örtlichen Laden für überschüssige Armeebestände erstanden hatte. Er wusste, dass auch Lyssa daran dachte.

»Was ist mit der Statue für McDougal?«

»Ich werde ihm erzählen, ich sei ausgeraubt und verletzt worden, und daher hätten wir unsere Reise abbrechen müssen.«

Lyssa zog eine Augenbraue hoch. »Du – so groß und kräftig, wie du bist?«

Aidan zuckte die Achseln. »Er kann mir nicht das Gegenteil beweisen.«

»In Ordnung.« Sie trat zurück und öffnete ihm die Beifahrertür. »Sehen wir zu, dass wir hier wegkommen.«

Er verlor die Schlacht, seine Distanz zu wahren, und drückte ihr einen Kuss auf die Wange, ehe er versuchte, behutsam in den Wagen zu steigen.

»Ich liebe dich«, sagte sie.

»Danke.« Er sah ihr in die Augen. »Das musste ich dringend hören.«

Sie warf ihm eine Kusshand zu. »Ich weiß.«

Innerhalb von Minuten waren sie auf der Straße nach Norden.

Stacey sah zu, wie Connor mehr Kung-Pao-Huhn auf seinen Teller schaufelte. Auf dem Couchtisch waren etliche weitgehend leere Behälter aus dem China-Restaurant verstreut. Sie legte ihre Essstäbchen hin und nahm sich ein Wan Tan mit Frischkäsefüllung. »Ich habe noch nie in meinem Leben jemanden gesehen, der so viel auf einmal gegessen hat«, sagte sie trocken.

Er sah sie mit diesem breiten, knabenhaften Lächeln an, das ihren Magen flattern ließ. »Du bist auch nicht gerade eine schlechte Esserin«, sagte er. »Das finde ich total toll.«

»Meine Hüften finden das nicht so toll.«

»Deine Hüften wissen eben nicht, was gut für sie ist.«
»Ha.«

Connor sah sie gespielt finster an und handhabte seine Essstäbchen mit großem Geschick, um ein Stück Huhn in seinen Mund zu befördern. Staceys Blick sank auf seinen entblößten Oberkörper hinab, und sie bewunderte die durch und durch männliche Schönheit seines Waschbrettbauchs. Selbst nachdem er gegessen hatte, was Justin und ihr für eine Woche genügt hätte, war sein Bauch noch stramm, hart und flach.

Prachtvoll.

Sie hatte immer noch Schwierigkeiten damit, die Tatsache zu akzeptieren, dass sie miteinander geschlafen hatten, obwohl ihr Körper von den Nachwirkungen prickelte. Sie saßen im Schneidersitz auf dem Wohnzimmerboden und sahen sich *Die Mumie* an, einen ihrer Lieblingsfilme. Sie hatte eine Schwäche für temporeiche Actionfilme mit einem scharfen Helden und einem Hauch von Romantik. Connor sagte, ihm gefiele der Film auch, aber er verbrachte mehr Zeit damit, sie anzusehen, als den Fernseher. Sie hatte angenommen, nach dem Sex würde sein Interesse an ihr schwinden. Oder wenigstens etwas nachlassen. Stattdessen schien er noch interessierter an ihr zu sein als vorher. Sie musste zugeben, dass auch sie von ihm fasziniert war.

»Warum bist du eigentlich hergekommen?«, fragte sie. Sie stützte die Ellbogen auf den Tisch und legte das Kinn in ihre Handfläche.

»Ich habe Informationen für Aidan.«
»Du konntest nicht einfach anrufen?«

Lächelnd schüttelte er den Kopf. »Ich habe es versucht. Er erinnert sich an nichts von dem, was ich ihm sage.«

»Typisch Mann«, sagte sie spöttisch.

»Sieh dich vor, Süße.«

Stacey mochte es, wenn er sie so nannte. Irgendwie gelang es seinem breiten irischen Akzent, dem gebräuchlichen Kosewort Aufrichtigkeit zu verleihen. »Warst du früher auch bei den Sondereinheiten wie Aidan?«

»Ja.« Seine knappe Antwort war melancholisch eingefärbt.

»Das klingt so, als vermisstest du es.«

»So ist es.« Er streckte eine Hand aus, schnappte sich das angebissene Wan Tan von ihrem Teller und steckte es sich in den Mund.

»He!«, protestierte sie mit finsterer Miene. »Es sind noch frische in der Schachtel.«

»Die schmecken nicht so gut.«

Sie kniff die Augen zusammen, und er streckte ihr verspielt die Zunge raus. Auf dem Fernsehbildschirm kämpfte Rick O'Connell gegen einen Pöbelhaufen, der die Pest hatte. Sie sah sich die Szene eine Weile an und fragte Connor dann: »Und was tust du jetzt, wenn du nicht mehr beim Militär oder wo auch immer bist?«

»Dasselbe wie Cross.«

Sie hatte versucht, eine konkrete Abteilung des Militärs und eine Landeszugehörigkeit aus Aidan herauszuholen, doch in dem Punkt war er verschlossen. Lyssa sagte, es ginge um supergeheime Tarnoperationen.

Na und?, hatte Stacey gesagt. *Er wird mich doch nicht etwa umbringen müssen, wenn er es mir erzählt?*

Lyssa hatte gelacht. *Nein, natürlich nicht.*

Es ist nämlich im Ernst so, hatte Stacey gemurrt, *dass meine Neugier mich umbringt, Doc. Da kann er es mir auch gleich erzählen. Das wäre ein gnädigerer Tod.*

Natürlich entschied sich Aidan, sie nicht aus ihrem Elend zu erlösen. Sie wusste, dass es mit Connor dasselbe sein würde. Er strahlte eine ähnliche Form von Wachsamkeit aus, als graute ihm vor den Fragen, von denen er wusste, dass sie kommen würden.

»Weißt du«, sagte sie, »in Liebesromanen werden die Helden von den Sondereinheiten im Allgemeinen Experten für Hightech-Sicherheitssysteme, wenn sie sich zur Ruhe setzen. Nicht ... Forscher ... oder Einkäufer für Privatpersonen.«

Connor wischte sich die Hände an einer Serviette ab, lehnte sich zurück und stützte das Gewicht auf seine Arme. Er trug nur eine lose sitzende gestreifte Schlafanzughose, und ihre forschenden Blicke konnten ungehindert über seinen Oberkörper streifen. Er war bestens durchtrainiert und fähig, ihr Gewicht zu stemmen, als sei nichts dabei. Seine Schultern waren von einer beeindruckenden Breite, von kräftigen Muskeln durchzogen und liefen in seinem enormen Bizeps aus.

Ihr Mund wurde wässrig. Lieber Gott, er besaß die Schönheit eines Wilden. Er hatte nichts Gemäßigtes an sich. Nichts Kultiviertes. Sogar wenn er, wie jetzt, in Ruhehaltung war, nahm sie große Wachsamkeit an ihm wahr, eine geballte innere Kraft, die dafür sorgte, dass er immer sprungbereit blieb.

»Du gaffst mich an«, schnurrte er, und seine blauen

Augen beobachteten sie mit raubtierhafter Intensität. Sie wusste, dass er keine Minute brauchen würde, um sie flachzulegen, wenn sie ihm auch nur die winzigste Aufmunterung gab.

Diese Vorstellung ließ sie erschauern.

»Ich weiß«, sagte sie und ahmte damit seine frühere Bemerkung nach.

Ein Winkel seines schamlos sinnlichen Munds zog sich zu einem schwachen Lächeln nach oben. »Willst du damit etwa sagen, ich hätte nicht das Zeug zum romantischen Helden, weil ich keine Sicherheitssysteme installiere?«

Er hatte das Zeug zum romantischen Helden, so viel stand fest. Zumindest nach außen hin.

Und im Bett.

»Das habe ich nicht gesagt.« Stacey zuckte lahm die Achseln und bot enorme Willenskraft auf, um den Blick wieder auf den Fernseher zu richten. Es war eine Qual, sich von all dieser goldenen Haut abzuwenden, aber es diente auch der Selbsterhaltung. »Ich sage damit nur, von Typen wie dir und Aidan würde ich nicht erwarten, dass sie Interesse daran haben, für alte Knacker mit zu viel Geld alten Trödel aufzutreiben. Ich hätte gedacht, nach all der... Aufregung, die das, was ihr früher getan habt, mit sich gebracht hat, würdet ihr euch langweilen.«

»Der Schwarzmarkt ist nicht ganz ungefährlich«, sagte er leise. »Immer dann, wenn verschiedene Personen dasselbe wollen, kann es ziemlich unangenehm werden. Wenn sie etwas unbedingt haben wollen, kann es tödlich ausgehen.«

Sie warf einen schnellen Seitenblick auf ihn. »Das klingt nicht gerade nach einem Traumjob.«

Connor schob die Lippen vor und sagte dann: »In meiner Familie gehen wir alle zum Militär. Das ist eine gegebene Tatsache.«

»Ach wirklich?«

Seine Schultern hoben sich zu einem leichten Achselzucken, das wunderbare Dinge mit seiner Brustmuskulatur anstellte. »Ja, wirklich.«

»Dann gab es also nie etwas anderes, das du tun wolltest?«

»Ich habe nie etwas anderes in Betracht gezogen.«

»Das ist traurig, Connor.«

Der Klang seines Namens, als ihre Stimme ihn aussprach, erschreckte sie beide. Stacey konnte seine Gemütsbewegung erkennen, denn er blinzelte mehrfach rasch hintereinander und wirkte ein wenig verwirrt.

Für sich selbst wusste sie, dass ihre Gefühle ihm gegenüber keineswegs rein freundschaftlich waren. Ihre Gedanken waren unzüchtig. Sie wollte all diese Haut, die so lecker aussah, ablecken und daran knabbern. Sein Haar, das den Farbton von dunklem Honig hatte, war etwas zu lang und wellte sich in seinem Nacken und über den Ohren. Sie wollte es berühren, ihre Finger hineingleiten lassen.

»Was ist dein Traum?«, fragte er, und sein intimer Tonfall zog sie noch tiefer in seinen Bann. Er wies mit seinem Kinn auf den Esstisch, auf dem ihre lachhaft kostspieligen Lehrbücher unbeachtet lagen. »Arbeitest du im Moment darauf hin?«

Fast hätte sie Ja gesagt, als Teil der Generalüberholung ihres positiven Denkens, an der sie arbeitete. Stattdessen enthüllte sie ihm etwas, das sie nicht einmal Lyssa je gesagt hatte. »Ich wollte Schriftstellerin werden«, gestand sie.

In seinen hochgezogenen Augenbrauen drückte sich sichtliches Erstaunen aus. »Schriftstellerin? Welche Art von Texten wolltest du schreiben?«

Stacey fühlte, dass ihr Gesicht zu glühen begann. »Liebesromane.«

»*Tatsächlich?*« Jetzt war er an der Reihe, entsetzt zu wirken. Er machte seine Sache wirklich gut.

»Ja.«

»Und was ist dazwischengekommen?«

»Das Leben.«

»Ach ...« Er richtete sich auf, und dann verblüffte er sie damit, dass er ihre Finger umfasste, die unruhig einen Glückskeks drehten. Seine Berührung fühlte sich warm und wohltuend an. Seine Hand war so riesig, dass ihre im Vergleich dazu winzig wirkte. An dem Mann war mindestens zweimal so viel dran wie an ihr, und doch konnte er so behutsam sein. »Das ist das Letzte, worauf ich gekommen wäre, wenn ich versucht hätte, deinen Traum zu erraten.«

»Ich weiß.«

»Du bist so praktisch veranlagt.«

»Ich wünschte, ich wäre es.«

»Hast du den Wunsch aufgegeben?«

Sie starrte auf ihre Hände, die einander berührten, seine Haut so viel dunkler als ihre und mit kaum wahrnehmbaren goldenen Härchen auf den Knöcheln. »Klar. Es war ohnehin eine alberne Idee.«

Connor fiel nichts ein, was er dazu sagen konnte. Stacey tat etwas, das ihr offensichtlich wichtig war, so leichthin ab, aber er war kein Pfleger und kein Heiler, und er war auch kein Mann, der Zeit damit verbrachte, mit Frauen zu reden. Zumindest nicht mit Worten, die nicht der Verführung dienten. Wenn Frauen zu ihm kamen, suchten sie kein Gespräch. Er streichelte mit seinem schwieligen Daumen Staceys zarte Handfläche. Das war das Beste, was er in puncto Trost zustande brachte.

Und sogar dieser keusche Körperkontakt erregte ihn. Als sein Daumen tiefer glitt und über den Puls an ihrem Handgelenk strich, verriet ihr rascher Herzschlag, wie erregt auch sie war. Trotz ihres beschleunigten Atems handelte keiner von beiden dieser gegenseitigen Anziehungskraft entsprechend. Er war zufrieden damit, einfach nur das sanfte Vibrieren des Verlangens in seinem Blut zu fühlen.

Dann läutete das Telefon und zerstörte die Stimmung.

Sie blinzelte, als erwachte sie gerade aus tiefem Schlaf, und zog sich dann auf die Füße. »Aidan hat schon angerufen, als du noch geschlafen hast. Wahrscheinlich ist er es wieder.«

Connor erhob sich ebenfalls und folgte ihr in die Küche. Stacey nahm das Mobilteil von der Basisstation und las auf dem Display, dass der Anruf vom Best Western Big Bear kam. Die Anspannung, die Staceys kleine Gestalt packte, war spürbar.

Sie nahm das Gespräch entgegen und hielt das Mobilteil ans Ohr. »Hallo, Liebling.«

Connor legte seine Hände auf ihre schmalen Schultern und begann sie sanft zu kneten, um der drohenden Verspannung ihrer Muskulatur entgegenzuwirken.

»Aber du hast am Montag Schule«, setzte sie an, woraufhin sie vom anderen Ende der Leitung mit einer langen

Folge von Einwänden bestürmt wurde. »Ja, ich weiß, dass es lange her ist...« Ihr Brustkorb weitete sich und sackte mit einem lautlosen Stöhnen in sich zusammen. »Also gut. Du kannst am Montagabend nach Hause kommen.«

Die Aufregung, die durch Staceys Kapitulation hervorgerufen wurde, drang hörbar durch die Leitung.

»In Ordnung.« Sie bemühte sich wacker, fröhlich zu klingen. »Es freut mich, dass es dir so gut gefällt... ich hab dich auch lieb. Halte dich warm. Zieh diesen Schal an, den Lyssa dir zu Weihnachten gekauft hat.« Sie bewerkstelligte ein mattes Lachen. »Ja, wer hätte gedacht, dass du das verdammte Ding tatsächlich mal benutzen würdest? Selbstverständlich... Mach dir um mich keine Sorgen; ich sehe mir gerade *Die Mumie* an... Ja, mindestens hundert Mal. Na und? Es ist ein guter Film! Okay... Gute Nacht... Ich hab dich lieb.«

Sie beendete das Gespräch, und der Arm, der das Mobilteil hielt, fiel in einer niedergeschlagenen Geste an ihrer Seite hinunter.

»He«, murmelte Connor und ließ seine Hand liebevoll über ihren Arm gleiten, bis er das Telefon erreichte. Er zog es aus ihren kraftlosen Fingern und legte es auf die Frühstücksbar. »Es ist alles in Ordnung. Er wird bald zurückkommen.«

»Das ist es ja gerade«, sagte sie und wandte ihm nur deshalb das Gesicht zu, weil er sie an den Schultern packte und dazu zwang. »Ich weiß nicht, ob er zurückkommen wird – oder ob er bei mir bleiben wird, wenn er zurückkommt.«

Connor blickte in ihr unglückliches Gesicht mit der geröteten Nasenspitze und den herabgezogenen Mundwinkeln. Er legte eine Hand auf ihr Gesicht und strich mit dem Daumen über ihren Wangenknochen.

»Er ist vierzehn Jahre alt«, sagte sie kläglich. »Er will einen Dad, einen Mann, dem er nacheifern und von dem er lernen kann. Tommy lebt in Hollywood, wo es mondän zugeht und sich jede Minute etwas tut. Justin hasst es, hier im Tal zu leben. Er sagt, es ist langweilig, und ich weiß selbst, dass Kinder in seinem Alter sich hier langweilen. Ich bin nach Murrieta gezogen, weil es zu der Zeit billig war – ich konnte ein Haus kaufen und Steuern sparen – und weil es hier ruhig zugeht. Hier gibt es nicht viel, was einen Teenager dazu verlocken kann, sich in Schwierigkeiten zu bringen.«

»Siehst du?«, sagte er. »Eine praktisch veranlagte Frau, wie ich bereits sagte.«

Eine tapfere Frau. Eine starke Frau. Eine Frau, die er bewunderte.

Sie lächelte gekünstelt, und es traf ihn wie ein Hieb in die Magengrube. Es war ihm verhasst, dass sie seinetwegen die Fassade aufrechterhielt. Er wollte sie ganz und gar, die wahre Stacey. Connor Bruce, der dafür bekannt war, dass man ihm besser nicht mit Gefühlen kam, wollte Staceys Gefühle.

»Falls Tommy beschließt, dass er versuchen will, ein Vollzeitvater zu sein«, fuhr sie weinerlich fort, »wird Justin fortgehen. Tommy ist so kindlich wie Justin; die beiden hätten einen Mordsspaß miteinander.« Ihr Kopf fiel nach vorn, und ihre Gesichtszüge verschwanden in einer Mähne dunkler Locken. »Wahrscheinlich würde Tommy mich auch noch auf Unterhaltszahlungen verklagen, was ihm das Leben leichter machen würde. Und selbst wenn er es nicht täte, würde ich ihnen trotzdem Geld schicken. Nur Gott weiß, wie sie sich sonst ernähren würden. Eine einzige Mahlzeit am Tag im Studio. Und selbst das nur, falls Tommy das Glück haben sollte, ausnahmsweise mal Arbeit zu finden!«

Ein leises Schluchzen zerriss die Luft, und Connor tat das Einzige, was er tun konnte; er nahm ihr Kinn in seine Finger und hob ihren Kopf, um sie auf den Mund zu küssen, nur mit den Lippen, nicht mit der Zunge. Es war der einzige Trost, den er ihr anbieten konnte, ohne ihr etwas zu nehmen. »Du greifst voraus, Liebes«, murmelte er und rieb seine Nase an ihrer.

»Tut mir leid.« Stacey erwiderte seinen Kuss mit winzigen Küsschen. Ganz reizenden Küsschen. »Ich bin heute ein Fall für die Klapse. Hormone oder so was. Ich schwöre es dir, normalerweise bin ich nicht so.«

»Das macht doch nichts.«

Erstaunlicherweise machte es ihm wirklich nichts aus.

Connor trat ein wenig zurück, bückte sich, legte einen Arm unter ihre Kniekehlen und hob sie hoch. Er trug sie auf seinen Armen aus dem Esszimmer und ins Wohnzimmer zurück. Dort ließ er sich mit ihr auf seinem Schoß auf das daunengefüllte Sofa sinken. Sie passte perfekt dorthin, und ihr sinnlicher Körper schmiegte sich warm an seine nackte Haut. Er legte das Kinn auf ihren Kopf und wiegte sie.

Nehmen und Geben. Das Zusammengehörigkeitsgefühl, das er im früheren Verlauf des Tages gesucht und so dringend gebraucht hatte, war ohne Sex wiederhergestellt und wurde doch durch den vollzogenen hektischen Geschlechtsakt verstärkt. Nachdem sie die animalische Lust aus dem Weg geräumt hatten, hatten sie die anderen Gefühle aufgedeckt, sie offen ans Licht kommen lassen, sie verstanden und sie einander gezeigt.

»Danke«, flüsterte sie matt und rollte sich eng an ihm zusammen.

Bald sagte ihm ihr flacher, gleichmäßiger Atem, dass sie mit dem Zwielicht in Verbindung stand. Sie war in seiner Heimat, nach der er sich zurücksehnte. Sie träumte.

Er hoffte, sie träumte von ihm.

7

Connor durchquerte mit ungeduldigen Schritten den langen, in den Fels gehauenen Gang zur Haupthöhle. Als er sich der Grotte näherte, wurde die Luft aufgrund der großen Wassermasse gleich hinter der zerklüfteten Felswand feuchter. Sie war von einem schimmeligen, moosigen Geruch durchdrungen, was dazu führte, dass er sich nach dem Leben sehnte, das er noch vor wenigen Wochen geführt hatte. Einem Leben auf der Oberfläche, mit Frauen, Bier und einem verdammt guten Kampf, wenn er ihn gebrauchen konnte.

Und mit einer Tür als Ein- und Ausgang. Das wäre schön.

Er freute sich nicht gerade auf die Notwendigkeit, in das eisige Wasser des Sees einzutauchen. Der Aufstieg zur Wasseroberfläche, wenn sich die Lunge durch die tiefe Temperatur verkrampfte, kam einer Folter nahe. Im Gegensatz zu allem anderen im Zwielicht ließ sich die Wassertemperatur des Sees nicht durch bloße Gedanken verändern. Kein Wünschen, Befehlen oder Hoffen machte die Flüssigkeit erträglicher.

Daher salutierte er seinen Männern stumm, überprüfte, dass seine Glefe nicht aus der Scheide gleiten konnte, die diagonal auf seinem Rücken angebracht war, und tauchte in das Wasser ein.

Lange Momente später tauchte Connor vollständig durchgefroren und japsend auf und kroch auf das sandige Ufer, während ihn heftige Schauer durchzuckten. Ihn befiel ein befremdliches Gefühl von Déjà-vu, und daher ging ihm erst, als er angegriffen und nach hinten gestoßen wurde, auf, dass er nicht allein war.

Als sich ein kleinerer, drahtigerer Körper um seinen schlang, wurde sein empörtes Aufheulen von der Wasseroberfläche zurückgeworfen, und seine zunehmende Spannung löste sich. Connor wand sich und raufte mit seinem Angreifer bis zu dem Moment, als sie in einer aufsprühenden Wasserfontäne beide wieder in den See fielen. Er packte die Kutte seines Angreifers im Genick und zerrte ihn ans Ufer.

»Warte!«, rief Sheron.

Connor griff über die Schulter und zog seine Glefe aus der Scheide. »Das hatten wir doch alles schon mal, Alter«, knurrte er.

»Wir haben unsere Diskussion nicht beendet.«

»Dann fangt an zu reden, bevor ich den letzten Rest Geduld verliere.«

Der Älteste warf seine klatschnasse Kapuze zurück. »Erinnerst du dich noch daran, was ich dir über die Slipstreams erzählt habe, die wir im Tempel eingerichtet haben?«

»Klar.«

»Und dass der einzige Ort im Zwielicht, der vor Albträumen sicher ist, die Höhle ist, die ihr beschlagnahmt habt?«

»Ja.«

»Albträume haben die Ströme im Tempel infiltriert, Bruce, und verschmelzen unterwegs mit den Wächtern zu einem einzigen Wesen.«

»Der Teufel soll mich holen.« Connors Hand schloss sich fester um seine Glefe, und seine Stirn war mit Schweiß ge-

sprenkelt. »*Können sie nicht ohne fremde Hilfe reisen? Stecken die Menschen jetzt in Schwierigkeiten? Haben wir sie endlich restlos erledigt, indem wir nicht nur ihre Träume, sondern auch ihre Welt verseucht haben?*«

»*Soweit wir wissen, ist das bisher noch nicht der Fall. Im Gegensatz zu den Slipstreams in der Höhle werden die im Tempel nur für kurze Zeit geöffnet, gerade lange genug, um den Sprung zu machen. Dann werden sie wieder geschlossen.*«

»*Wie seid Ihr dahintergekommen, was passiert ist?*«

»*Zuerst haben wir einen Wächter in einem raschen Zyklus losgeschickt – hin und her.*«

Connor begann, unruhig auf und ab zu laufen.

»*Im Laufe der Zeit hat sich gezeigt, dass es manchen der Wächter nicht gut ging*«*, fuhr Sheron fort.* »*Anfangs nahmen wir an, es sei auf die Position zurückzuführen.*«

»*Außerhalb der Höhle.*«

»*Ja. Dann haben sich Veränderungen an ihnen vollzogen. Physisch, emotional und geistig. Es schien ihnen sehr wichtig zu sein, bei denjenigen, die sie umgeben, Furcht und Traurigkeit hervorzurufen. Sie wurden gewalttätiger und grausamer. Ihre Augen haben die Farbe verändert. Sie haben die Nahrungsaufnahme eingestellt.*«

»*O Mann ...*«

»*Erst dann ist uns klar geworden, was passiert war. Die Albträume in ihnen haben die Oberhand gewonnen und den Wächter zu Terrorakten gedrängt, um sich an diesen negativen Empfindungen zu laben.*«

Seit die Albträume durch die Spalte, die die Ältesten erschaffen hatten, das menschliche Unterbewusstsein entdeckt hatten, nutzten sie die Kraft des menschlichen Geistes als Energiequelle. Furcht, Wut, Elend – diese Gefühle ließen sich so leicht durch Träume wecken und versorgten sie mit so guter Nahrung.

Connor ließ sein Schwert sinken, damit er eine Hand frei hatte, um sich das Kinn zu reiben. »Wie viele von diesen Dingern gibt es?«

»Bei dem ursprünglichen Versuch gab es ein Dutzend, aber nur einer der betroffenen Wächter ist am Leben geblieben, und den habt ihr heute getötet.«

»Selbst für kleine Gefälligkeiten muss man dankbar sein, was?«, schnaubte Connor.

Sheron zog den Gurt mit der Scheide von seiner allzu schmalen Taille und kippte das Wasser aus, das sich darin gesammelt hatte. Dann steckte er seine Glefe hinein und ließ eine Spur aus Tropfen zurück, während er sich zu einem nahen Felsen begab.

»Was erzählt Ihr mir nicht?« Connor folgte ihm mit der Glefe in der Hand. Er traute Sheron nur so weit, wie er ihn werfen konnte, und keinen Schritt weiter. Jetzt nicht mehr. Das war traurig, wenn man bedachte, dass er dem Mann früher sein Leben anvertraut hatte.

»Das, weshalb ich hergekommen bin.« Der Älteste ließ sich auf einem großen Stein nieder und breitete seine klatschnasse Kutte so weit wie möglich aus. »Der Versuch wurde als Erfolg angesehen, bevor sich die Symptome der Besessenheit durch Albträume zeigten. Wir haben erfolgreiche Hin- und Rückreisen getestet, nicht die Nebenwirkungen. Ein weiteres Kontingent an Wächtern und Ältesten wurde losgeschickt, bevor uns das Ausmaß des Problems klar war.«

Connors Eingeweide verknoteten sich. »Tja, dann zerrt sie eben alle zurück, verdammt noch mal!«

»Das geht nicht. Als wir den Irrtum begriffen haben, hatten sich die Wächter bereits so sehr verändert, dass sie nicht mehr fähig waren, an ihren Fäden zurückzukehren. Sie waren nicht mehr dieselben Individuen, die von hier abgereist sind, und wir konnten nur diejenigen zurückholen, die nicht betroffen waren.«

»Was zum Teufel habt Ihr angerichtet? Wie viele von diesen Dingern sind dort draußen?«

»Zehn von ihnen waren nicht in der Lage, zurückzukehren. Seitdem haben wir zwanzig weitere losgeschickt. Ein Glücksspiel. Diejenigen, denen nichts zustößt, werden Jagd auf die Betroffenen machen und sie aus dem Weg räumen. Cross wird erwarten, dass die Wächter nach ihm suchen, aber er kann unmöglich etwas über die Hybriden wissen.«

Vor dem Aufstand war Aidan Captain gewesen und Connor sein Lieutenant. Gemeinsam hatten sie die Elitekrieger mit tadelloser Präzision angeführt. Zu der Zeit war ihm das Leben so einfach erschienen. Jetzt war alles unendlich kompliziert geworden.

»Warum erzählt Ihr mir das?«, fragte Connor argwöhnisch.

»Mir ist nicht daran gelegen, dass Cross stirbt.«

»Aber Ihr wollt den Tod des Schlüssels«, wandte Connor ein. »Und Ihr werdet Cross töten müssen, um an den Schlüssel heranzukommen, das versichere ich Euch.«

»Damit setzen wir uns auseinander, wenn der Zeitpunkt gekommen ist.«

»Den Teufel werdet Ihr tun!« *Connor startete durch wie*

eine Rakete. Er flog durch die Luft und knallte mit seiner Schulter gegen die Brust des Ältesten.
Der Älteste würde eine prima Geisel abgeben.
Sie überschlugen sich und wälzten sich im Sand herum ...

Keuchend schreckte Connor aus dem Schlaf auf, und von dem Ruck, der ihn durchfuhr, erwachte auch die warme, kurvenreiche Frau, die in seinen Armen lag.

»He.« Staceys verschlafene Stimme war heiser. Im schwachen Schimmer des Fernsehers, der ohne Ton lief, sah er, dass sie den Kopf zu ihm umdrehte. Sie lagen auf dem Sofa, er an das Rückenteil gelehnt und sie an ihn geschmiegt. »Ist alles in Ordnung mit dir? Hattest du einen Albtraum?«

Er stieß sich ab und kletterte vorsichtig über sie hinweg. »Ja.«

»Möchtest du, dass ich dir einen heißen Tee koche oder so was?«

»Nein.« Er beugte sich hinunter und drückte ihr einen Kuss auf die Stirn. »Schlaf weiter. Mir ist gerade etwas Wichtiges eingefallen, und ich schreibe es besser auf, ehe ich es wieder vergesse.«

Connor ging zum Frühstückstisch, schaltete den Punktstrahler an, der darüber in die Decke eingelassen war, und schnappte sich den Notizblock, den er schon eher dort liegen gesehen hatte. Dann zog er einen Stuhl vom Esstisch zurück, borgte sich den Drehbleistift, der auf Staceys Lehrbüchern lag, und richtete seine Aufmerksamkeit darauf, ein frisches Blatt Papier zu finden.

Als er die Seiten mit liebevoll gezeichneten Porträts von

Aidan durchblätterte, verlangsamte sich Connors Herzschlag. Seine Atemzüge wurden tiefer und regelmäßiger. Die Bilder von Aidan, die vor ihm lagen, zeigten nicht denselben Mann, an dessen Seite er jahrhundertelang gekämpft hatte. Der Aidan, den Lyssa mit detaillierten Bleistiftstrichen eingefangen hatte, wirkte jünger und glücklicher. Seine Augen leuchteten, und die Stressfalten waren weniger zu sehen.

Connor betrachtete die Zeichnungen lange. Dann hörte er eine Bewegung auf dem Sofa und drehte sich um. Er sah Stacey zusammengerollt auf der Seite liegen. Ihre Augenlider flatterten, als sie erneut einschlief.

Er lächelte und merkte wieder einmal, wie sich die Eiseskälte, die durch seinen Träume hervorgerufen wurde, einfach nur deshalb legte, weil sie in seiner Nähe war. Es war erstaunlich, was das Gefühl weiblichen Trostes bei einem Mann ausrichten konnte. Jetzt konnte er verstehen, wie Aidans Beziehung zu Lyssa seinen Freund auf wundersame Weise verändert hatte.

Das bestärkte Connor noch mehr in seinem Entschluss, diese Mission erfolgreich zu Ende zu führen.

Er war aus einem Grund hier. Seine Taten auf dieser Daseinsebene würden dafür sorgen, dass Personen, aus denen er sich etwas machte, weiterhin in Sicherheit waren. Außerdem würde er das Versprechen halten, das er vor langer Zeit gegeben hatte – die Träumer vor den Fehlern der Ältesten zu beschützen.

Connor konzentrierte sich erneut auf seine Aufgabe, wandte sich dem leeren Blatt vor ihm zu und versuchte, seine Gedanken zu ordnen.

Aidan erinnerte sich nicht an die Gespräche, die sie in seinen Träumen führten. Connor hatte keinen Grund zu glauben, sein eigenes Gehirn sei anders, was hieß, dass die beiden »Begegnungen« mit Sheron Produkte seiner Vorstellungskraft waren.

Trotzdem – obwohl er wusste, wie Träume funktionierten, fiel es ihm sehr schwer zu glauben, die fantasievolle Geschichte, die Sheron ihm erzählt hatte, sei nur ein Produkt seines Geistes. Er dachte sich keinen solchen Blödsinn aus. Er sah sich eher als Muskelprotz und nicht gerade als intellektuelle Leuchte.

Es sei denn, die Ältesten hatten eine Vorgehensweise, von der die Wächter nichts wussten... Oder vielleicht hatte Wager weitere Informationen von dem Datenchip zusammengetragen?

Verwirrt und ein wenig erschrocken über die vielen Möglichkeiten – darunter nicht zuletzt die Idee, das, was er geträumt hatte, könnte die Wahrheit sein – begann Connor zu schreiben.

Stacey erwachte von dem Geräusch, mit dem eine Tür aufging, und dem fernen Rumpeln eines Motors, der ein Garagentor öffnete. Sie war groggy, fühlte sich viel zu behaglich für Worte und brauchte eine Minute, um zu begreifen, wo sie war. Sie rieb ihre schweren Augenlider mit den Fäusten, ruckelte ein wenig herum und stellte fest, dass sie in einen schweren Kokon aus großem, schläfrigem Mann gehüllt war.

Ihr Gehirn lief langsam an und registrierte Stück für Stück den schweren Arm und das schwere Bein, die über sie geschleudert worden waren, die weichen Lippen und den warmen Atem, der ihre Schulter liebkoste, die Morgenlatte, die beharrlich zwischen ihren Pobacken stocherte. Sie lagen auf dem Sofa im Wohnzimmer, beide auf der Seite, er hinter ihr und eng an sie geschmiegt. Connors Kinn lag auf ihrem Kopf, und sein kräftiger Körper bedeckte sie zur Hälfte. Normalerweise brauchte sie eine dicke Decke, um sich warm zu halten, doch seine Körperwärme ähnelte einem Hochofen, der sie von hinten anstrahlte. Obwohl sie nur ihr seidiges Spaghettiträgertop mit der passenden Schlafanzughose trug, fror sie überhaupt nicht.

Blinzelnd sah Stacey durch das Esszimmer in die Küche und entdeckte zwei Gesichter, die sie anstarrten und gleichermaßen erschrocken dreinblickten. »Äh ...«

Da sie der Gedanke entsetzte, Connor könnte ihren Morgenatem riechen, klappte Stacey den Mund schnell wieder zu und versuchte, sich aus seiner Umarmung zu befreien. Auch er hatte natürlich etwas an, aber das machte die Situation nicht weniger peinlich. Es war ausgeschlossen, dass sie jemals so tun könnten, als hätte sich zwischen ihnen nichts abgespielt.

Connors Reaktion darauf, dass sie sich wand, bestand in einem murrenden Protest, und eine breite Hand legte sich auf ihre Brust. Ihre Brustwarze, schamlos beglückt über die Aufmerksamkeit, presste sich lüstern an seine Handfläche, was eine mittlerweile vorhersagbare Reaktion seines Schwanzes auslöste.

»Mmh ...«, schnurrte er, schmiegte sich enger an sie und rieb die Hüften anzüglich an ihr.

Aidan und Lyssa fiel beiden der Kiefer herunter.

Stacey zuckte zusammen und gab Connor einen Klaps auf die Hand. »Lass das!«, zischte sie. »Sie sind zu Hause.«

Sie konnte genau erkennen, wann die Information zu ihm durchdrang. Er versteifte sich an ihrem Rücken und murmelte kurz darauf einen kaum hörbaren Fluch. Dann hob er den Kopf, blickte über ihre Schulter und sagte: »Cross.«

»Bruce«, gab Aidan mit belegter Stimme zurück.

Stacey zuckte wieder zusammen, wälzte sich aus Connors nunmehr schlaffer Umarmung heraus und landete unsanft auf allen vieren zwischen dem Couchtisch und dem Sofa. Connor setzte sich auf.

»Ihr seid früher zurück, als wir dachten«, sagte sie mit aufgesetzter Heiterkeit, während Connor aufstand und sie mit sich auf die Füße zog. »Wie war die Reise?« *Plappere vergnügt drauflos, bis der Sturm sich legt,* dachte sie. Das klappte im Allgemeinen, zumindest vorübergehend.

»Ich bin ins Bein gestochen worden«, murmelte Aidan.

»Ich habe dabei geholfen, irgendein Monstrum zu begraben.« Lyssa erschauerte.

Jetzt war Stacey an der Reihe, die beiden fassungslos anzustarren. Ihr Blick sank auf den dicken weißen Verband, der unter Aidans fast knielangen Shorts herausschaute.

»O mein Gott«, sagte sie und eilte um den Couchtisch herum, ehe in ihr Bewusstsein vordrang, dass sie keinen BH trug. Ihr Gesicht rötete sich, und sie schlang ihre Arme um ihren Brustkorb. Einen Herzschlag später wurde ihr die Chenilledecke, die Lyssas Sofa zierte, um die Schultern gehängt. Dankbar blickte sie zu Connor auf.

Er lächelte grimmig. »Geh nach oben und zieh dich um«, sagte er und sah über ihren Kopf hinweg Aidan an.

»Ich komme mit«, sagte Lyssa rasch. »Ich habe es mehr als nötig, mich unter die Dusche zu stellen.«

Stacey sah ihre Chefin an und runzelte die Stirn, als ihr die blasse Haut und die dunklen Ringe unter den braunen Augen auffielen. Lyssa hatte nicht mehr so müde ausgesehen, seit Aidan in ihrem Leben aufgetaucht war.

»Na klar, Doc.« Stacey wartete darauf, dass ihre Freundin sich ihr anschloss, ehe sie auf die Treppe zuging.

Connor blieb, wo er war. Obwohl er selbst nicht gerade viel anhatte, stand er stolz und aufrecht da und sah Aidan fest in die Augen.

Lyssa schaffte es kaum bis auf den oberen Treppenabsatz, ehe sie flüsterte: »Du hast mit ihm geschlafen? *Jetzt schon?*«

Stacey zuckte zusammen und sagte: »Was bringt dich auf den Gedanken?«

Lyssas Antwort bestand in einer hochgezogenen Augenbraue.

»Okay, okay.« Stacey zog Lyssa in deren Schlafzimmer und schloss die Tür.

»Das sieht dir überhaupt nicht ähnlich, Stace!«

»Ich weiß. Es ist ganz einfach ... passiert.«

Lyssa ließ sich auf den Rand der Matratze plumpsen und sah sich im Zimmer um. »Wo ist Justin?«

»Hier schon mal nicht«, murmelte Stacey und fuhr mit einer Hand durch ihr wirres Haar. Morgens sah sie immer beschissen aus. So, wie sie von dem schärfsten Kerl, den sie jemals erblickt hatte, bestimmt nicht gesehen werden wollte.

»Das ist offensichtlich«, sagte Lyssa trocken.

Früher war das Zimmer in unterschiedlichen Blautönen eingerichtet gewesen, um Lyssas Schlaf zu fördern. Jetzt war es im fernöstlichen Stil ausgestattet, mit einem massiven, frei stehenden Raumteiler vor der Schiebetür links vom Bett und schwarzen Handtüchern mit aufgestickten goldenen Kanji-Schriftzeichen im offenen Badezimmer rechts. Auf dem Bett lag eine leuchtend rote Satindecke mit Drachen, und die Matratze wurde von einem Holzgestell mit aufwendigen Schnitzereien umrahmt. An der Wand darüber hing ein ostasiatisches Lackgemälde mit mehreren Paneelen.

Es war ein exotisches und einzigartiges Schlafzimmer, sinnlich und verführerisch. Es unterschied sich sehr von dem zarten Taupe der restlichen Einrichtung oder von dem viktorianischen Thema der Tierarztpraxis. Bevor sie Aidan begegnet war, hätte sich Stacey ihre Freundin niemals in einer solchen Umgebung vorgestellt, doch es passte zu der Frau, die aus Lyssa geworden war. So sehr sie das amerikanische Ideal verkörperte – und Lyssa wies in etwa die Barbie-Perfektion auf, die ein Mädchen mit dunklen, mandelförmigen Augen besitzen konnte –, drückte sich in dem internationalen Flair des Zimmers doch eine abenteuerliche Seite aus, von der Stacey nichts gewusst hatte.

»Tommy ist zu etwas Geld gekommen«, sagte Stacey. »Er hat Justin abgeholt und ihn über das Wochenende nach Big Bear mitgenommen.«

Lyssa blinzelte. »Wow!«

»Ja, so habe ich auch reagiert.«

»Wann haben sie einander das letzte Mal gesehen?«

»Vor fünf Jahren.« Stacey ließ sich auf den Stuhl mit der Holzlehne neben der Tür fallen. »Und wie war euer Kurzurlaub?«

Lyssa sagte kopfschüttelnd: »O nein, so leicht wechselst du mir nicht das Thema.«

»He, ihr habt ein Begräbnis für ein Monstrum abgehalten«, protestierte Stacey. »Das ist weitaus interessanter als mein Sexualleben.«

»Es war keine Beisetzung, es lag tot auf der Straße«, murmelte Lyssa. Mit den Zehen schob sie die schlammbespritzten weißen Vans von ihren Füßen und streckte sich am Fußende des Betts aus, den Kopf in die Hand gestützt. »Wir konnten es nicht dort liegen lassen. Es war... *abscheulich*.«

Das Grauen in Lyssas Stimme ließ Verärgerung in Stacey aufsteigen. Was zu weit ging, ging zu weit.

»Ich weiß, dass du Tiere liebst und alles, Doc, aber am Straßenrand anhalten, um ein überfahrenes Tier zu begraben, das gehört sich wirklich nicht.«

»Lass uns darauf zurückkommen, was du tust, obwohl es sich nicht gehört«, sagte Lyssa mit unverhohlenem Eifer.

Stacey lachte. »Das ist ja wie in der Highschool.«

»Ja, nicht wahr? Also, was ist passiert?«

Stacey stieß entnervt den Atem aus. Sie gab jeden Versuch eines Ausweichmanövers auf und begann zu erklären, was sie selbst nicht so recht verstand.

»Mann«, murrte Aidan mit finsterer Miene. »Deine Nacht mit Stacey wird mir noch ganz schönen Ärger machen.«

Connors Mundpartie spannte sich an, und er verschränkte die Arme vor dem Brustkorb. Es kam überhaupt nicht infrage, dass er sich für seine Privatangelegenheiten ausschelten ließ. »Ich sage dir das nur äußerst ungern, Cross, aber mein Sexualleben hat wirklich nichts mit dir zu tun.«

Aidan fluchte leise vor sich hin, räumte mitten zwischen Staceys Lehrbüchern auf dem Esstisch einen Platz frei und stellte eine schwarze Reisetasche ab. »Wenn dein Sexualleben Lyssas beste Freundin einschließt, dann geht es mich sehr wohl etwas an.«

»Ach ja? Wie das?«

Aidan warf ihm einen verschmitzten Blick über die Schulter zu. »Es wird folgendermaßen ablaufen. Du wirst Stacey aus dem einen oder anderen Grund gegen dich aufbringen. Sie wird sich bei Lyssa beklagen. Lyssa wird sich bei mir beklagen. Ich werde sagen: ›Halt mich raus.‹ Und sie wird sagen: ›Du schläfst auf dem Sofa.‹«

»Du ziehst voreilige Schlüsse.«

»Schlüsse, die auf unserer gemeinsamen Vorgeschichte beruhen«, sagte Aidan. Er zog den Reißverschluss der Tasche auf und packte der Reihe nach den Inhalt aus. »Deshalb habe ich doch aufgehört, dich mitzunehmen, wenn eine meiner Eroberungen eine Freundin mitbringt, oder dich im umgekehrten Fall zu begleiten, weißt du noch? Einer von uns beiden hat immer Mist gebaut, und es lief darauf hinaus, dass wir beide dafür gebüßt haben.«

»Das hier ist etwas anderes.«

»Ja, es ist schlimmer. Ich bleibe Lyssa langfristig erhalten, Lyssa bleibt Stacey langfristig erhalten, und Stacey hat gute Gründe, Männern nicht zu trauen. Sie hat eine Schwäche für Typen wie dich.«

»Was soll das heißen, du Blödmann?«, knurrte Connor.

»Lyssa hat mir erzählt, dass Stacey ein Händchen dafür hat, sich mit Männern einzulassen, die nicht bleiben.« Aidan zog einen Metallkelch aus der Reisetasche und stellte ihn behutsam auf den Tisch. Da das Ding ziemlich mitgenommen aussah, begriff Connor, dass es wichtig sein musste.

Er trat näher, um es sich anzusehen.

»Als ich hier ankam«, fuhr Aidan fort und packte weiter die Tasche aus, »war Stacey derart besorgt, Lyssa könnte verletzt werden, dass sie ihr einen Pfefferspray-Kugelschreiber geliehen hat. Sie hat ihr gesagt, sie soll draufdrücken, falls sich herausstellen sollte, dass ich ein Alien oder sonst irgendwie irre bin.«

»Was?« Connor hob den Kelch auf und untersuchte ihn genauer. »Sie hat gewusst, dass du ein Alien bist?«

»Nein.« Aidan hielt einen Datenchip hoch und fragte: »Hast du ein Lesegerät mitgebracht?« Als Connor den Kopf schüttelte, fluchte er und ließ den Chip auf die polierte Mahagoniplatte fallen.

»Was hatte es dann mit dieser Anspielung auf Aliens auf sich?« Connor war verwirrt.

»Das war ein Witz. Stacey hat einen recht schrägen Humor.«

»Ach so.« Connor grinste und stellte den Kelch wieder hin.

»Es geht darum, dass sie Lyssa gegen mich *bewaffnet* hat, weil sie besorgt war, ich könnte sie in irgendeiner Form verletzen. Sie ist ein harter Brocken.«

»Ja.« Das war sie. Und Connor wusste es. Er wusste aber auch, dass sie zart und verletzlich sein konnte. Er hatte einen Blick unter die harte Schale werfen können. »Das gefällt mir an ihr.«

Aidan warf die mittlerweile leere Reisetasche auf einen der Stühle am Esstisch. »Es wird dir nicht mehr so gut gefallen, wenn sie dir diesen Mist in die Augen sprüht.«

Connor presste eine Handfläche auf den Tisch. Dann beugte er sich vor und sagte: »Du kotzt mich an, Cross. Warum bist du dir so verflucht sicher, dass ich sie verarschen werde?«

»Wann hattest du jemals Interesse daran, dich mit einer einzigen Frau zu begnügen und dich häuslich mit ihr einzurichten?«, warf ihm Aidan an den Kopf. »Ich kenne dich seit Jahrhunderten. Du wolltest dich noch nie auf mehr als eine schnelle Nummer einlassen.«

»Du doch auch nicht«, gab Connor zurück.

»Offensichtlich habe ich mich verändert.«

»Und ich nehme an, deiner Meinung nach werde ich mich niemals ändern?«

»Wovon redest du überhaupt?«, fauchte Aidan ihn an. »Warum streiten wir uns darüber? Lass sie einfach in Ruhe. Das sollte dir doch nicht schwerfallen. Es ist ja nicht gerade so, als hättest du nicht genug Chancen bei Frauen.«

»Danke für die glühende Befürwortung.« Connor schnaubte und griff nach dem Stoffbündel. »Es geht dich zwar nichts an, aber ich wollte mir mehr Zeit nehmen, um Stacey kennenzulernen. *Sie* hat *mich* zum Teufel geschickt. Aber mach dir bloß keine Sorgen um meine Gefühle. Ich habe keine.«

Wenn er nicht so schlecht gelaunt gewesen wäre, hätte Aidans ungläubiger Blick Connor vielleicht belustigt. Aber er fühlte sich beschissen, daher fand er es nicht komisch. Die ganze Sache war faul. »Vergiss es, Cross«, murrte er. »Ich kann nicht ändern, was bereits vorgefallen ist, und es war schon vorbei, ehe es begonnen hat.«

»Gut.« Aidan sah zu, wie er das Tuch zurückschlug und einen schmutzigen, mit Erde überzogenen Klumpen freilegte.

»Was ist das?«

»Der Teufel soll mich holen, wenn ich das weiß. Wir werden es erst mal säubern, damit wir es uns genauer ansehen können.« Aidan zog einen der Stühle unter dem Tisch heraus und ließ sich mit einem matten Seufzen darauf sinken. Dann begann er, den Heftpflasterstreifen abzuziehen, mit dem ein großer Verband an seinem Oberschenkel befestigt war.

Connor legte den Klumpen auf den Tisch, ehe er Aidans Beispiel folgte und einen Stuhl herauszog. »Was ist mit deinem Bein passiert?«

»Eine total durchgeknallte Tussi ist ihm passiert.« Der Mull löste sich von seiner verletzten Haut und legte eine hervortretende rosa Narbe unter einer perfekten Naht frei. Aidan blickte auf und sah Connor in die Augen. »Sie war eine von uns, glaube ich. Sie hatte die Stiefel der Elitekrieger an, und all das« – Aidan wies mit einer Hand auf die Gegenstände, die sich auf dem Tisch stapelten – »hat ihr gehört.«

»Total durchgeknallt, sagst du?« Connor stöhnte und fuhr sich mit den Händen durchs Haar, ehe er sie im Nacken faltete. »Sprichst du von gruseligen Augen und einem ernsthaften Bedarf an zahnärztlicher Behandlung?«

Aidan erstarrte. »*Deshalb* bist du hier.«

»Richtig.«

»Sie hatte Zähne, die so scharf waren wie Rasierklingen, und pechschwarze Augen ohne jede Spur von Weiß. Wie zum Teufel ist das möglich?«

»Den Träumen zufolge, die ich hatte, ist sie das, was passiert, wenn die Ältesten Mist bauen.«

»*Träume?*«

»Ich weiß.« Connor seufzte tief. »Ich weiß nicht, ob meine Vorstellungskraft klüger ist, als ich ihr zugetraut hätte, oder ob jemand im Zwielicht mit mir kommuniziert. Wie dem auch sei, ich hatte zwei nahezu identische Träume. In beiden findet Sheron mich am See und sagt mir, die Ältesten hätten versucht, die Slipstreams medialer Menschen aus der Höhle im Inneren des Tempels zu kopieren, und die Albträume hätten die Ströme infiltriert und sich mit den Wächtern verbunden, die die Reise unternommen haben, wodurch diese ›durchgeknallten‹ Dinger entstanden sind. Er hat sie Hybriden genannt.«

Aidan rieb sich murrend den Nacken. »Wir müssen wissen, ob das wahr ist oder nicht.«

»Was du nicht sagst.« Connor zog die Augenbrauen hoch und fragte: »Du hast sie getötet, stimmt's?«

»Stimmt.«

»Gut. Eine weniger.«

»Scheiße.« Aidans Hand ballte sich zur Faust und knüllte den Verband zusammen. »Wie viele von der Sorte gibt es denn, verflucht?«

»Sheron sagt, sie hätten beim ersten Mal zehn Wächter losgeschickt und beim zweiten Mal zwanzig. Es lässt sich nicht sagen, wie viele von ihnen infiziert wurden. Und wenn ich an die Spiele denke, die er während der Ausbildung an der Akademie mit uns gespielt hat, vermute ich, sie haben eine größere Anzahl losgeschickt, und er behält die wahre Menge für sich.«

»Da stimme ich dir zu.« Aidan stand auf, ging in die Küche und warf den Abfall in den Mülleimer. »Ich brauche Kaffee«, murmelte er. »Lyssa und ich haben seit zwei Tagen nicht mehr geschlafen. Gestern Nachmittag habe ich den Rotschopf entdeckt, und seitdem waren wir ununterbrochen auf den Beinen.«

»*Rotschopf?*« Rot war für ihre Spezies keine natürliche Haarfarbe. Reinweiß ... verschiedene Blond- und Brauntöne ... Haar, das vor Schwärze schillerte wie Flüssigkeit, das ja. Jeder Rotton dagegen war undenkbar.

»Ja. Das ist mir als Erstes aufgefallen. Knallrot. Nicht zu übersehen. Das hat mich aus dem Konzept gebracht, weil niemand, der zur Elite gehört, bewusst Aufmerksamkeit auf sich lenken würde.« Aidan zog eine Tüte Kaffeebohnen aus dem Froster und warf sie auf die Anrichte. »Jetzt vermute ich, was sie dazu gebracht hat, war der Nahrungsbedarf der Albträume. So ähnlich, als fuchtelte man mit einem roten Umhang vor einem Stier herum, damit er einem so nahe kommt, dass man ihn töten kann.«

»*Falls* wir etwas auf meine Träume geben wollen.«

Aidan schnitt eine Grimasse. »Es mag zwar verrückt sein, aber was haben wir denn sonst in der Hand?«

Connor sah zu, wie sein Freund mit flinken Bewegungen in der kleinen Küche hantierte, Becher aus der Spülmaschine holte und Wasser in die Kaffeemaschine füllte.

»Du machst einen glücklichen Eindruck«, bemerkte er. Aidans Bewegungen waren so locker, sein Lächeln so entspannt wie schon seit Ewigkeiten nicht mehr. Tatsächlich war ihm diese innere Zufriedenheit so lange nicht mehr anzusehen gewesen, dass Connor diese Seite von Aidan längst vergessen hatte.

»Bin ich auch«, sagte Aidan.

»Hast du manchmal Heimweh?«

»Ständig.«

Diese bereitwillige Antwort verblüffte Connor. »Man merkt es dir nicht an. Du siehst um Jahrhunderte jünger aus.« Die silbernen Strähnen an Aidans Schläfen waren weniger zahlreich als früher. Jetzt waren sie kaum noch wahrnehmbar, wenn man nicht aktiv danach suchte.

»Du warst in meinem Kopf. Du weißt, warum.«

Ja, Connor wusste es. Da er mit Aidans Unterbewusstsein verschmolzen war, hatte er ganz real und in leuchtenden Farben Einblicke in Aidans Dasein gewonnen. Er hatte gefühlt, was Aidan empfand, wenn Lyssa in der Nähe war, hatte die Emotionen gespürt, die sie mit einer einzigen Berührung oder einem liebevollen Blick in ihm wachrief, hatte die Tiefe von Aidans Hunger gefühlt, wenn Lyssa ihn mit glühender, leidenschaftlicher Hingabe liebte. Die Verbindung zwischen ihnen war von einer immensen Intensität, die fast schon erschreckend war. Bei den seltenen Gelegenheiten, wenn Connor Aidan im Traumzustand angetroffen hatte und in diese Erinnerungen eingeweiht worden war, war er sich wie ein unbefugter Eindringling vorgekommen.

»Ich bin sicher, dass du es hasst, hier zu sein«, sagte

Aidan und sah ihn über den Frühstückstisch an, »aber ich bin froh, dass du gekommen bist. Da du nun hier bist, gibt es weniger, wonach ich mich zurücksehne. Außerdem wird jetzt klar, dass ich Hilfe brauche, und es gibt niemanden, dem ich mehr vertraue als dir.«

Connor wandte verunsichert den Blick ab, weil er nicht wusste, was er dazu sagen sollte. Aidan war für ihn wie ein Bruder, doch er fand keine Worte dafür. »Du weißt doch, dass ich jede Gelegenheit ergreife, den Fehdehandschuh hinzuwerfen und Arschtritte auszuteilen«, sagte er mürrisch und ausweichend. »Wager ist der Typ, an den man sich wendet, um die technischen Aspekte dessen, was hier vorgeht, zu durchschauen. Ich bin der Kraftprotz. Der war ich schon immer. Ich glaube wirklich nicht, dass ich das Zeug dazu habe, mehr als das zu sein.«

»Ich glaube, du unterschätzt dich.« Aidan lächelte mit einer Ungezwungenheit, die Connor seit ihren Zeiten an der Akademie nicht mehr an ihm gesehen hatte. In knielangen Khakishorts und einem leuchtend blauen T-Shirt sah er sehr menschlich aus. »Du bist der größte und kräftigste Kerl, den ich kenne, und der Mutigste, aber du besitzt auch Intuition und ...«

»Sei still. Du bringst mich in Verlegenheit.« Connor wurde von Aidans Lob so warm ums Herz wie von kaum etwas anderem. Er bewunderte seinen besten Freund und befehlshabenden Offizier und hatte ihn schon immer bewundert. Aidan war eine geborene Führungspersönlichkeit, ein robuster Anker, der einem in jeder Situation Halt gab.

»Ich weiß. Du bist rot geworden.«

»Arschloch.«

Aidan lachte.

Connor wechselte rasch das Thema. »Wir sind in den Tempel eingebrochen und haben dort so viel wie möglich runtergeladen, ehe ich von einer dieser Albtraum-Anomalien angegriffen wurde.«

»Konntet ihr etwas Brauchbares an euch bringen?«, fragte Aidan aufmerksam.

»Wager wühlt sich noch durch den Wust, aber er hat herausgefunden, dass die in der Ausbildung begriffenen Ältesten in den Röhren eine Art Batterien sind.«

»Batterien? Wie eine Kraftquelle?«

»Genau. Das Innere der Röhren ist mit Energie gefüllt. Das ist es auch, was die Kerle ohne Nahrung und Wasser am Leben erhält. Wir dachten die ganze Zeit, irgendetwas versorgte die Röhren mit Energie, aber es verhält sich umgekehrt. Die Röhren versorgen etwas anderes mit Energie. Wir haben allerdings noch nicht rausgekriegt, was.«

Aidan blickte finster. »Ich nehme an, das ist möglich. Wir existieren aufgrund von zellulärer Energie. Die Röhren müssen diese Energien anzapfen.«

»Das hat Wager auch gesagt. Es gibt Tausende von diesen Röhren. Also geben sie entweder sehr wenig Kraft ab – und in dem Fall muss man sich doch fragen, weshalb man sie verwenden sollte –, oder das, womit sie verbunden sind, erfordert ungeheure Mengen Energie.«

Aidan stand erstarrt da. »Wie konnten sie all das so lange vor uns geheim halten?«

»Wir haben es zugelassen.« Connor stand vom Stuhl auf und streckte sich. »Wächter wie ich, die so sehr damit beschäftigt waren, ziellos durch das Leben zu schlendern, dass es ihnen scheißegal war. Ich komme mir wie ein Idiot vor. Ein blinder, sturer Idiot.«

»Du hast denen vertraut, die geschworen haben, uns zu beschützen. Dafür braucht sich niemand zu schämen, also auch du nicht.«

»Wie dem auch sei«, höhnte Connor. »Ich bin ein Schwachkopf. Aber du musst dich bestätigt fühlen. Du hattest von Anfang an recht.«

»Ich empfinde es nicht als Bestätigung«, sagte Aidan matt und hielt fragend einen leeren Kaffeebecher hoch. »Es wäre treffender zu sagen, dass ich stinksauer bin und dass mir schlecht wird, wenn ich nur daran denke.«

Connor schüttelte den Kopf, um den angebotenen Kaffee abzulehnen. »Und wie machen wir jetzt weiter? Womit zum Teufel fangen wir an?«

»Mit dem, was wir haben.« Aidan füllte zwei Kaffeebecher und gab dem einen Sahne und Süßstoff bei, ehe er den schwarzen Kaffee in dem anderen Becher trank. Er ließ einen leeren Becher für Stacey neben der Kaffeemaschine stehen, und der Anblick dieses einsamen Gefäßes richtete etwas Seltsames mit Connor an. Der Drang zu wissen, wie sie ihren Kaffee mochte, überraschte ihn. Es war eine so unbedeutende Kleinigkeit, die noch dazu recht unpersönlich war, und doch war es ihm wichtig. Er blickte finster vor sich hin.

»Ich dachte, ich hätte die Älteste Rachel einmal bei einer Versteigerung entdeckt«, fuhr Aidan fort. Er lehnte sich an die Kante der Arbeitsfläche und hielt mit beiden Händen seinen grünen Riesenbecher vom Rainforest Café. »Ich kann nicht sicher sein, weil es Ewigkeiten her ist, seit sie die Elite verlassen und sich den Ältesten angeschlossen hat, aber die Ähnlichkeit war frappierend, und mir fällt niemand ein, bei dem die Wahrscheinlichkeit höher wäre, dass diese Person hierherkommen *will*.«

Ein Bild von einer Wächterin mit rabenschwarzem Haar stand Connor vor Augen. »Ich habe diese Erinnerung gesehen, als ich dich im Traumzustand besucht habe. Wir haben darüber gesprochen, dass sie eine ausgezeichnete Kriegerin ist. Ich glaube, ich hatte einmal gemeinsam mit ihr Dienst an der Pforte. Sie ist ein knallhartes Luder, wie ich noch kein zweites gesehen habe. Sie liebt das Kämpfen.«

Von sämtlichen Wächtern, die sich den Rängen der Elitekrieger anschließen wollten, wurde verlangt, dass sie als Einweihung in die extremen Härten ihres Jobs einen Monat an der Pforte verbrachten. Die große Mehrheit der Grünschnäbel scheiterte daran, den verschwindend geringen erforderlichen Zeitraum zu überstehen. Nur ein Monat, ein Tropfen im endlosen Quell der Zeit ihres Lebens, doch an der Pforte kam sie einem wie eine Ewigkeit vor.

Denn die Pforte war die Hölle, der Ort, den manche Träumer sahen, wenn sie in Todesnähe waren, und von dem sie glaubten, er würde von einem Gehörnten mit roter Haut und gespaltenem Huf regiert. Es war ein Ort, von dem alle Wächter wünschten, sie könnten ihn ignorieren und vergessen, doch das war unmöglich. Es war der Zugang zum Zwielicht, eine Öffnung, die die Ältesten erschaffen hatten, um ihnen einen Ort zu geben, wo sie sich vor den Albträumen verstecken konnten. Doch ihr Zufluchtsort war entdeckt worden, und jetzt waren sie ständig im Belagerungszustand.

Das gewaltige Tor zum Äußeren Reich beulte sich nach innen aus, weil es ein solcher Kraftakt war, die Albträume fernzuhalten. Splitter roten Lichts an den Rändern der Tür zeigten, wie stark das Portal an den Angeln und am Schloss beansprucht wurde. Schwarze Schatten flossen wie Wasser durch diese winzigen Ritzen, ergossen sich hinaus und infizierten das Zwielicht um die Pforte herum, bis sich am Boden Lava spuckende Pusteln bildeten. Tausende Elitekrieger kämpften in einer endlosen Schlacht, und ihre Glefen blitzten auf, während sie unzählige Mengen von Albträumen niedermähten. Es war eine beschwerliche Aufgabe, die kein Wächter, der bei gesundem Verstand war, länger ausüben wollte, als es ihm abverlangt wurde.

Mit Ausnahme von Rachel.

Sie hatte den Monat überstanden und dann behauptet, sie könnte einen weiteren Monat verkraften.

»Ja. Ein verdammt zähes Luder«, stimmte Aidan ihm zu. »Außerdem hat sie einen gewaltigen Vorteil. Sie weiß, was zum Teufel hier vorgeht. Ich nicht. Sie kann sich ganz und gar dieser einen Aufgabe widmen. Ich kann meine ungeteilte Aufmerksamkeit nicht darauf verwenden. Ich muss für Lyssas Sicherheit sorgen, mich um Anschaffungen für McDougal kümmern und Jagd auf die Artefakte machen. Und da wir uns nun auch noch mit diesen... *Dingern*... befassen müssen, können wir beide, du und ich, das auf gar keinen Fall allein schaffen. Zwei gegen eine weit verstreute Gruppe von monströsen Anomalien? Ich könnte ebenso gut aufgeben, mir Lyssa schnappen und mich mit ihr auf einer einsamen Insel verstecken, bis die Bombe hochgeht. Ein Weilchen Frieden ergattern, solange ich es noch kann.«

»Mist.« Connor atmete hörbar aus. »Du hast recht. Wir brauchen Verstärkung, aber der Teufel soll mich holen, wenn ich weiß, wer hierherkommen will. Die Männer, die meinem Befehl unterstehen, haben sich der Sache verschrieben, aber ...«

»Aber das ist zu viel verlangt.«

»Ja, das ist es. Für die meisten von uns ist das Zwielicht die einzige Heimat, die wir jemals gekannt haben. Es gibt nicht mehr viele, die sich noch an die Alte Welt erinnern. Von ihnen zu verlangen, dass sie für das hier« – er fing mit einer ausholenden Geste seine Umgebung ein – »alles zurücklassen, das geht dann doch etwas zu weit.«

»Es ist beschissen, aber was bleibt uns denn anderes übrig?« Aidan rieb sich mit einer Hand über die Bartstoppeln. »Der Rotschopf hatte die *Tazza*, nach der ich gesucht habe. Also spüren sie die Artefakte auf. Ich muss mich darauf konzentrieren, dass McDougal weiterhin zufrieden ist, denn er bezahlt die Rechnungen. Wir brauchen jemanden, der Jagd auf die Artefakte macht, während ich arbeite, und wir brauchen außerdem eine Gruppe, um die Hybriden zu jagen. Das Ding, das mich angegriffen hat, war wahnsinnig. Eines von ihnen wird geschnappt oder getötet werden, und dann werden die Träumer wissen, dass sie nicht allein im Universum sind.«

»Und jeder in deiner näheren Umgebung ist ebenfalls in Gefahr und braucht Schutz. Die Ältesten werden jedes

Druckmittel einsetzen, um die Oberhand zu behalten. Du glaubst, ich würde Stacey aus Langeweile abschieben. Die Sache sieht aber stattdessen so aus, dass ich mich von ihr fernhalten würde, weil es sie das Leben kosten könnte, wenn sie sich mit mir abgibt.«

Aidan kniff die Augen zusammen und musterte ihn aufmerksam.

»Da ist allerdings noch etwas«, fuhr Connor fort, denn er war zu ungeduldig für den Versuch, Aidan Gefühle zu erklären, die er selbst nicht verstand. »Eine Reise hin und zurück bleibt nicht ohne Folgen. Das Medium wird bei der Rückkehr zerstört.«

Aidan stockte. »Zerstört?«

»Getötet. Ermordet. Ende der Vorstellung.«

»Verdammter Mist.«

»Das kann man wohl sagen. Es ist also nicht so, als könnten wir den Männern einen zeitlich begrenzten Auftrag versprechen.«

Es entstand eine lange Pause. Dann sagte Aidan: »Ich danke dir.«

In diese drei Worte floss so viel Gefühl ein, dass Connor bestürzt reagierte. »Wofür denn?«

»Dafür, dass du dein Zuhause für mich aufgegeben hast. Mist ...«

Aidans Augen röteten sich, und Connor geriet in Panik. »He! Mach dich bloß nicht verrückt, Mann. Da ist doch nichts weiter dabei.«

»O doch. Es ist umwerfend. Ich weiß nicht, was ich sagen soll.«

»Dann sag nichts«, warf Connor hastig ein.

Lyssa kam aus dem Wohnzimmer herein, und Connor hätte sie vor Erleichterung fast geküsst.

»Mmh ... Kaffee«, gurrte sie. Sie trug saubere Kleidung, hatte einen feuchten Pferdeschwanz und roch nach Äpfeln. In einem flauschigen dunkelrosa Jogginganzug sah sie erfrischt und sehr schön aus. Sie fand den Kaffeebecher, den Aidan für sie vorbereitet hatte, und zog sich auf die Zehenspitzen, um ihn mitten auf den Mund zu küssen. »Danke, Liebling«, flüsterte sie.

Connor, der dankbar für diese Gelegenheit war, schlüpfte hinaus, um sich umzuziehen und sich für die monumentale Aufgabe bereitzumachen, die ihnen bevorstand.

8

Für einen Mann, der einst für seine Ehrenhaftigkeit gepriesen wurde, war Michael Sherons derzeitiges Leben voller Lügen und Verrat – ein Ende, das selbst er nicht hätte voraussehen können. Die schemenhaften Wesen, die sie Albträume nannten, waren nichts im Vergleich zu dem Albtraum an Falschheit, mit dem er tagtäglich zu tun hatte.

Als sein Körper durch die Luft flog, um die Entfernung zwischen dem Hauptquartier der Aufständischen und dem Tempel der Ältesten zurückzulegen, blickte Michael auf die Schönheit der Landschaft hinab, die unter ihm vorbeiraste. Die sanfte Hügellandschaft, bewachsen mit grünem Gras. Saftige Täler mit tosenden Flüssen. Großartige Wasserfälle.

All das war eine sorgfältig gearbeitete Kulisse, um die Unzufriedenheit hinauszuzögern.

Es betrübte ihn, dass er mit der Zeit an den Punkt gelangt war, das Paradies, für dessen Erhalt er große Mühe investiert hatte, zu verschmähen, doch die Perfektion ihrer Umgebung war so substanzlos wie die Träume, über die seine Leute wachten. Unter der Fassade lag ein Fundament, das fest im Morast von Unwahrheiten verankert war. Doch das wussten nur die Ältesten und die Rebellen.

Die Mehrheit der Wächter war hier glücklich und würde es auch weiterhin sein, vorausgesetzt, man ließ sie über den Aufstand im Dunkeln.

Diese Irreführung war seine dringlichste Aufgabe, und sie wurde von Tag zu Tag schwieriger. Captain Aidan Cross war ein legendärer Krieger, und schon seine Anwesenheit genügte, um den anderen Wächtern ein Gefühl von Sicherheit und Geborgenheit zu vermitteln. Das Verschwinden von Cross begann ungebührliche Spekulationen hervorzurufen, und jetzt würde der Verlust von Bruce das Problem verschärfen.

Sie waren die beiden profiliertesten und am meisten bejubelten Angehörigen der Elitekrieger und ihr Leben lang beste Freunde gewesen. Die Wächter würden nicht verstehen, warum zwei Männer mit so glühender Loyalität gegenüber ihren Leuten sie so brutal im Stich lassen konnten. Ihre Fahnenflucht würde Fragen aufwerfen, Fragen zu dem, was sie derart desillusioniert hatte, und die Option, sie als Schurken hinzustellen, wollte Michael nicht in Anspruch nehmen. Er hielt es für das Beste, wenn sie bei der breiten Masse weiterhin hoch im Kurs standen. Heldenverehrung war ein starkes Gefühl und konnte in Zukunft ein nützliches Werkzeug sein. In der Geschichte wimmelte es nur so von Berichten über grandiose Leistungen, die durch das Heraufbeschwören der Erinnerung an eine geliebte Gestalt vollbracht worden waren.

Der schimmernde weiße Tempel kam in Sicht, und Michael schwebte langsamer durch die Luft, nahm eine vertikale Haltung ein und landete dann sachte auf den Füßen. Er blieb einen Moment lang stehen, um die Kapuze aufzusetzen, unter der sämtliche Ältesten ihre ausgemergelten Gesichtszüge vor der Öffentlichkeit verbargen. Früher einmal war er ein gut aussehender Mann gewesen. Vor Ewigkeiten. Der Verlust körperlicher Schönheit war jedoch ein geringer Preis dafür, seine Ziele zu erreichen.

Äußerlich vorbereitet, schritt Michael durch den massiven roten Torbogen, den *Torii*, den die Ältesten als Motivator benutzten. Die Warnung, die in der uralten Sprache eingraviert war – *Hüte dich vor dem Schlüssel, der sich im Schloss dreht* –, hatte den Wächtern sowohl ein Ziel als auch Hoffnung gegeben, und beides war erforderlich, um die geistige Gesundheit aufrechtzuerhalten. Wenn es ihm gelang, das Wissen über den Putsch unter Verschluss zu halten, konnte die Botschaft weiterhin ihren Zweck erfüllen.

Als er den zentralen Innenhof durchquerte, hinterließ er eine Spur aus Tröpfchen. Seine Kutte war noch klatschnass von seiner Auseinandersetzung mit Bruce, und bis auf Weiteres würde es so bleiben müssen. Er wurde erwartet, und Pünktlichkeit war immer noch das beste Mittel, um unerwünschte Neugier abzuwehren.

Da er wusste, dass er durch die Videokameras überwacht wurde, achtete Michael darauf, sich mit gemächlichen Schritten vorwärtszubewegen. Am *Chozuya* blieb er stehen. Er tauchte die bereitliegende Schöpfkelle in den Brunnen, spülte sich den Mund aus und wusch sich die Hände, während sein Blick über die Umgebung glitt, einen Ort, der den meisten Wächtern Trost spendete, ihm jedoch wie ein Gefängnis vorkam.

Er atmete tief aus, um einen freien Kopf zu bekommen,

denn er wusste, dass ein selbstbewusstes und lässig-arrogantes Auftreten erforderlich sein würde, damit er die bevorstehende Audienz überstand. Er hatte ein Treffen mit Bruce vorgeschlagen, doch die Ereignisse, die er im Laufe dieser Diskussion in Gang gesetzt hatte, standen ganz und gar im Dienst seines eigenen Vorhabens. Er hatte sich auf einen komplizierten Tanz eingelassen, und *ein* falscher Schritt konnte ihn alles kosten.

Michael durchquerte den Innenhof und betrat den *Haiden*, wo ihn die anderen Ältesten erwarteten. Seinesgleichen. Als das bezeichneten sie sich zumindest. In Wahrheit gab es unter den vielen nur sehr wenige Gleichgesinnte mit denselben Zielen, die auch er hatte.

Das kühle Tempelinnere umfing ihn. Die abgerundeten Wände waren durch die Beleuchtung, die nur die Mitte erhellte, im Schatten verborgen. Er blieb innerhalb dieses Lichtstrahls stehen, der daraufhin sofort gedämpft wurde und die vermummten Gestalten erkennen ließ, die im Halbkreis in Reihen vor ihm saßen.

»Hat Captain Bruce Kontakt zu Cross und dem Schlüssel aufgenommen, Ältester Sheron?«

»Falls er es noch nicht getan hat, wird er es in Kürze tun.«

Auf den Bänken über ihm erhob sich ein Surren, während Dutzende von Gesprächen begonnen wurden. Michael wartete geduldig; er stand breitbeinig da und hatte die Hände hinter dem Rücken umfasst. Er warf den Kopf zurück, um die nasse Kapuze seiner Kutte nach hinten zu schleudern, damit er die anderen besser von seiner Aufrichtigkeit überzeugen konnte. Niemand heuchelte Aufrichtigkeit so gut wie er.

»Was schlagt Ihr als nächsten Schritt vor, da Bruce jetzt das Zwielicht verlassen hat?«

»Wir sollten einen Ältesten als Anführer des Teams losschicken, das die Artefakte wieder an sich bringt.«

Die Diskussion schwoll erneut an; Hunderte Stimmen wetteiferten darum, sich über das Getöse hinweg Gehör zu verschaffen.

»Sheron.«

Als er die Frauenstimme hörte, lächelte er innerlich. »Ja, Älteste Rachel?«

»Wen würdet Ihr in unserem Auftrag hinschicken?«

»Auf wen fiele Eure Wahl?«

Rachel erhob sich und stieß ihre Kapuze zurück, um rabenschwarze Locken und blitzende grüne Augen zu enthüllen. »Ich werde gehen. Und die Führung übernehmen.«

»Ihr wart exakt diejenige, die mir vorgeschwebt hat«, brachte er gedehnt hervor.

Die Älteste Rachel war eine Kriegerin mit herausragenden Fähigkeiten, und sie besaß die seltenen Gaben, die eine Führungspersönlichkeit ausmachten, ganz ähnlich wie Cross und Bruce. Ihr Aussehen war ein weiterer Pluspunkt. Nur die weiblichen Ältesten bewahrten ihre jugendliche Attraktivität. Sie würde nicht so auffällig sein wie die Männer.

»Captain Cross wird Schwierigkeiten damit haben, einer Frau als Gegnerin gegenüberzutreten«, sagte er. »Das ist ein Vorteil, den wir brauchen werden.«

»Und Bruce?«, hakte jemand nach. »Ich verstehe immer noch nicht, wie seine Anwesenheit im Reich der Sterblichen uns in irgendeiner Weise helfen könnte.«

»Jeder von ihnen ist allein unerschütterlich. Gemeinsam sind sie ins Wanken zu bringen und bieten Angriffsflächen. Sie stützen sich aufeinander. Sie haben mehr zu verlieren, wenn sie wissen, dass sich alles, was sie tun, auf den anderen auswirkt. Sie werden kräftigere Wurzeln in der Ebene der Sterblichen schlagen. Sie werden sich weiter hinauswagen, mehr Erfahrungen machen und größere Risiken eingehen, als es einer von beiden für sich allein getan hätte.«

»Das wird zu lange dauern«, klagte jemand.

Michael seufzte innerlich. »Wenn wir darauf hoffen, dass die Träumerin ein Kind bekommt, das von einem Wächter gezeugt wurde, müssen wir ihnen Zeit geben. Sie balancieren auf Messers Schneide, und bevor ihnen eine gemeinsame Zukunft sicher genug erscheint, werden sie keine Schwangerschaft riskieren. An der Dauer der Schwangerschaft einer menschlichen Frau lässt sich ohnehin nichts ändern.«

»Aber sie ist nicht wie andere Menschen.«

»Was sogar noch mehr Fragen aufwirft«, argumentierte er. »Wir dürfen nichts überstürzen. Wir müssen geduldig sein und zulassen, dass die Dinge ihren Lauf nehmen.«

Daraufhin erfolgten Diskussionen, die sich über Stunden hinzogen. So war es immer. Die Gemeinschaft der Wächter widersetzte sich von Natur aus jeder Veränderung. Oft erschien es Michael als glücklicher Umstand, dass sie unsterblich waren. Sonst hätten sie niemals über die erforderliche Lebensspanne verfügt, um irgendeine Aufgabe zu bewältigen.

Am Ende erreichte er jedoch seine Ziele.

»Älteste Rachel, Ihr werdet Euch an die Vorbereitungen machen?«, fragte einer der Ältesten. »Die Eingewöhnung in der menschlichen Welt wird nicht leicht sein, und es wird Euch einiges abverlangen, gegen Captain Cross zu arbeiten.«

Ihr sinnlicher Mund verzog sich zu einem Lächeln, das sich jedoch nicht in ihren harten grünen Augen widerspiegelte. »Ich werde bereit sein.«

»Dann ist es hiermit beschlossen«, sagte der Älteste und sprach für das Kollektiv. »Wir gehen zum nächsten Punkt der Tagesordnung über.«

Stacey packte ihre restlichen Sachen ein und sah sich ein letztes Mal in Lyssas Gästezimmer um, weil sie sichergehen wollte, dass sie nichts vergaß.

Es würde ein beschissenes Gefühl sein, in ihr menschenleeres Haus zurückzukehren, aber es gab keinen Grund zu bleiben, und sie wollte es auch wirklich nicht. Da Lyssa und Aidan jetzt wussten, dass sie mit Connor intim gewesen war, würde eine ganz sonderbare Stimmung herrschen. Außerdem war Connor geschäftlich hier. Da sie wusste, wie außerordentlich zielstrebig Aidan war, wenn es um seine Antiquitäten ging, würden die beiden wahrscheinlich auf der Stelle loslegen wollen. Außerdem hatte sie auch einiges zu tun, also …

Stacey schlang sich einen Riemen ihres Rucksacks über die Schulter und machte sich auf den Weg nach unten.

Zu ihrem Erstaunen fand sie Connor dort allein vor. Er saß am Esstisch und säuberte behutsam einen Gegenstand, der mit Schmutz verkrustet war. Ein schwarzes T-Shirt spannte sich über seine breiten Schultern, gedehnt bis an seine Grenzen, und die langen Beine steckten in weit geschnittenen, ausgeblichenen Jeans.

»Hallo«, sagte sie, als sie auf dem Weg zur Frühstücksbar, auf der ihre Handtasche lag, an ihm vorbeikam. »Wo sind Aidan und Lyssa?«

»Sie sind schlafen gegangen. Anscheinend sind sie die ganze Nacht durchgefahren und total kaputt.«

Stacey drehte sich zu ihm um. Er sah sie mit diesen meerblauen Augen an, die so wissend wirkten. Als hätte er mehr gesehen und getan, als es für einen Mann in seinem Alter möglich war. Er konnte nicht älter als fünfunddreißig sein, hätte sie geschätzt, doch er besaß die Ausdauer und Energie eines halb so alten Mannes, wie sie am eigenen Leib erfahren hatte.

Sie schüttelte den Kopf. »Ich hatte gehofft, sie würden ihre freie Zeit genießen. Sie arbeiten beide verdammt hart. Zu hart.«

»Wohin gehst du?«, fragte er leise, den Blick auf ihren Roxy-Rucksack in Babyrosa und Schwarz gerichtet. Eine solche Verschwendung für sich selbst hätte sie niemals rechtfertigen können, denn ein Rucksack von Wal-Mart für fünf Dollar hätte denselben Zweck erfüllt. Aber Lyssa war aufgefallen, wie sie ihn im Laden bewundert hatte, und sie hatte ihn als Geschenk für sie gekauft. Daher zählte der Rucksack zu Staceys liebsten »Luxusartikeln«.

»Nach Hause. Ich habe einiges zu tun.«

»Wie zum Beispiel?«

»Alles Mögliche. Das Haus muss geputzt werden. Dazu

komme ich selten, wenn Justin da ist. Und eine der Stufen zu meiner Haustür ist morsch. Mein Nachbar hat gesagt, er würde sie sich bei Gelegenheit ansehen. Also schaue ich mal, ob es ihm heute passt.«

Connor legte den Gegenstand hin, den er in den Händen hielt, schob seinen Stuhl zurück und stand auf – alles in einem einzigen flüssigen Bewegungsablauf voll gefährlicher Anmut. Obwohl er so groß und kräftig war, bewegte er sich wie ein Panther, geschmeidig und verstohlen. »Ich kann das für dich reparieren.«

Sie blickte blinzelnd zu ihm auf, den Kopf leicht zurückgelegt, damit sie ihm ins Gesicht sehen konnte, denn selbst aus zwei Metern Entfernung war er nicht auf ihrer Augenhöhe. »Wieso?«

»Wieso täte er es für dich?«, gab er zurück.

Stacey runzelte die Stirn. »Weil er ein netter Kerl ist.«

»Ich bin auch ein netter Kerl.«

»Du hast zu tun.« Und er war ein Prachtexemplar. Lieber Gott, und was für eines. Schwarz war seine Farbe, so viel stand fest. Das war ihr gestern schon aufgefallen, gleich bei seinem Eintreffen. Es hob seine goldene Haut und das goldblondes Haar einfach perfekt hervor. Die etwas zu langen Locken, das T-Shirt, die Jeans und die schwarzen Kampfstiefel waren eine berauschende Kombination. Die Vorstellung, diesen prachtvollen bösen Buben in ihrem Haus zu haben, richtete seltsame Dinge mit ihrem inneren Gleichgewicht an.

»Ich muss eine Strategie entwickeln«, sagte er. »Das kann ich überall tun.«

»Stufen reparieren ist langweilig.«

»Dein Nachbar ist offenbar nicht der Meinung.«

»Er mag meinen gedeckten Apfelkuchen.«

Connor verschränkte die Arme vor der Brust. »Ich mag gedeckten Apfelkuchen auch.«

»Das ist wirklich keine gute Idee ...«

»Und ob es das ist«, beharrte er, und seine Mundpartie nahm einen sturen Zug an, den sie ganz reizend fand. »Ich kann gut Stufen ausbessern.«

Sie sollte Nein sagen. Sie sollte sein Angebot wirklich ablehnen. Sie wusste, dass er hoffte, für eine Reparatur, die sich schnell bewerkstelligen ließe, würde sie sich sexuell erkenntlich zeigen. Nun lagen die Dinge aber so, dass sie sich Sorgen machte, er könnte zu Recht darauf hoffen. Während sie unter der Dusche gestanden hatte, hatte sie sich vom ersten bis zum letzten Moment gefragt, wie der Sex mit ihm wohl wäre, wenn sie sich Zeit nähmen, viel Zeit, ohne das Ganze wieder zu überstürzen.

Und das waren gefährliche Gedanken.

»Ich glaube, wir sollten uns jetzt besser verabschieden«, sagte sie.

»Angsthase«, erwiderte er.

Ihr Mund sprang auf. »Wie bitte?«

Connor hoppelte herum und mümmelte.

»O mein Gott«, murmelte Stacey. »Das ist ja so was von kindisch.«

»Meinetwegen. Aber du fürchtest dich davor, mich mitzunehmen, weil du mich zu gern magst.«

»Stimmt doch gar nicht.«

»Lügnerin.«

Sie stemmte die Hände in die Hüften und fragte: »Warum werden eigentlich alle Männer zu Riesenbabys, wenn sie nicht bekommen, was sie wollen?«

Er streckte ihr die Zunge raus.

Stacey biss sich auf die Unterlippe und wandte rasch den Blick ab. Er lachte, ein schallendes Gelächter, das reiner Freude entsprang. Sie erstickte fast an dem Versuch, nicht in sein lautes Lachen einzufallen. Das Grinsen, mit dem er sie bedachte, ließ ihren Magen einen Salto schlagen. »Ich verspreche, mich zu benehmen.«

»Aber ich bin ja so unwiderstehlich«, sagte sie ironisch.

»Ich weiß.«

Das intime Timbre seines irischen Akzents nahm sie gefangen, und sie starrte ihn noch lange Zeit an, nachdem sie die Augen hätte abwenden sollen. Sein Blick war wohlwollend, besitzergreifend und nicht ganz frei von Gier. Sie würde sich in gewaltige Schwierigkeiten bringen, wenn sie ihn nach Hause mitnahm. Ihn einen Nachmittag lang den Hausherrn spielen ließ. Ihm gestattete, ihrem Haus seinen persönlichen Stempel aufzudrücken.

Sie seufzte. »Was ist, wenn *ich* mich nicht benehme?«

Connor trat zur Seite und wies auf die Diele. »Ich werde nicht Nein sagen«, warnte er sie. »Falls du hoffst, ich erkläre mich einverstanden, den Gentleman zu spielen, liegst du daneben.«

»Also gut.« Stacey ging zur Haustür voraus, und er öffnete sie und ließ sich einen Moment Zeit, um sein Schwert an sich zu nehmen. »Aber ich werde dich an die Arbeit schicken, den großen, kräftigen Mann, der hoppeln und mümmeln kann.«

»Versuch's doch mal, Süße.«

Er folgte ihr durch das Tor in dem weißen Holzzaun um Lyssas Terrasse herum. Gemeinsam gingen sie zu dem kleinen Parkbereich für Gäste, und Stacey drückte auf die Fernbedienung an ihrem Schlüsselbund, woraufhin der Kofferraum des Nissan Sentra aufsprang. Connor warf ihren Rucksack und seine Schwertscheide hinein und begann dann zu pfeifen, während er zur Beifahrertür ging.

»Du freust dich ein bisschen zu sehr darauf«, murmelte sie.

»Und du machst dir zu große Sorgen.« Er blieb stehen und starrte sie über das Dach ihres Wagens hinweg an. »Wir hatten Sex miteinander, Stacey. Fantastischen Sex.« Seine Stimme senkte sich, und sein Akzent wurde stärker. »Ich war *in* dir. Wenn ich mich nicht darüber freuen kann, hinterher Zeit mit dir zu verbringen, zu was für einer Sorte Kerl würde mich das machen?«

Stacey schluckte schwer und blinzelte. Sie hatte diesen Ausdruck schon vorher auf seinem Gesicht gesehen. Ungemeine Intensität. Und eine Ernsthaftigkeit, die ihm ebenso gut stand wie Belustigung. »Du bringst mich total durcheinander. Das passt mir nicht.«

»Weil ich dir die Wahrheit sage?«

»Weil du dich vorbildlich verhältst!«, zischte sie und sah sich um, da sie sicher sein wollte, dass niemand sie belauschte. »Lass das sein.«

Sein Mund verzog sich zu einem zärtlichen Lächeln. »Du bist bekloppt, das weißt du doch wohl?«

»Ach ja?« Sie riss ihre Wagentür auf und glitt hinter das Lenkrad. »Du brauchst dich nicht mit mir abzugeben.«

Die Beifahrertür wurde geöffnet, und er zwängte seinen

stämmigen Körper auf den plötzlich winzig erscheinenden Sitz. Er schnitt eine Grimasse.

»Schieb den Sitz zurück, falls du nicht weggehst«, sagte sie.

Er schüttelte den Kopf und wirkte gereizt. »Ich gehe nirgendwohin. Gewöhn dich an den Gedanken.«

Stacey verdrehte die Augen, beugte sich rüber und griff zwischen seine Beine, um den Hebel zu finden, mit dem sich der Sitz manuell verstellen ließ. »Glaub bloß nicht, du könntest Schuldgefühle bei mir auslösen, weil du eingequetscht wirst. Rück nach hinten.«

Er rührte sich nicht.

»Himmel noch mal!« Sie gab ihm einen Klaps aufs Schienbein. »Warum bist du so stur? Rück nach hinten.«

Er rührte sich immer noch nicht. Nicht einen einzigen Muskel setzte er in Bewegung.

Als sie den Kopf drehte, um sich zu beklagen, fand sie sich auf Augenhöhe mit einer beachtlichen Ausbuchtung im Schritt seiner Jeans. Seine rechte Hand lag auf seinem Oberschenkel, die Finger weiß, als sie sich in den harten Muskel unter dem Jeansstoff gruben. Stacey war im ersten Moment so fassungslos, dass auch sie sich nicht rührte. Erst allmählich dämmerte ihr etwas. Schließlich erkannte sie, dass ihre Brüste an seinen linken Oberschenkel gepresst waren und sich aufgrund ihres schweren Atems rhythmisch hoben und senkten. Sie blickte auf und sah, dass sich auch sein Brustkorb rasch hob und senkte, ehe sie die Augen auf sein Gesicht richtete.

Sein Ausdruck war spöttisch. »Das soll dazu dienen, dass ich es bequemer habe?«

Stacey sah ihn finster an und richtete sich auf. »Das hast du absichtlich getan.«

Connor schnaubte und verstellte den Sitz selbst. »Lass uns losfahren, Süße.«

Sie fuhren durch das Tor aus Lyssas geschlossener Wohnanlage und kamen auf der Straße zu Staceys Stadtteil rasch voran. Altstadt, so nannten sie das Viertel, doch derzeit wurde es einer Generalüberholung unterzogen. Das neue Polizeirevier und das Rathaus wurden innerhalb eines einzigen großen Gebäudekomplexes gebaut, und neue Unternehmen füllten die einstmals freien Parzellen. Murrieta war eine neue Stadt mit einer alten Geschichte. Nicht weiter als eine Kreuzung voneinander entfernt konnte man eine Filiale von Starbucks und einen Bauernhof finden. Diese Gegensätze gefielen ihr. Ländlicher Charme mit allem modernen Komfort.

»Gefällt es dir hier?«, fragte Connor, der die vorbeiziehende Landschaft neugierig betrachtete.

»Ja. Für mich ist es ideal.«

»Was magst du daran?«

Sie warf einen Seitenblick auf ihn. »Was könnte man daran auszusetzen haben?«

Er rümpfte die Nase. »Es stinkt.«

»O-kay...« Darüber dachte Stacey einen Moment lang nach. »Wir sind hier in einem Tal.« Als er die Augenbrauen hochzog, erklärte sie: »Smog neigt dazu, sich in Tälern abzusetzen.«

»Wunderbar.«

Sie zuckte die Achseln. »Wenn du findest, dass es hier stinkt, dann geh nicht nach Norco.«

»Das klingt nach einer Tankstelle«, sagte er.

Sie lachte. »Das fand ich auch immer! Aber im Ernst, dort gibt es viele Pferdeweiden. Außerdem haben sich in der Gegend viele Milchviehbetriebe angesiedelt. Die ganze Stadt riecht nach Kuhmist.«

»Wie schön.« Sein Mund hatte sich zu diesem einzigartigen Lächeln verzogen, das ihr Herz wie verrückt flattern ließ.

Sie bogen ab und gelangten in den Teil des alten Murrieta, in dem es keine Bürgersteige gab und der Abstand zwischen den Häusern groß war. Es war ganz anders als die Gegend, in der Lyssa wohnte. Dort brauchte man nur einen Arm aus dem Fenster zu strecken, wenn man sich eine Tasse Zucker von einer Nachbarin borgen wollte.

Stacey bog auf ihre geschotterte Einfahrt ab und hielt vor dem kleinen Dreizimmerhäuschen an, das sie ihr Zuhause nannte. Es war wirklich recht klein, knapp neunzig Quadratmeter, aber dennoch hinreißend. Jedenfalls sah sie das so. Vorn hatte es eine breite überdachte Veranda, begrenzt von geschwungenen Blumenbeeten, die sie selbst entworfen und angelegt hatte. Mit seinem Anstrich in einem zarten Salbeigrün und strahlend weißen Fenster- und Türumrandungen war das Haus von außen niedlich und innen vollständig modernisiert. Und es gehörte ihr.

Nun ja, soweit einem ein Haus eben gehören konnte, wenn es mit einer Hypothek belastet war.

»Wir sind da«, sagte sie und reckte stolz das Kinn in die Luft.

Connor umrundete den Kofferraum und blieb auf einer Höhe mit ihr stehen. »Es gefällt mir.«

Sie warf einen Blick auf ihn und stellte fest, dass er in eine genauere Betrachtung ihres Domizils versunken war. »Es ist zu klein für dich.« Sie bereute augenblicklich, dass sie laut gedacht hatte, denn ihr war klar, wie das bei ihm ankommen könnte. Als malte sie sich aus, er zöge hier ein.

Er beugte sich zu ihr hinüber, um sie anzusehen, und kam ihr so nah, dass ihr sein Geruch in die Nase stieg. Sie wusste nicht, wonach er roch. Es war keine ihr bekannte Duftnote. Sie hatte den Verdacht, es könnte einfach nur sein eigener Geruch sein. *Just Connor* – ein brillanter Name für einen unverkennbaren Markenduft, und er würde ganz sicher ein Vermögen damit verdienen.

»Ich mag beengte Orte«, schnurrte er, und seine Augen funkelten spitzbübisch.

Nicht zum ersten Mal fragte sich Stacey, wie es wohl wäre, mit einem Mann zusammenzuleben, der so selbstbewusst war. Diese innere Sicherheit versetzte ihn in die Lage, sie so schamlos anzumachen. Dadurch unterschied er sich aber auch von all den anderen Männern, mit denen sie jemals gegangen war. Die anderen waren kleine Männer gewesen, die so taten, als seien sie große. Sie war immer auf die Schale reingefallen, auf die Illusion von Beständigkeit. Bis sie Justin bekommen hatte. Dann hatte sie gelernt, Stärke in sich selbst zu finden, weil jemand von ihr abhängig war.

Sie drückte sich an Connor vorbei und ging zum Kofferraum, um ihren Rucksack rauszuholen. Als er versuchte, ihr den Rucksack abzunehmen, wich Stacey ihm aus, lief zur Veranda und rief warnend: »Sieh dich vor der zweiten Stufe vor. Das ist die morsche.«

»Kapiert.«

Als sie die Fliegentür mit dem Holzrahmen aufzog, war er dicht an ihrer Seite, und seine Hand hatte den Rahmen gepackt und hielt das Fliegengitter auf, während sie mit den beiden großen Riegelschlössern und dem eigentlichen Türschloss beschäftigt war.

»Ist die Gegend hier draußen nicht sicher?«, fragte er und betrat nicht gleich hinter ihr das Haus, sondern suchte den Vorplatz und die stille Straße ab.

»Doch. Aber nach Einbruch der Dunkelheit gewinnen meine kindischen Ängste die Oberhand.«

Er nickte, als hätte er verstanden. Stacey hatte den Verdacht, dass er Mitgefühl verspürte, doch sie bezweifelte, dass er sich jemals vor irgendetwas gefürchtet hatte. Er war zu standhaft, zu selbstsicher. Sie stellte sich vor, diese Bestimmtheit käme daher, dass er in einer Familie aufgewachsen war, die sich ganz und gar gefährlichen militärischen Einsätzen verschrieben hatte. Sie alle erwarteten zu sterben, jeden Tag, und daher fürchteten sie die Gefahr nicht so wie andere.

Er trat hinter ihr ins Wohnzimmer, und mit einem lauten Knarren, gefolgt von einem noch lauteren Knall, schwang das Fliegengitter zu. Connor sah es finster an. »Deine Tür ist kaputt.«

»Rein technisch gesehen ist es das kleine Schwenkdingsbums, das nicht funktioniert, und nicht die Tür.«

»Das ist doch egal. Jedenfalls ist es futsch.«

»Nee, es muss nur justiert werden. Mach es dir gemütlich.« Stacey lief durch den Flur zur Waschküche, wo sie ihre Kleidungsstücke, die voller Katzenhaare waren, aus dem Rucksack zog und sie in die Waschmaschine warf.

Im nächsten Moment rief ihr Connor nach: »Dein Sohn ist ein hübscher Junge.«

Stacey stieß den angehaltenen Atem aus und machte sich auf den Rückweg ins Wohnzimmer. Connor stand auf halber Höhe des Flurs und sah sich die Vielzahl gerahmter Fotos an, die an der Wand hingen. Es war ein schmaler Flur, und er nahm ihn vollständig in Beschlag; sein Kopf reichte fast bis an die niedrige Decke.

»Danke. Ich finde auch, dass er gut aussieht.« Sie stellte fest, dass er ein Polaroidfoto von ihnen beiden beim Pinewood Derby der Wölflinge eingehend musterte. Justin war darauf fast so groß wie sie, und mit seinem hellbraunen Haar und den dunklen Augen sah er nicht wirklich so aus, als sei er mit ihr verwandt.

»Das ist vor zwei Jahren aufgenommen worden«, erklärte sie. »Inzwischen ist er bei den Wölflingen ausgestiegen. Er hat gesagt, das sei etwas, das ein Junge mit seinem Dad tun sollte.«

Connor streckte einen Arm aus und ließ die Hand über ihre Wirbelsäule gleiten. Es war eine ungemein tröstliche Geste, ganz ähnlich wie der Kuss, den er ihr am Vorabend gegeben hatte. Und sie fühlte sich davon getröstet, aber das war nicht alles. Sie durfte einfach nicht zulassen, dass es auch noch etwas anderes war. Sie durfte ihm nicht gestatten, eine Stütze für sie zu werden – jemanden, an den sie sich hilfesuchend wandte oder auf den sie sich verließ. Er würde nicht für immer bleiben, ebenso wenig wie all die anderen.

Denselben Fehler hatte sie schon so oft gemacht – sich nach Stärke außerhalb ihrer selbst umzusehen. Auf keinen Fall durfte sie das wieder tun.

»Ich mache mich dann mal an den Apfelkuchen«, sagte sie, ehe sie an ihm vorbeiging und sich auf den Weg zur Küche machte. Es dauerte eine Weile, bis er sich ihr dort anschloss, und als er es tat, stand ein seltsamer Ausdruck in seinem Gesicht.

»Alles in Ordnung mit dir?«, fragte sie und drehte das Wasser ab, das sie hatte laufen lassen, um die Äpfel zu waschen. »Macht dich der ganze Familienkram hier wahnsinnig? Möchtest du, dass ich dich nach Hause bringe?«

»Ich bin bei Aidan nicht zu Hause.« Er lehnte sich an den Rundbogen, der die Frühstücksnische mit der Küche verband. Es gab kein eigenes Esszimmer, aber das machte nichts, weil sie keines brauchten.

Er beobachtete sie aufmerksam und stellte in ihrer winzigen Küche eine grüblerische und erdrückende Präsenz dar. »Soll ich ausflippen, weil du ein Kind hast? Ist es das, was du von mir erwartest?«

Er verschränkte die Arme in dieser mittlerweile vertrauten Geste vor der Brust, was seinen Bizeps betonte, der ihr das Wasser im Mund zusammenlaufen ließ. Er beherrschte ihre Gedanken und machte es ihr unmöglich, sich seiner Gegenwart nicht überdeutlich bewusst zu sein. Eine überdimensionale Persönlichkeit, die in einem überdimensionalen Körper untergebracht war. Es war einfach überwältigend. *Er* war überwältigend.

»Ich weiß es nicht.« Sie schüttelte das Wasser aus dem

Sieb. »Du hast komisch ausgesehen, als du in die Küche gekommen bist.«

»Die letzten zwei Tage waren hart.«

»Willst du darüber reden?«

»Genau das möchte ich.«

»Okay. Schieß los.« Sie wühlte in einer der unteren Schubladen nach ihrem Apfelschäler.

»Das geht nicht.«

Stacey richtete sich auf und verbarg ihre unangebrachte Verletztheit und Enttäuschung hinter einem bissigen »Natürlich nicht«.

»Du würdest mir nicht glauben.«

»Das muss ich dir unbesehen abnehmen.« Sie fing seinen Blick auf und hielt ihn fest. »Schließlich kann ich es nicht selbst beurteilen, solange du nichts sagst.«

Beide warteten einen langen Moment. Sie ahnte den Konflikt in ihm, das Bedürfnis, etwas Wichtiges zu sagen, aber sie kam nicht dahinter, was es sein würde.

Also konnte sie nur raten. »Du wirst nicht ständig im Tal leben, stimmt's?«

Er blickte finster drein. »Ich muss viel reisen.«

»Okay.« Sie seufzte. »Du wirst mich nicht bitten, ausschließlich für dich da zu sein, wenn du in der Stadt bist, aber als Single zu leben, wenn du nicht da bist, oder? Bitte nicht.«

»Ich bin kein Arschloch, Stacey«, sagte er mit stiller Würde. »Kannst du die Messlatte etwas höher legen, wenn du über mich nachdenkst?«

Connor sah Stacey nervös herumrucklen und gab sich innerlich einen Tritt. Er verbockte die ganze Geschichte restlos, aber er wusste nicht, wie sich das beheben ließ.

Er wollte mit ihr zusammen sein.

So einfach und so kompliziert war das.

Sie seufzte hörbar. »Tut mir leid.« Sie schlug die Hände über dem Kopf zusammen. »Ich weiß einfach nicht, was du hier eigentlich tust. Warum du mich so ansiehst. Was ich tun oder sagen soll.«

Ich bin hier, weil ich dich nicht allein nach Hause gehen lassen konnte, wenn dort draußen Monster rumlaufen. Ich sehe dich so an, weil ich in deinem Zimmer war und die Decken auf deinem Bett angefasst habe, die dich warm halten. Ich will, dass du sagst, du willst mich in deinem Bett. Mit dir.

Mit einer unwirschen Handbewegung schob sie sich die dichten dunklen Locken aus dem Gesicht. Er wusste, dass sie Versprechen und Beständigkeit wollte. Vielleicht keine Versprechen für die Ewigkeit, aber er konnte ihr nicht einmal etwas garantieren, das über diesen Moment hinausging. Es konnte passieren, dass er heute Nacht in einem Flugzeug saß und keine Ahnung hatte, wann er zurückkommen würde. Am besten war für ihre Sicherheit gesorgt, wenn er die Gefahr aufhalten konnte, ehe sie Stacey erreichte.

Aidan hatte recht. Connor wusste, dass er eine denkbar schlechte Wahl für Stacey war, doch die Stimme in ihm, die darauf beharrte, es sei seine Sache, sich um sie zu kümmern, verstummte deshalb keineswegs.

Er richtete sich auf. »Hast du Werkzeug?«

Sich in die Arbeit stürzen. Genau das brauchte er jetzt. Etwas, das ihn körperlich beschäftigte, während sein Verstand damit zu tun hatte, eine Lösung für sein Dilemma zu finden. Andernfalls würde er sie in einer Minute begrapschen, sie beschwatzen und sie zu dem Quickie verführen, den er so dringend wollte. Ihre Körper und ihre Gesichter einander zugewandt. Ihre Beine um seine Hüften geschlungen. Ihre Nägel in seinem Rücken.

»Nur das Notwendigste.« Ihre grünen Augen verrieten so viel. Er fragte sich, ob sie das wusste. »Du findest es in einem gelben Blecheimer gleich neben der Tür.«

»Ich mache mich an die Arbeit.«

»Danke.«

Dankbarkeit. Er hörte sie aus ihrer Stimme heraus, und der primitive Teil seiner Psyche wollte ein Siegesgeheul anstimmen. Sie brauchte etwas, und er konnte es ihr geben.

Sie gehört mir.

Connor hatte nie in seinem Leben auch nur die geringsten Besitzansprüche an eine Geliebte gestellt. Aber andererseits kam er sich nicht mehr im Geringsten wie er selbst vor, seit er Stacey begegnet war.

Er hob den Eimer am Griff an, stieß das Fliegengitter auf und trat auf die Veranda. Das Haus war ein gutes Stück von der Straße zurückversetzt. Hinter den Blumenbeeten erstreckte sich eine Rasenfläche, die bis zu dem Maschendrahtzaun hinunterführte.

Es war ein ganz reizendes Haus. Originell, malerisch und anheimelnd. Es passte zu Stacey und zeigte eine andere Seite von ihr. Er wollte zum Abendessen bleiben und sich hinterher noch einen Film mit ihr ansehen. Er wollte ihren Körper wieder lieben, und diesmal richtig. So, wie es sich gehörte. Ausgiebig. Die ganze Nacht. Er wollte beim Aufwachen fühlen, wie sich ihr herrlicher Hintern an seinem Schwanz rieb. Nur würden sie diesmal beide nackt sein. Er könnte sie mit einem Bein an seine Hüfte pressen und von hinten in sie hineinstoßen ...

Die Tür schlug mit einem Knall hinter ihm zu.

»Das muss behoben werden«, murrte er und drehte sich mit einem finsteren Blick zum Stein des Anstoßes um.

Connor stellte das Werkzeug ab und machte sich an die Arbeit. Gedanken an Älteste und Albträume drängte er gewaltsam aus seinem Kopf. Er hatte nur diesen einen Tag mit Stacey, und obwohl er hergekommen war, weil er Angst um sie hatte, wollte er jetzt die Stunden so genussvoll wie möglich mit ihr verbringen. Als gäbe es kein Morgen.

Denn ein Morgen gab es für sie nicht.

9

»Das hätten wir!«

Connor richtete sich auf, stellte sich auf die reparierte Stufe und sprang mehrmals in die Höhe. Die Stufe steckte die Misshandlung blendend weg.

»Mjam«, schnurrte Stacey.

Als das Fliegengitter geöffnet wurde, blickte er auf und beobachtete, wie sie herauskam. »Hallo.«

»Selber hallo.«

Connor kannte den Blick, den er in ihren Augen sah. So hatten ihn andere Frauen ständig angesehen. Allerdings war es das erste Mal, dass Stacey ihn so ansah, und dass sie sich dabei unbewusst die Lippen leckte, heizte sein Blut auf.

»Süße«, gurrte er, »du siehst aus, als wolltest du mich bei lebendigem Leib verschlingen.«

»Warst du etwa die ganze Zeit mit nacktem Oberkörper hier draußen?«, fragte sie ein wenig atemlos. Zwei entzückende Zöpfchen standen von ihrem Kopf ab, und sie trug zwei Gläser, die mit einer rötlichen Flüssigkeit auf Eis gefüllt waren. Aus irgendeinem Grund machte ihn die kleinmädchenhafte Frisur rattenscharf. Stacey hatte nichts Unreifes an sich, doch ihr Aussehen ließ ihn an ein Rollenspiel denken, das er liebend gern mit ihr spielen würde.

»Die letzte halbe Stunde oder so.«

»Schade, dass ich das verpasst habe.«

Seine Mundwinkel zogen sich nach oben. »Ich bin ja noch da.«

Sie sah aus, als dächte sie über sein Angebot nach. Er half ihr ein wenig auf die Sprünge, indem er seine Hand auf die stramme Länge seiner Erektion sinken ließ und sie durch seine Jeans streichelte.

»Himmel, bist du unverfroren«, murmelte sie, doch sie konnte die Augen einfach nicht von dem Anblick losreißen.

»Du willst mich. Ich will dich auch«, sagte er schlicht. »Mein Körper macht sich bereit, um die Sache durchzuziehen. Es ist zwecklos, sich etwas anderes einzureden.«

Stacey stieß den Atem aus und lächelte dann mit einer aufgesetzten Heiterkeit, die ihre Augen nicht erreichte. Verwirrung und Sehnsucht trübten ihren Blick. »Ich dachte, ein Glas Cranberrysaft könnte dir schmecken.«

Er wusste, wann man Druck machte und wann man sich zurückzog.

»Darauf hätte ich jetzt große Lust.« Das Essen schmeckte hier besser; das musste er der Ebene der Sterblichen lassen. Das chinesische Essen war phänomenal gewesen, und das galt auch für das Glas Orangensaft, das er am Morgen anstelle von Kaffee getrunken hatte. Er konnte sich ein Leben ausmalen, in dem er sich ständig überfraß und dann die zusätzlichen Energien mit Stacey im Bett verbrannte.

Paradiesisch.

Traumhaft.

»He!«, sagte er und heuchelte übertriebenes Erstaunen. Er hob eine Hand an sein Ohr. »Hast du das gehört?«

Sie blieb wie erstarrt auf der dritten Stufe stehen, und eine steile Falte verunzierte die Stelle zwischen ihren Augenbrauen. Dann wurden ihre Augen groß. Sie warf einen schnellen Blick über die Schulter auf die Veranda und rief aus: »Du hast die Tür repariert!« Ihr freudiges Strahlen traf ihn hart, denn diesmal leuchteten auch ihre wunderschönen grünen Augen.

Er zuckte die Achseln, als würde er nicht gerade vor Stolz fast platzen. »Rein technisch gesehen war es das kleine Schwenkdingsbums, das nicht funktioniert hat, und nicht die Tür.«

Stacey kam die letzten Stufen herunter und reichte ihm ein Glas. Sie klemmte einen seiner Finger zwischen ihren ein und hielt ihn fest. »Danke.«

»Gern geschehen.« Connor stand einen Moment lang da und zwang sich, in einem verhaltenen Rhythmus zu atmen.

Sie wandte den Blick ab. Dann ließ sie ihn los, trat ans Geländer der Veranda und stützte ihre Ellbogen darauf. Sie wirkte melancholisch, und er wusste nicht, was er sagen sollte. Daher ließ er sich auf die nahe Hollywoodschaukel sinken und trank einen großen Schluck.

»Wenn sich deine ganze Familie dem Militär verschrieben hat«, begann sie, »warum bist du dann ausgeschieden? Bist du verletzt worden?«

Connor holte tief Luft und fragte sich, wie er ihr darauf antworten sollte. Am Ende stellte er fest, dass er ihr nur die Wahrheit sagen konnte. »Ich habe das Vertrauen zu unserer Regierung verloren«, gestand er und achtete sorgsam auf ihre Reaktion. »Als ich nicht mehr davon überzeugt war, dass sie im Interesse des Volkes handelt, musste ich den Dienst quittieren.«

»Oh.« Sie sah ihn mitfühlend an. »Das tut mir leid. Man hört dir deine Enttäuschung an.«

Und sie hörte sich so an, als machte es ihr etwas aus, dass er enttäuscht war, und das traf ihn wie eine Hitzewelle, die seine Haut mit einem Schweißfilm überzog. Die einzige Person, der er persönliche Dinge erzählte, war Aidan, und der Trost, den Connor von ihm bekam, war etwas vollkommen anderes als der Trost, den Stacey ihm spendete. Sie weckte in ihm den Wunsch, ihr mehr über sich zu erzählen, sich ihr weiter zu öffnen und die Beziehung zwischen ihnen zu vertiefen. Zu wissen, dass Stacey da war, gab ihm Kraft.

»Ich *wollte* ihnen vertrauen.« Er schaukelte sanft und genoss die nachmittägliche Brise, die nach frisch gemähtem Gras und den duftenden Blumen roch, die Stacey um die Veranda herum angepflanzt hatte. Er war hier nicht zu Hause, aber er fühlte sich so. »Es ist hart, wenn man merkt, dass man sich bewusst etwas vorgemacht hat, weil die Wahrheit zu schmerzlich war, um sie zu akzeptieren.«

»Connor.« Sie seufzte und kam auf ihn zu. Er rutschte rüber, um ihr Platz zu machen.

»Und wie geht es jetzt weiter mit dir?«, fragte sie und starrte den Inhalt ihres Glases an.

»Ich weiß es nicht. Sowie sich Aidan erholt hat, werden wir uns zusammensetzen und uns darüber klar werden, was als Nächstes zu tun ist.«

»Arbeitest du auch für McDougal?«

»Nein.«

»Wie lange wirst du hier sein?«

»Ich weiß es nicht. Nicht lange. Vielleicht noch einen Tag.«

»Oh ...«

Eine Zeit lang schaukelten sie gemeinsam und schweigend. Er hielt den Blick unter schweren Lidern auf sie gerichtet und bemerkte, dass sich ihre Finger unruhig bewegten. Sie hatte sich umgezogen und trug jetzt ein rosa Tanktop und Latzshorts, die ihre geschmeidigen Beine entblößten. Er war geradezu vernarrt in den Anblick und gefesselt von dem Muskelspiel ihrer Oberschenkel, während sie die Schaukel in Bewegung hielt.

»Ich wette, du kannst es kaum erwarten zu gehen. Du bist bestimmt schon ganz aufgeregt.«

Sein Mund verzog sich kläglich. »Warum sagst du das?«

Mit einer weit ausholenden Handbewegung umfasste Stacey ihre Umgebung. »Du musst dich langweilen.«

»Muss ich das?« Connor streckte einen Arm aus, schlang ihn um ihre schmale Taille und zog sie enger an sich. »Was tätest du, wenn ich nicht hier wäre?«

Sie zuckte die Achseln. »Putzen. Wäsche waschen. Manchmal laufe ich rüber zum Movie Experience, damit ich den neuesten Actionfilm erwische.«

»Gehst du denn nicht mit Männern aus?«, fragte er leise.

»Dazu habe ich selten Zeit.« Sie warf einen verstohlenen Blick auf ihn. »Außerdem gibt es nicht viele Männer, die sich für alleinerziehende Mütter interessieren.«

»Das ist doch nicht alles, was du bist.« Seine Finger glitten an ihrer Seite hinauf, wo ihr Tanktop herausschaute. Er streichelte die Seite ihrer Brust und fühlte den Schauer, der sie überlief. »Du bist auch eine Frau.«

»Irgendetwas muss ja schließlich in den Hintergrund treten.«

»Klar«, murmelte er. »Aber du ignorierst die Frau in dir vollständig.«

Sie reckte das Kinn in die Luft. »Nicht jeder besitzt die Fähigkeit, gut mit Gelegenheitssex umzugehen.«

»Ich bin ganz deiner Meinung.«

Stacey wand sich, um ihren Oberkörper seiner Berührung zu entziehen, und brachte dabei ihr Gesicht dicht vor seines. »Wie machst *du* es?«

Seine Nasenflügel bebten leicht. »Warum willst du das wissen?«

»Vielleicht kann ich ein paar Tipps gebrauchen.«

»Hör zu, meine Süße.« Er zog ihren Oberkörper mit einem Ruck eng an sich. Ihr Getränk schwappte über den Rand des Glases auf die Veranda, doch keiner von beiden störte sich daran.

Stacey japste; ihre leicht geöffneten Lippen waren nur wenige Zentimeter von seinem Mund entfernt.

»Ich würde dir selbst dann nicht beibringen, wie man mit Gelegenheitssex umgeht, wenn du mich dafür bezahlen würdest.«

Der bloße Gedanke daran, ein anderer Mann könnte sie berühren, ließ ihn gereizt und grimmig werden. Er biss die Zähne zusammen, und seine Finger kneteten unruhig ihr Fleisch.

Da sie die gefährliche Besitzgier verkannte, die ihn gepackt hatte, schoss ihre Zunge hervor, um ihre Unterlippe anzufeuchten. Er wurde an ihrer Hüfte steif, und ihre Wimpern senkten sich.

»Aber dann könnte ich Gelegenheitssex mit dir haben«, sagte sie kokett.

Connor starrte sie einen Moment lang überrascht an und knurrte dann: »Ich will aber gar keinen Gelegenheitssex mit dir.«

»Ach nein?«

Er schüttelte den Kopf und stellte sein Glas auf den kleinen schmiedeeisernen Tisch direkt außerhalb des Bogens, den die Schaukel beschrieb. Dann legte er beide Hände auf ihren Rücken und rieb ihre Wirbelsäule, um sie stöhnen zu hören. »Ich freue mich nicht darauf fortzugehen. Ich werde bereuen, dass ich dich nicht so genossen habe, wie ich es hätte tun sollen. Ich werde mir noch lange in den Arsch beißen, weil ich keine Selbstbeherrschung hatte, als ich sie gebraucht hätte.«

»Mir hat es gefallen, dass du wild warst.« Sie errötete und senkte den Blick auf ihre Hand, die auf seiner Brust lag.

»Dir würde es noch besser gefallen, wenn ich mich zusammenreiße«, schnurrte er und nahm Stacey das Glas ab, um es neben sein eigenes zu stellen. Er drehte sie mit dem Rücken zu sich und machte es ihnen beiden bequem. Dann schlang er die Arme um ihre Taille, legte das Kinn auf ihren Kopf und stieß sich mit dem Fuß ab, um sie beide zu schaukeln.

»Daran könnte ich mich gewöhnen«, brummte er und schloss die Augen. Er kostete es aus, dass das Gewicht ihres erhitzten, bezaubernd kurvenreichen Körpers an ihn geschmiegt war. Seine Hände schlüpften unter den Latz ihrer Shorts und legten sich auf die festen Rundungen ihrer üppigen Brüste.

Meine. Die gehören mir.

Aber damit sie am Leben blieb, würde er sie loslassen müssen.

»Ich muss nach dem Apfelkuchen sehen«, sagte sie matt, unternahm allerdings so gut wie keine Anstrengung, sich von ihm zu lösen.

Connor blickte finster drein. »Ich weiß nicht, wie ich daran vorbeikomme.«

»Wie du woran vorbeikommst?« Jetzt zappelte sie, und er ließ sie widerstrebend los.

»An deinem Panzer.«

»Meinem *was*?« Sie stand auf und wich zurück.

»Du bist wie eines dieser schuppigen Dinger, die ganz langsam laufen und sich in einem runden Panzer verstecken.«

»Eine *Schildkröte*?«

»Genau ...« Er nickte ernst. »Genau das meinte ich. Eine *Schnapp*schildkröte.«

Ihr entrüsteter Gesichtsausdruck war komisch, doch er weigerte sich zu lächeln. Sie hatten keine Zeit, der Wahrheit aus dem Weg zu gehen.

»Hör zu.« Sie stemmte die Fäuste in ihre Hüften und war so aufgewühlt, dass sich ihr Brustkorb beträchtlich hob und senkte. »Es ist nicht fair, mehr von mir zu erwarten, wenn du fortgehst.«

»Ich weiß.«

»Dann hör auf damit!«

»Das kann ich nicht«, sagte er schlicht. »Ich will dich so sehr, dass es schmerzhaft ist.«

Sie sah ihn einen Moment lang finster an, stolzierte dann zur Tür und stürmte ins Haus.

Connor fluchte tonlos und setzte sich auf. Das war einfach lächerlich. Er musste von hier verschwinden und zusehen, dass er wieder zur Vernunft kam. Es gab ohnehin schon zu viel, was getan werden musste, und er machte die Dinge nur noch komplizierter, indem er einer Anziehungskraft nachgab, die jeder Logik entbehrte.

Er konnte nichts gebrauchen, was ihn anband und zurückhielt; er war gezwungen fortzugehen. Sie brauchte einen Mann, der zu ihr hielt, sie unterstützte und sich um sie kümmerte.

Connor stand auf und ging zur Tür. Er würde ein Taxi rufen, das ihn zu Aidan zurückbrachte, und dann würde er arbeiten, bis die beiden wach wurden. In ein oder zwei Tagen würde er weit weg sein. Solange musste er sich einfach nur von Stacey fernhalten.

Sobald er das Haus betrat, schlug ihm der Duft von Zimt, Butter und Äpfeln entgegen, so intensiv, dass er stutzte. Abrupt blieb er stehen und sah sich suchend in dem winzigen Wohnzimmer um.

Die Wände waren in einem hellen Gelb gestrichen, das Sofa und der dick gepolsterte Sessel mit blau-weiß gestreiftem Stoff bezogen. Der Couchtisch und die Beistelltische waren so zerschrammt und eingekerbt, dass ein Besucher sich wohlfühlte und gleich entspannt war. Der Raum war anheimelnd und einladend, ganz anders als seine kärglich möblierte Junggesellenbude im Zwielicht. Er hatte selten Zeit allein zu Hause verbracht und sich lieber bei Aidan rumgedrückt.

Hier wollte er Zeit verbringen. Mit Stacey.

Connor presste die Kiefer fest aufeinander und setzte sich aufs Sofa. Er nahm das Telefon von der Basisstation, griff in den weißen Weidenkorb unter dem Tisch, in dem das Branchenverzeichnis aufbewahrt wurde, und begann darin zu blättern. Als Stacey ins Zimmer kam, blickte er zu ihr auf. »Gleich bist du mich ...«

Er unterbrach sich mitten im Satz und starrte sie mit offenem Mund an. Die abstehenden Zöpfchen waren verschwunden. Die Schuhe waren verschwunden. Da ihre Finger auf den Metallschnallen der Träger über dem Latz ihrer Shorts lagen, wusste er, dass auch dieses Kleidungsstück jeden Moment verschwinden würde.

»Nein, zum Teufel«, sagte sie grimmig. Sie griff in eine Tasche und warf ihm einen Streifen mit Kondomen zum Abreißen an die Brust. »Du haust jetzt nicht einfach ab.«

Als er den Folienstreifen auffing, verkrampfte sich jeder Muskel in seinem Körper schmerzhaft. Der Anblick ihrer Shorts, die auf den Boden fiel und wohlgeformte Beine und einen winzigen String aus roter Spitze freilegte, ließ seinen Schwanz sofort hart werden. Er stöhnte.

Selbstbeherrschung? Er hatte geglaubt, er würde sich zusammenreißen können, wenn sie sich wieder liebten? War er wahnsinnig?

»Was tust du da, Süße?«, fragte er mürrisch.

Sie zog eine Augenbraue hoch, packte den Saum ihres Tanktops und zerrte es sich über den Kopf. Die Heftigkeit ihrer Bewegungen ließ ihre wunderschönen Titten hüpfen. Sie hatte die tollsten Brüste, die er jemals gesehen hatte. Blass und mit langen rosigen Brustwarzen an den Spitzen. Sein Verlangen, daran zu saugen, ließ Spucke in seinem Mund zusammenlaufen, und er schluckte schwer.

»Ich ziehe mich aus, damit ich dich ficken kann«, fauchte sie.

Diesmal wurde das Geräusch, das sich ihm entrang, von der fleischlichen Gier abgewürgt, die ihn mit geballten Fäusten an den Eiern hatte.

Qualen der Lust marterten ihn, während er zusah, wie sich ihre schlanken Finger in ihren Slip hakten, ihn hinunterschoben und ein sorgfältig gestutztes Dreieck aus schwarzen Löckchen freilegten. Er konnte sich nicht von der Stelle rühren, und er weigerte sich zu blinzeln, denn ihr Anblick flößte ihm Ehrfurcht ein. Sie war klein und rundlich an den Stellen, wo es darauf ankam; das gab ihm die Gewissheit, dass er sie nicht zerbrechen würde, wenn er sie hart rannahm. Ihre leuchtend grünen Augen glühten vor Leidenschaft. Natürlich war die Hälfte dieses Feuers Wut, doch das konnte er beheben, falls er es schaffte, sein Gehirn wieder in Gang zu setzen.

Stacey pirschte sich herrlich lebensprühend an ihn heran. Er wusste, dass er in Schwierigkeiten steckte. Sein Bauch war verkrampft, und sein Atem ging unregelmäßig. So erging es ihm nicht einmal dann, wenn er Unmengen von Albträumen gegenübertrat. Es war, als sei jeder Schritt, den sie auf ihn zukam, ein Schritt nach vorn, der sich nicht mehr rückgängig machen ließ. Er war hochgradig erregt und machte sich gleichzeitig vor Angst fast in die Hose.

Dann kroch sie über ihn, hockte sich breitbeinig auf seinen Schoß, und mit jedem seiner mühsamen Atemzüge sog er ihren Duft ein. Eine sinnliche, bereitwillige, erregte Frau. Ganz anders als jede andere in seinem bisherigen Leben.

Der leichte Anflug von Furcht, den er verspürt hatte, zerfloss zu einem Gefühl von Richtigkeit, das er nicht leugnen konnte. Er fühlte sich von Staceys Verlangen nicht in die Enge getrieben. Er gierte danach, gierte nach ihr, und nur dann, wenn sie in seinen Armen lag, ließ dieses Nagen etwas nach.

Sie griff nach dem Knopf und dem Reißverschluss seiner Jeans, und als er fühlte, wie ihre Finger die Länge seines Schwanzes streiften, schreckte er aus seiner Benommenheit auf. Er griff zwischen ihre Beine, teilte mit seinen Fingern ihre Schamlippen und fand sie feucht und heiß vor.

»Ja«, hauchte sie und zog fester am Knopf seiner Jeans, der sich im Sitzen nicht leicht öffnen ließ.

»Lass mich dich lecken«, sagte er ruppig, denn er verzehrte sich nach ihrem Geschmack auf seiner Zunge.

Er fühlte die Anspannung, die sich ihres Körpers bemächtigte, und sie starrte unter schweren Lidern auf seinen Mund herab. Er biss sich auf die Unterlippe, ließ sie dann langsam frei und fühlte, wie Stacey unter seinen streichelnden Fingerspitzen bebte. Während er die Finger um ihre Klitoris kreisen ließ, leckte er sich die Lippen. Stacey wimmerte, und ihre Brustwarzen wurden direkt vor seinem Gesicht noch härter.

Er beugte sich vor, öffnete den Mund und saugte sie in sich hinein. Doch das genügte ihm nicht, nicht annähernd.

Er legte seine freie Hand auf die andere Brust, drückte und knetete sie und fühlte, wie sie vor Verlangen anschwoll und schwer wurde. Mit hohlen Wangen presste er eine geschwollene Brustwarze nach oben an seinen Gaumen und leckte die Unterseite mit seiner Zunge. Gleichzeitig rieb er sie zwischen den Beinen und genoss die Laute, die sie von sich gab, ihr Maunzen und Keuchen, und wie sie sich an ihm wand und ihre Nägel in die nackte Haut seiner Schultern grub.

Er strich mit zwei Fingern über den geschlitzten Eingang zu ihrer Muschi und stieß seine Finger dann in sie hinein. Sie war klatschnass. Ihr Saft rann an seinen Fingern hinunter, und ihre Muskeln packten gierig zu, als er es ihr besorgte. Rein und raus. Er bearbeitete ihre Möse mit seinem gesamten Können, damit ihre Säfte flossen und sie um seinen Schwanz bettelte.

»Bitte ... fick mich ...«

Er liebte es. Er würde nie genug davon bekommen. Er tat es nicht für sein Ego, sondern für sie. Weil er sie glücklich machen wollte. Er wollte der Mann sein, der sie glücklich machen konnte.

»Connor ... bitte ...!«

Die ganze Zeit über saugte er an ihr, knabberte mit seinen Lippen und Zähnen und ließ seine Zunge über die harte Spitze schnellen. Stacey begann, ihre Hüften auf seinen eintauchenden Fingern zu heben und zu senken, und ihre Bewegungen wurden immer heftiger und drängender. Ihre Möse war so nass, dass er die Nässe nicht nur fühlen, sondern auch hören konnte. Diese Geräusche waren so erotisch, dass er befürchtete, es könnte mit ihm durchgehen und er würde sich in seine Hose ergießen.

Mit einem Knurren zog er die Finger aus ihr zurück und gab mit einem schmatzenden Plopp ihre Brust frei. »Ich muss deine Muschi lecken.«

Da er nicht auf ihre Hilfe warten konnte, packte Connor ihre Taille, drehte seinen Körper und legte sich der Länge nach auf den Rücken. Sie schrie überrascht auf, als er sie hochzog, bis sie über seinem Mund war. Dann stöhnte sie seinen Namen, als er den Kopf hob und seine Zunge sie, ohne abzusetzen, von ihrer Möse bis zur Klitoris leckte.

Als er sie schmeckte, wurde sein Schwanz noch härter, und seine Jeans zwickte ihn schmerzhaft. Connor griff an sich hinunter und befreite sich. Er zischte vor Erleichterung, als der Druck nachließ und die frische Luft ihn genügend auskühlte, um einen Gang zurückzuschalten.

»Tiefer«, krächzte er und zog an ihren Schenkeln.

Stacey sah blinzelnd auf den goldenen Gott hinunter, der zwischen ihren obszön weit gespreizten Beinen lag, und sie fühlte, dass die Nässe ihrer Lust innen an ihren Oberschenkeln hinabrann. Noch nie war sie derart erregt gewesen. Er war überall zugleich und verschlang sie. Genauso hatte sie es sich vorgestellt. Jetzt wurde ihr Verdacht bestätigt.

Sie hatte den fertigen Apfelkuchen aus dem Ofen gezogen und sich vorgestellt, wie es wohl wäre, wenn sie zusammen wären. Sich vorgestellt, wie es wohl wäre, wenn das der Anfang wäre und nicht das Ende. Da er sie ständig berührte und sie anmachte, vermutete sie, er sei ein Mann von der Sorte, die sie auf dem Küchentisch ficken würde, weil er nicht warten konnte, bis sie im Schlafzimmer waren. Sie malte sich aus, wie er hinter ihr auftauchte, während sie am Spülbecken beschäftigt war, ihr die Shorts runterzog und dann seinen Schwanz in sie hineinsteckte.

Er war ein primitiver Mann mit einem ausgeprägten Sexualtrieb. Und sie wollte ihn. Nie in all ihren Jahren war sie einem Mann wie ihm begegnet. Was war, wenn sie nie wieder einen wie ihn traf? Sex volle Pulle. Sex ohne Hemmungen. Kompromissloser Sex. Diese Art von Sex hatte sie nur ein einziges Mal in ihrem Leben gehabt, und zwar letzte Nacht. Mit Connor. Und es war phänomenal gewesen. Würde sie sich später in den Hintern beißen, weil sie nicht mehr davon genossen hatte, solange sich die Gelegenheit bot?

In diesem Moment, mit einem blubbernden gedeckten Apfelkuchen in ihren behandschuhten Händen, hatte Stacey beschlossen, dass sie ein großes Mädchen war und es verkraften konnte. Es gab schlimmere Dinge auf Erden als einen Two-Night-Stand mit einem Typen, den man mochte und der einen ebenfalls mochte.

»Komm runter«, wiederholte er und zog an ihr. Seine Lippen waren einen Spalt geöffnet und glitzerten, und sein Blick war glutvoll und ausgehungert. »Setz dich auf mein Gesicht, damit ich meine Zunge tief in dich stecken kann.«

Stacey erschauerte heftig. Er war der Typ Mann, der es genoss, eine Frau zu lecken. Er würde es genießen, sie um den Verstand zu bringen und auf so intime Art zu besitzen. Sie zu brandmarken, sie sich anzueignen.

Heute wollte sie ihm gehören.

Sie umklammerte die Sofalehne, um Halt zu finden, und senkte sich auf ihn hinunter; dabei erstickte sie die

Geräusche, die sich ihr fast entrungen hätten, als sein heißer Atem über ihre feuchte Haut strömte.

»Ja«, schnurrte er, und seine großen Hände hielten ihre Pobacken und drängten sie, noch näher zu kommen. Er begann sie zu lecken, tauchte seine Zunge langsam und ausgiebig in jede Furche und Spalte und atmete heftig an ihrer Muschi. Er leckte ihre Klitoris, indem er seine Zunge federleicht und mit der Geschwindigkeit von zarten Kolibriflügeln darüber flattern ließ.

»Oh, genau da«, flüsterte sie. Seine aufreizenden Bewegungen machten sie fast verrückt, und sie kam ihm entgegen, um Abhilfe zu schaffen. Ein kräftigeres Lecken würde sie sofort zum Orgasmus bringen, und das versuchte sie sich zu holen, indem sie ihre Hüften kreisen ließ und seiner Zunge nachjagte. Da er verdammt gut wusste, was sie brauchte, entfernte sich Connor von der winzigen vorstehenden Wölbung, neigte den Kopf und stieß seine Zunge in sie hinein.

»Allmächtiger!« Sie war erschüttert, und die Knöchel ihrer Finger, die die Sofalehne umklammert hielten, traten weiß hervor.

Connor knurrte und zog sie enger an sich, hielt ihre Hüften umfasst und presste ihre Muschi fest auf seinen Mund. Seine Zunge fickte sie schnell und tief. Verführerische Sauggeräusche erfüllten die Luft, während er sie unter rauem, gierigem Stöhnen austrank.

Damit löste er einen geradezu verheerenden Orgasmus aus. Sie kniff ihre Augen fest zu und biss ihre Zähne aufeinander. Ihr Schweigen schien seine Glut noch mehr zu entflammen. Er hob sie hoch, wälzte sich auf die Seite und setzte ihren Hintern auf den hölzernen Couchtisch, um sodann über ihr aufzuragen. Seine Lippen waren dicht an ihrem Ohr, seine linke Hand lag auf ihrer Hüfte, und seine rechte Hand griff nach seinem Schwanz, um ihn an ihre Öffnung zu pressen. Er stieß hart und tief zu und presste sie mit seinem dicken, heißen Schwanz auf die Tischplatte.

Ein Schrei bestürzter Lust entrang sich ihr, und ihr Atem stockte und setzte aus, als er eine Hand in ihr Haar grub und ihren Kopf zurückzog. Er umfing sie mit seinem großflächigen, harten Körper und dominierte sie, nahm sie innerlich und äußerlich in Besitz. Sogar ihr Atem war seiner. Sie konnte nicht Luft holen, ohne einzuatmen, was er ausatmete.

»Du gehörst mir«, polterte er, und seine Hand auf ihrer Hüfte zog sie fest an ihn, bis sie durch nichts mehr voneinander getrennt waren. Er bog sich kräftig in ihr, als wollte er sagen: *Ich bin in dir. Ein Teil von dir.*

Dieses Gefühl folgte direkt auf ihren Orgasmus und bewirkte, dass sie sich noch enger um ihn anspannte, wodurch sich die nachlassenden Zuckungen ihres Höhepunkts erneut verstärkten.

Er stöhnte, als ihre Muskeln um seinen Schwanz herum spielten, und seine schweißnasse Stirn presste sich fest an ihre. »Du bist für mich gemacht.«

Die Passform war vollendet, wenngleich sehr eng anliegend. Bis sie Connor begegnet war, hätte sie schwören können, dass sie einen so großen Schwanz nicht in sich aufnehmen konnte. Aber er machte sie so verdammt scharf und feucht. Sie ließ ihre Hüften zaghaft kreisen, nur um die volle Wirkung seiner Größe zu erfassen.

»Oh!«, keuchte sie, als sich alles in ihr anspannte und bereit für mehr war.

»Ja«, gurrte er. Seine schmalen Hüften pumpten rastlos, nahezu blindwütig, und seine schweren Eier schlugen gegen die Naht ihrer Pobacken. »So gut ... so verflucht gut ...«

Ihre Arme waren hinter ihr, die Handflächen auf den Couchtisch gepresst, um sie abzustützen. »Fick mich«, flehte sie und wölbte ihm die Hüften entgegen. Sie fühlte sich ganz und gar wie eine begehrenswerte, leidenschaftliche Frau. So hatte sie sich schon viel zu lang nicht mehr gefühlt.

»Das tue ich doch gerade, meine Süße.« Er erhob sich ein wenig, und ihr bot sich ein Ausblick auf seine straffe, schweißglänzende Bauchmuskulatur, doch sie erkannte auch, dass er immer noch Jeans und Stiefel trug. Das machte Stacey noch schärfer. Er erweckte den Eindruck eines Mannes, der sich nicht die Mühe machte, sich auszuziehen, weil er sie zu sehr begehrte, um sich die Zeit dafür zu nehmen.

In dem Moment entdeckte sie den Streifen Kondome auf dem Sofa. Mit weit aufgerissenen Augen blickte sie auf die Stelle hinunter, an der sie miteinander verbunden waren. Er zog sich gerade aus ihr zurück; pochende Adern zogen sich über seinen Schwanz, der aufgrund ihrer Erregung schimmerte.

»Kondom!«, keuchte sie, als er langsam wieder in sie hineinstieß und ihre Körpertemperatur so weit anstieg, dass ihr der Schweiß ausbrach.

»Ich ziehe ihn schon rechtzeitig raus«, knurrte er, zog

sich zurück und stieß dann wieder tief zu, diesmal fester, aber nicht schneller. »... so verflucht gut ...«

»O Gott!« Ihre Möse zuckte in hilfloser Lust. Sein Schwanz war wunderschön anzusehen und fühlte sich noch besser an. Er füllte sie so vollständig aus, dass sie ihn bis in alle Details fühlen konnte. Der Kranz seiner breiten Eichel strich über eine äußerst empfindliche Stelle, und ihre Zehen streckten sich. Sie wollte nichts von alledem abschwächen, aber ... »Ich nehme die Pille nicht.«

Er zögerte keinen Moment lang. Was für die meisten Typen eine kalte Dusche gewesen wäre, hatte auf Connor eine ganz andere Wirkung. Er zog sie näher an die Tischkante und stieß zweimal rasch hintereinander in sie hinein. »Ich kann dich nicht schwängern, und von mir holst du dir nichts.«

Sie wimmerte, als er an Tempo zulegte. Seine Bauchmuskulatur zog sich in einem gleichmäßigen, verhaltenen Rhythmus zusammen und lockerte sich dann wieder. Er beugte sich erneut über sie, drückte sie zurück und erhob sich über ihr. Sie blickte zu ihm auf und schmolz in der Glut seines Blicks, vernarrt in den Anblick seines prachtvollen Körpers, der sich über und in ihr straffte.

»Du bist die Einzige«, sagte er mit rauer Stimme. »Mit allen anderen war es nie so.«

Staceys Rücken bog sich nach oben, als seine drängenden Stöße sie dichter an den nächsten Orgasmus brachten. Er lockerte den Griff, mit dem er ihr Haar gepackt hielt, stemmte beide Hände neben ihren Schultern auf den Tisch und bumste sie wild und erbarmungslos. »Du bist die Einzige«, wiederholte er, und sein Blick war unbeirrt und offen.

Mit ihren Beinen um seine Hüften kam sie, sie schrie und wand sich unter ihm, und die Intensität ihrer Lust war so groß, dass sich ihre Zehen einrollten. Er zog sich äußerst gekonnt aus ihr zurück, rieb mit seiner Eichel immer wieder diese empfindliche Stelle in ihrem Inneren und murmelte lobende Worte.

Erst als sie matt flehte: »... *nicht noch mehr*...«, riss er sich los, blieb über ihr stehen, packte seinen Schwanz und malträtierte ihn mit seiner Faust, bis er stöhnte und fluchte und sich mit heißen, milchigen Strahlen über ihren Brüsten ergoss.

Es war ungehobelt und grob. Dann zog er sie in seine Arme und sank mit ihr auf das Sofa, und alles wurde wunderschön und köstlich.

Sein Körper bebte nämlich so wie ihrer, und sein Herz schlug in demselben extremen Rhythmus wie ihres.

Gefühlvoll flüsterte er mit belegter Stimme und ausgeprägtem irischem Akzent ihren Namen. Stacey hielt ihn eng an sich gedrückt und verliebte sich Hals über Kopf in ihn.

10

»Sie haben die Dreifaltigkeit.«

Michael blickte finster drein und sank auf die steinerne Bank unter dem Baum im Innenhof der Elite-Akademie. »Das ist bedauerlich.«

Die Älteste Rachel lief auf und ab, wie sie es zu tun pflegte, wenn sie aufgewühlt war. Selbst im Traumzustand war die Frau zu nervös und verlor doch nie ihren jeweiligen Auftrag aus den Augen. Diese Eigenschaften verbanden sich wirkungsvoll miteinander – ihre physische Unruhe, verschnitten mit mentaler Standhaftigkeit.

»Es war das verdammte rote Haar«, sagte sie verärgert. »Die Lakaien werden innerhalb von Tagen widerborstig und unkooperativ. Sogar mit dem mentalen Chip sind sie nicht mehr zu bändigen.«

»Mustere sie aus, wenn sie ihre Brauchbarkeit verlieren.«

»Ich weiß, was ich zu tun habe, Ältester Sheron. Einer von ihnen hat allerdings in seinem eigenen Schädel gewühlt und den Chip rausgezogen. Wir müssen davon ausgehen, dass die anderen ebenfalls dazu fähig sind, sich selbst derartige Schäden zuzufügen.«

Das wusste er natürlich. Er wusste alles, was in ihrem gerissenen Gehirn gespeichert war, weil er in ihrem Inneren gewesen war und weil sie über Jahrhunderte miteinander konspiriert hatten. Trotzdem ließ er sie ausreden. Sie hasste es, ihn in ihrem Kopf zu haben, und daher zog sie es vor, so zu tun, als sei es nicht so.

»Überlass die vollständig Verwilderten den Captains Cross und Bruce«, murmelte er. »Dann sind sie beschäftigt, und du hast wichtigere Angelegenheiten zu erledigen. Wir brauchen die Dreifaltigkeit. Du hättest keinen Lakaien mit ihrer Auffindung betrauen sollen.«

»Mir blieb nichts anderes übrig. Ich musste für deine Audienz bei den Ältesten ins Zwielicht zurückkehren. Da ich mich jetzt ›freiwillig gemeldet‹ habe, auf die Ebene der Sterblichen zu reisen, ist unsere Bewegungsfreiheit wesentlich größer. Ich muss nicht mehr so tun, als sei ich hier, wenn ich in Wirklichkeit dort bin.«

Sie wirbelte herum, und ihre langen dunklen Locken peitschten ihre Schulter. Michael bewunderte sie, obwohl er sie verabscheute.

»Der Hälfte der Männer, die ich mitgenommen habe, kann ich nicht trauen«, klagte sie, »weil ihre Loyalität nicht dir und mir gehört, sondern dem Kollektiv der Ältesten. Die Lakaien sind wild, doch die Chips sichern uns ihre Loyalität ... zumindest so lange, bis die Albträume ihren Geist vollständig zerstören.«

Michael strich ein verirrtes Blatt von der Manschette seines weiten Ärmels und sah sich in Rachels Traumversion der Elite-Akademie um. In ihrer Vorstellung war sie nicht gealtert, sondern hatte sich das Aussehen bewahrt, das sie früher einmal besessen hatte, als Rachel dort studiert hatte. Der zentrale Innenhof, in dem sie sich trafen, war rund, mit Kies bestreut und lag im Schatten gewaltiger Bäume.

Dieser Mittelpunkt war von diversen Amphitheatern umgeben, in denen Gefechtsausbildung stattfand, und in dem großen Gebäude nach Süden hin wurde Unterricht gehalten.

»Es ist an der Zeit, zur nächsten Phase überzugehen«, sagte er schließlich.

Rachel schien überrascht zu sein. Ihre grünen Augen wurden groß. »Ich hatte schon erste Zweifel daran, dass du die Dinge jemals vorantreiben würdest.«

Sie hatte es vor Wochen vorgeschlagen, doch er wollte noch warten. Es erschien ihm als Vergeudung, ein solches Werkzeug ohne verheerende Auswirkungen einzusetzen. Jetzt war der richtige Zeitpunkt gekommen.

»Zweifle nie an mir«, sagte Sheron und stand auf. Er sah ihr weiterhin fest in die Augen, während er seine Kapuze hochzog.

»Es wird so vor sich gehen, wie wir es vereinbart haben.«

»Ausgezeichnet.« Er verbeugte sich und trat an den Rand des Slipstreams. »Bis du wieder träumst.«

Connor blickte auf die schlummernde Frau in seinen Armen hinunter und wusste, dass er metertief in der Scheiße steckte.

Sein Brustkorb war zugeschnürt und brannte, und er konnte nur mit Mühe atmen. Bei jedem Einatmen roch die Luft nach Schweiß und Sex, und jedes Ausatmen brachte den Moment näher, in dem er fortgehen musste.

Stacey war in ihrem leichten Schlummer wunderschön. Die Fältchen, die sich durch Stress und Belastung um ihren Mund und ihre Augen herum gebildet hatten, waren durch die Entspannung gemildert, und zurückgeblieben war ein Gesicht von jugendlicher Anmut. Helle, glatte Haut, dunkle, geschwungene Augenbrauen und kirschrote Lippen.

Er könnte jeden Tag so aufwachen. Mit dieser Frau. In diesem Haus.

Er hatte genügend junge Männer für die Elite ausgebildet, und daher setzte er Vertrauen in seine Fähigkeit, auch Justin zu helfen. Connor kannte den Typ Jungen und war vertraut mit den Auswirkungen, die durch eine fehlende Vaterfigur hervorgerufen wurden. Er hatte es bei Aidan gesehen. Es würde nicht leicht sein, aber das hier – er legte eine Hand auf Staceys Wange und strich mit dem Daumen über ihren geschwungenen Wangenknochen –, *sie*, würde es wert sein.

Er veränderte ihre Haltung ein wenig, zog sie enger an sich und presste den Mund auf ihre leicht geöffneten Lippen. Als sie stöhnte, schlossen sich seine Arme noch enger um sie. Er wollte sie behalten, sie entdecken, sich ihr mitteilen. Vielleicht würde das, was heute ein so gutes Gefühl war, in einem Monat noch ein genauso gutes Gefühl sein. In einem Jahr. In vielen Jahren.

Er machte sich Hoffnungen, obwohl es keinerlei Anzeichen dafür gab, dass für sie beide Hoffnung bestand, und der Gedanke, dass vielleicht nie etwas daraus werden würde, war schwer zu ertragen. Es war eine Sache, allein zu sein, wenn man auf diese Art glücklicher war. Es war etwas ganz anderes, allein zu sein, wenn es jemanden gab, mit dem man zusammen sein wollte.

Connor leckte den Spalt zwischen Staceys Lippen und machte Liebe mit ihrem weichen, sinnlichen Mund. Da er restlos von ihrem Geschmack betört war, stieß er seine Zunge tief hinein, tauchte langsam und für lange Zeit in sie ein, so, wie er mit dem Rest von ihr Liebe machen wollte. Wenn er doch bloß über das Gefühl von Dringlichkeit hinwegkäme, das Gefühl, sie könnte ihm jeden Moment entrissen werden.

Ihre Hand hob sich und glitt in das Haar auf seinem Nacken. Die schlichte Geste rührte ihn aufgrund ihrer reinen Natürlichkeit tief. Es war keine Berührung, die dazu gedacht war, ihn zu erregen. Es war eine Berührung, hinter der ausschließlich die Absicht stand, ihn eng an sich zu drücken und ihn in ihrer Nähe zu behalten, damit sie ihn mit ihrer zurückkehrenden Glut dahinraffen konnte. Stacey teilte genauso viel aus, wie sie einsteckte. Ihre Zunge streichelte seine, ihr Mund wand sich unter seinem und saugte, und ihre Lippen hafteten auf seinen.

Er zog sich auf die Füße, hob sie mit sich hoch und ließ den Kuss selbst dann nicht abreißen, als er sich durch den Flur zu ihrem Schlafzimmer bewegte.

»Tun wir es wieder?«, flüsterte sie verträumt in seinen Mund hinein.

»Ja, zum Teufel.«

Connor hievte sie so herum, dass ihre Beine seine Hüften umschlangen. Ihr kurvenreicher nackter Körper, der eng an seinen geschmiegt war, genügte, um ihn steinhart werden zu lassen. Sein Sperma klebte an ihr. Damit hatte er auf eine derbe Weise, die dem primitiven Tier in seinem Inneren gefiel, Ansprüche auf sie geltend gemacht. Kein anderer Mann konnte sie haben. Er hatte seine Spuren auf ihr hinterlassen, sie sich angeeignet.

Mit den Armen um seinen Hals lehnte sie sich zurück und blickte auf seinen Schwanz hinunter, der sich eifrig zwischen ihnen in die Höhe reckte. »Du hast die Kondome im Wohnzimmer liegen lassen.«

Er knurrte leise und wünschte, er könnte ihr die Wahrheit sagen. Da er in Aidans Träumen gewesen war, wusste Connor, dass Aidan und Lyssa sicher waren, ihre Gattungen seien trotz ihrer äußerlichen Ähnlichkeiten zur Fortpflanzung unvereinbar. Aber wenn er Stacey erzählte, er käme von einer anderen Daseinsebene, dann würde das die Stimmung zerstören, wenn nicht gar jede Möglichkeit einer gemeinsamen Zukunft. Das wusste Connor.

»Ich hole sie«, beteuerte er.

Ein bedächtiges Lächeln zog an ihren Mundwinkeln, und sie umarmte ihn. Er wäre beinahe gestolpert, als ihre Zuneigung ihn traf wie ein körperlicher Schlag. Er trug sie ins Bad und stellte sie dort ab.

»Fang schon mal an«, sagte er und machte kehrt, um wieder ins Wohnzimmer zu gehen, »aber wasch dich nicht. Ich will es tun.«

»Ja, Sir«, sagte sie spöttisch.

Sie beugte sich über das Duschbecken und drehte die Hähne auf, während er einen gespielt finsteren Blick über die Schulter warf. Der Anblick war inspirierend. Er legte die Entfernung zu den Kondomen im Laufschritt zurück, schloss die Haustür und verriegelte sie; dann kehrte er schleunigst zu Stacey zurück.

Er hörte das Wasser aus der Dusche laufen, als er das Schlafzimmer betrat, und Bilder, auf denen Wasser an Staceys üppigem Körper hinabrann, entflammten sein

Blut. Connor tippte mit einer Stiefelspitze auf den Öffnungsmechanismus des anderen Stiefels und nahm die Ausstattung des Zimmers wahr. Wände in einem blassen Lavendelton, die Tagesdecke aus purpurnem Samt und transparente schwarze Gardinen vor weißen Lamellenläden ließen den Raum im Vergleich zu dem ländlichen Look des Wohnzimmers recht exotisch wirken.

Ihm enthüllte das sehr viel über sie – der auffällige Kontrast zwischen ihrem ganz privaten Zimmer und dem übrigen Haus. Er fragte sich, ob dieser Rahmen eine andere Seite von Stacey hervorlocken würde, und da er gespannt darauf war, die Antwort herauszufinden, stolzierte er ins Bad.

Connor blieb auf der Schwelle stehen und untersuchte wissbegierig seine Umgebung. Wie er es bereits bei jedem anderen Raum im Haus getan hatte, suchte er nach Hinweisen auf die Frau, die dort lebte. Die Wände des Badezimmers waren in einem dunklen Purpurton gestrichen – dem Ton der Tagesdecke im angrenzenden Zimmer –, und die Decke war mit aufgemalten silbernen Sternen verziert. Eine kleine Marotte.

»Ich bin nackt, und du siehst dir die Decke an?«, fragte sie belustigt.

Er betrachtete Stacey durch die gläserne Schiebetür der Dusche. Sie stand in einer Dunstwolke und war seine fleischgewordene Fantasie. Jetzt schob sie die Tür einladend auf.

»Ich glaube, hier drinnen könnte es dir zu eng werden«, sagte sie und blinzelte ihn mit Wassertropfen an den Wimpern an, als er näher kam.

»Ich fühle mich wohl an beengten Orten«, rief er ihr ins Gedächtnis zurück und stieg zu ihr in das Duschbecken.

Die Duschkabine war tatsächlich eng, doch das störte ihn nicht. Es hieß nur, dass sie dicht aneinandergepresst wurden, und genau das wünschte er sich.

Sie hob die Hände und berührte seinen Unterleib. Seine Muskeln spannten sich instinktiv an, da sie auf ihre Aufmerksamkeit reagierten. Ihre zarten Fingerspitzen fuhren über das imposante Relief seiner straffen Muskeln, und er ließ ihre Faszination mit zusammengebissenen Zähnen und voll seelischer Qualen über sich ergehen.

»Du bist so schön«, flüsterte sie in einem Tonfall, der nach Ehrfurcht klang.

Er nahm ihr Gesicht in beide Hände und zwang sie, ihn anzusehen. »Sag mir, wie sich das mit uns machen lässt.«

Mit feuchten, glänzenden Augen blickte sie zu ihm auf. Das Grün war klar und lebhaft. Prachtvoll. »Connor...«

Die Resignation, die er aus ihrem Tonfall heraushörte, machte ihn verrückt. »Es muss doch eine Lösung geben.«

»Und wie soll die aussehen?«, fragte sie. »Wie lange wirst du fort sein? Wann wirst du zurückkommen? Wie lange wirst du bleiben, wenn du wiederkommst?«

»Ich weiß es nicht, verdammt noch mal.« Er stieß ihren Kopf zurück und fiel über ihren Mund her, zerquetschte ihn, verschlang ihn. Seine Zunge drang schnell und tief ein. Als zunehmend dichterer Dampf um sie herum aufstieg, stöhnte sie und klammerte sich an seine Taille. »Wenn man etwas unbedingt haben will...«

»... dann ist das schmerzhaft«, schnitt sie ihm das Wort

ab. »Das ist alles. Es heißt nicht, dass man es bekommt oder es haben kann.«

»Blödsinn«, fauchte er und war wütend auf sich selbst, auf die Ältesten, auf die Lügen und Täuschungsmanöver, die sein Fortgehen unvermeidlich machten.

»Ich habe es dir gleich gesagt. Ich wollte dich dazu bringen, dass du mir zuhörst.«

Er presste die Wange fest an ihre. »Davor davonzulaufen ist keine Lösung.«

Sie lachte leise. »Du bist zu stur.«

»Vielleicht. Aber ich weiß, dass der Gedanke, dich nicht zu haben, mir unerträglich ist.«

»Du vollbringst Wunder für mein Selbstwertgefühl.«

»Lass das sein.« Er schüttelte sie ein wenig. »Nimm es nicht auf die leichte Schulter.«

Stacey seufzte und ließ ihn los. Seine Reaktion bestand darin, sie hochzuheben und all ihre nassen, köstlichen Rundungen an seinen stahlharten Körper zu pressen.

»Connor. Keiner von uns beiden kann diese existenziellen Ängste gebrauchen. Das ist nicht gesund.«

»Welche existenziellen Ängste?«, höhnte er. »Das ist was für junge Mädchen, nicht für mich.«

»Du wirst sie haben.« Sie sah ihm fest in die Augen. »Du hast die Hölle noch nicht gesehen, die Aidan und Lyssa durchmachen. Das Ringen, zwischen Flügen ein Telefongespräch miteinander unterzubringen. Sie bleiben auf, wenn sie längst im Bett sein sollten, und das nur, um für einen Moment oder zwei die Stimme des anderen zu hören. Der Trennungsschmerz, wenn er irgendwohin reisen muss und wochenlang fort sein wird.«

»Wenn die beiden es hinkriegen, dann kriegen wir es auch hin.«

»Nein.« Kopfschüttelnd sagte sie: »Sie kannten einander schon früher. Du und ich, wir sind Fremde. Lyssa ist allein; bei mir hängt ein Kind mit dran. Und ein Ex, der vielleicht, vielleicht aber auch nicht, ein aktiverer Bestandteil meines Leben werden könnte. Aidan arbeitet für einen hiesigen Sammler; du arbeitest für …« – sie zuckte die Achseln – »für wen auch immer.«

Connor presste die Kiefer zusammen und drängte seine Hüften an sie.

»Ein sehr beeindruckendes Argument«, neckte sie ihn sanft. »Aber das gelegentliche großartige Sexgelage hält zwei Menschen, die getrennt leben, nicht zusammen.«

Ratlos versuchte er mit Gegenargumenten aufzuwarten und versagte. Er konnte sie nur finster anstarren. »Wir könnten es wenigstens ausprobieren.«

»Ich habe das Alleinsein satt, Connor.«

Bei dem Gedanken, er käme zurück und sähe sie mit einem anderen, hätte er am liebsten laut aufgeheult. »Du wirst nicht allein sein. Ich würde selbst dann, wenn ich nicht hier wäre, dir gehören.«

»Von einem Mann, der einen so starken Geschlechtstrieb hat wie du, kann ich nicht erwarten, dass er ihn meinetwegen zügelt.«

Er war gekränkt. »Scher dich zum Teufel«, sagte er gepresst. Er schob sie von sich und griff nach der flüssigen Seife. Sie mussten sehen, dass sie aus der Dusche rauskamen. Im Bett konnte er sie von sich überzeugen. Dort konnte er sie martern. Sie verrückt auf ihn machen, bis sie in alles einwilligte, damit er in sie glitt und die Leere ausfüllte. Er konnte sie für andere Männer unbrauchbar machen.

»Entschuldige.« Sie schob ihre Hände auf seine, als er sie auf ihre Brüste legte. »Ich hatte das eher als eine Bemerkung zu meinen Unzulänglichkeiten gemeint, nicht zu deinen.«

»Unzulänglichkeiten?« Er schnaubte. »Ich ficke gern. Tatsächlich ist es eine meiner liebsten Beschäftigungen, gefolgt vom Schleifen meiner Glefe, womit ich normalerweise anfange, solange das Bettzeug noch warm ist.«

Eine fein geschwungene schwarze Augenbraue hob sich.

»O ja, meine Süße«, sagte er gedehnt und drückte ihre festen, üppigen Titten. »Es wird sogar darüber gescherzt, meine beiden großen Lieben seien meine Schwerter – das in meiner Hand und das zwischen meinen Beinen. Bei mir gibt es kein postkoitales Kuscheln. Frauen wollen mich für den Sex und für sonst gar nichts. Und das hat sich für mich bisher immer gut bewährt.«

Er beobachtete die Gefühlsregungen, die über ihre ausdrucksstarken Gesichtszüge huschten. »Ah«, murmelte er lächelnd, »du denkst an letzte Nacht, stimmt's? Ich habe dich auf dem Sofa in den Armen gehalten. Ich habe mit dir in meinen Armen geschlafen. Vor ein paar Minuten habe ich mit dir geschmust, und jetzt kann ich nicht aufhören, dich zu berühren.«

Connor packte ihre Hand, zog sie nach unten und schob seine Erektion hinein. »Das ist sexuelles Interesse.« Er zog ihre Hand wieder nach oben und legte sie auf sein Herz. »Mein Brustkorb ist zugeschnürt, aber das kannst du nicht sehen. Das ist ein Gefühl, das ich noch nie hatte. Du bekommst etwas von mir, das noch niemand bekommen hat. Du hast keine Unzulänglichkeiten, meine Süße. Du bist im Vorteil.«

Staceys Lippen bebten alarmierend, und sein Magen verknotete sich noch mehr.

»Bei dir habe ich nicht einmal daran gedacht, mein Schwert zu wetzen«, brachte er überstürzt hervor.

Sie hielt sich eine Hand vor den Mund.

»Jedenfalls nicht das Metallschwert«, verbesserte er sich mürrisch, denn er wusste, dass er gerade alles verpatzte, doch er war unsicher, wie es noch zu retten war. »Ich meine, du bist scharf, und mein anderes Schwert ... ich meine, ich dachte an das Schärfen des anderen Schwerts ...«

Ihr entzückendes Gesicht verzog sich, und er flehte: »Weine nicht!«

Er schlang die Arme um sie und tätschelte unbeholfen ihren bebenden Rücken. »O Mann. Ich stelle mich saublöd an. Ich wollte nicht, dass du dich schlecht fühlst. Es war als Kompliment gedacht. Es ist mein Problem, dass ich verrückt nach dir bin, nicht deins. Ich ...«

Ihre Lippen pressten sich feurig auf seine Brustwarze, und dann ließ sie ihre Zunge langsam darüber gleiten. Er nahm eine steife Haltung ein und blickte mit weit aufgerissenen Augen auf sie hinunter.

Sie lachte ihn aus.

»Das war wunderbar«, sagte sie mit einem unechten Schniefen, und ihre Hände legten sich auf seine Pobacken.

Er zog die Augenbrauen hoch. »Wirklich?«

»O ja. Ich bin ziemlich sicher, dass sich meinetwegen

noch keinem Mann die Brust zugeschnürt hat.« Ihre Lächeln war reiner Sonnenschein. »Das gefällt mir.«

»Was ist mit dem anderen Teil?«

Stacey lachte. »Du weißt verdammt gut, dass mir das andere Teil gefällt.« Ihre Stimme senkte sich provozierend. »Wenn wir uns beeilen und unter der Dusche rauskommen, werde ich dir zeigen, wie gut es mir gefällt.«

Connor dachte einen Moment lang darüber nach. Irgendwie hatte er sich in dem Ansturm von Emotionen, die über ihn hereinbrachen, verirrt. Er empfand so etwas wie Freude. Vielleicht auch Hoffnung. Er verbarg vor ihr, wie sehr sie ihn durcheinandergebracht hatte, indem er scherzhaft sagte: »Dir liegt doch nicht etwa nur an meinem Körper, oder?«

»Und ob.« Sie nahm seine Eier in beide Hände. »Aber wenn du fort bist und ich verzweifelt neben dem Telefon warte, werde ich an mehr als deine Schwerter denken.«

Stacey folgte Connor auf ihr Beharren hin aus dem Badezimmer. Sie wollte seine nackte Rückseite beäugen. Zum Glück bot er einen Anblick, der es durchaus wert war, beäugt zu werden. Der Mann hatte Beine, die durch anstrengende Tätigkeiten gestählt waren. Prachtvolle Beine. Lang, schmal und muskulös. Sein Hintern passte perfekt dazu. Straff und fest. Stramm. Die Muskeln spielten bei jedem Schritt, mit Grübchen auf beiden Seiten.

Mjam.

Und dort, zwischen seinen Beinen, konnte sie gelegentlich einen Blick auf seine schweren Eier erhaschen. Entblößt. Köstlich. Wenn er keine Erektion gehabt hätte,

hätte sie vielleicht auch die Spitze seines Schwanzes sehen können, aber er war steinhart. Geladen und gespannt. Bereit. Für sie.

Wie kam es, dass sie solches Glück gehabt hatte? Sie konnte das Gefühl nicht abschütteln, das alles sei zu schön, um wahr zu sein. Da musste einfach etwas faul sein. Stacey Daniels angelte sich keine perfekten Männer. Wenn sie einen an Land zog, hatte er immer einen Knacks weg. Eine gewaltige Macke. Einen Dachschaden, der jede Möglichkeit einer Beziehung verhinderte. Wie Tommy, der für alle Zeiten achtzehn Jahre alt bleiben wollte. Oder Tom Stein, der ein »grünes« Leben in der Wüste führen und sich mit Sonnenenergie und Regenwasser durchschlagen wollte. Stacey war ziemlich sicher, dass das Gen, das einen Mann äußerlich scharf machte, zugleich innerlich Gehirnzellen mit Fehlzündungen hervorbrachte.

Sie seufzte. Connor war superscharf. Der bestaussehendste Mann, der ihr je begegnet war. Wenn sein Anblick von hinten auch noch so perfekt war, dann konnte er mit der Vorderansicht doch kaum mithalten. Wo waren seine Mängel? Seine Unfähigkeit, über seine Gefühle zu sprechen? Verdammt noch mal, sie konnte es nicht leiden, wenn sich jemand blumig ausdrückte. Ehrlichkeit machte sie mehr an als hohle Phrasen, die gut klangen.

Connor erreichte ihr Bett, drehte sich zu ihr um und zog sie in seine breiten, kräftigen Arme.

Sie liebte das Gefühl, klein zu sein. Beschützt und gehegt zu werden.

»Das war scharf«, ertönte seine dunkle Stimme.

»Hm?« Ihre Augen schlossen sich, da sie es auskostete,

seinen harten Körper an ihrem zu spüren. Die feinen Härchen auf seinem Brustkorb kitzelten ihre Brustwarzen, und der Geruch seiner Haut, der sich gegen ihre Badeseife durchsetzte, stellte verrückte Dinge mit ihrem Herzschlag an.

»Zu fühlen, dass du mich betrachtest.«

»Du bist prachtvoll«, hauchte sie und hob ihre Lider gerade genug, um ihn sehen zu können.

»Vor dem heutigen Tag habe ich mein Aussehen als zweckdienlich empfunden, um flachgelegt zu werden.«

Stacey lachte leise. Sie wusste seine unverblümte Offenheit zu schätzen. »Das war es bestimmt.«

Seine festen Lippen lagen auf ihrer Schläfe. »Jetzt bin ich dankbar dafür, dass ich dir gefalle.«

»O ja.« Sie knabberte mit ihren Zähnen an seinem Kinn. »Und wie du mir gefällst.«

Connor drehte sich abrupt um und warf sie auf die Tagesdecke. Sie stieß einen schrillen Schrei aus, und im nächsten Moment war er über ihr und kroch als Käfig harter, knackiger Männlichkeit auf ihr herum. Er begann damit, sie zwischen den Zehen zu lecken, drückte dann einen Kuss auf ihren Knöchel, hob ihr Bein und knabberte an ihrer Kniekehle. Es kitzelte, und sie musste lachen.

»Dein Kichern macht mich an«, brummte er und legte eine Pause ein, um sie anzustarren.

Stacey verdrehte die Augen und hob hervor: »Dich macht alles an. Du bist eine Sexmaschine.«

»Ach ja?« Er packte die Innenseiten ihrer Schenkel und spreizte ihre Beine weit, um sie vor seinen Blicken freizulegen. »Ich kann mich noch genau daran erinnern, dass ich versucht habe, ein Taxi zu rufen, als du über mich hergefallen bist und Sex verlangt hast.«

»Nachdem du keine Ruhe gegeben hast, weil du es unbedingt wolltest!« Sie unterdrückte ein Lachen, als er sie mit einer hochgezogenen Augenbraue ansah. Es überraschte sie, dass sie überhaupt zu einem Gespräch fähig war, wenn er mit einem wölfischen Funkeln in den Augen über ihrer Muschi kauerte. Sie hatte noch nie zuvor im Bett herumgealbert, und es gefiel ihr sehr.

»Du hast zu mir gesagt: ›Du haust jetzt nicht einfach ab.‹ Wie konstruierst du daraus, dass ich dich bedrängt habe?«

»Das Bedrängen war vorher.«

Connor schnaubte. »Ich habe noch nie in meinem Leben eine Frau gedrängt, Sex mit mir zu haben.«

»Du hast dich auch nicht gewehrt, als ich nachgegeben habe«, wandte sie ein und streckte ihm verspielt die Zunge raus.

Bei diesem Anblick wurden seine aquamarinblauen Augen dunkler und glühten. »Nachgegeben?«, höhnte er. »Ich bin ein Kerl, Süße. Wirf uns prachtvolle Muschis zum Fraß vor, und wir sagen nicht Nein.«

Ihr Mund sprang auf, und ihr Gelächter wurde abgewürgt. »Ich habe dir meine Muschi *nicht* zum Fraß vorgeworfen.«

»Hmm ... na ja – doch.« Er zwinkerte ihr zu. In Verbindung mit seinem knabenhaft charmanten Lächeln war die Auswirkung auf das innere Gleichgewicht einer Frau verheerend. »Genau das hast du getan. Nymphomanin. Himmel, hier kommt man keinen Moment zur Ruhe. Letzte

Nacht Sex. Heute schon wieder Sex. Und im Moment auch Sex ...« Er seufzte theatralisch.

»Oh, es liegt mir fern, dich zu Tode ficken zu wollen«, sagte sie und verschränkte die Arme vor der Brust. »Lass uns doch einfach Kuchen essen.«

Connor schob die Unterlippe vor und tat so, als schmollte er. »Ich hatte etwas anderes im Sinn, eher zum Lecken als zum Kauen.«

In Anbetracht seiner derzeitigen Position konnten keine Zweifel in ihr aufkommen. »Nee. Das geht schon in Ordnung. Diese Nymphomanin ist erstaunlicherweise nicht mehr in der Stimmung für Sex.«

Eine dreiste Lüge. Sie war feucht und geschwollen. Als er skeptisch nach unten blickte und dann grinste, wusste sie, dass er es sehen konnte.

»Ich kann dich in Stimmung bringen«, schnurrte er.

»Bitte nicht.« Sie gähnte gekünstelt.

Sein leises Knurren brachte sie zum Lachen.

»Dafür wirst du mir büßen«, drohte er und kitzelte sie.

»Ach was! Hör auf!« Sie versuchte, sich von ihm fortzuwälzen, doch es gelang ihr nur, schließlich auf dem Bauch zu landen, was ihm einen deutlichen Vorteil gab.

Er zog sich sofort auf sie und lachte. Er lachte tatsächlich. Mit den Lippen an ihrem Ohr sagte er: »Ich werde dich dazu bringen, dass du bettelst.«

Stacey erschauerte voller Vorfreude. »Versuch's doch mal, das will ich sehen.« Und wie sie es sehen wollte!

»Dazu braucht es keinen Versuch, meine Süße.« Er leckte ihre Ohrmuschel und ließ seine Zunge dann hineintauchen. Sie wurde noch schärfer und feuchter. Als ob er es wüsste, stieß er die Hand zwischen ihre Beine und streichelte sie. »Mjam«, sagte er. »Hier ist schon jemand geil.«

»Ich nicht.« Sie keuchte, als er ihre Klitoris fand und sie mit sanften, kreisförmigen Bewegungen rieb.

Er summte skeptisch, und sie begrub ihr Lächeln im Kopfkissen. Sie fühlte, wie er sich bewegte, fühlte, wie das Bett herabsackte und schwankte, und dann glitt seine Zunge heiß und rau über die gesamte Länge ihrer Wirbelsäule. Sie keuchte und wand sich, weil seine Zunge sie kitzelte und sie zugleich erregte.

Connor presste ihre Hüften auf die Matratze und leckte das Grübchen in ihrem Nacken. »Hör auf zu zappeln«, befahl er ihr.

»Ich hatte gehofft, du würdest dich anders hinlegen, damit ich aufstehen und Kuchen holen kann.«

Connor murrte etwas und biss in ihre Pobacke. Dann drehte er sie um, brachte seinen Schwanz in den richtigen Winkel und stieß ihn in sie hinein.

Stacey wimmerte und wölbte sich ihm entgegen. O Gott, es tat so verflucht gut. Er war überall riesig, sogar dort, und das Gefühl, bis an ihre Grenzen gedehnt zu werden, war einfach unglaublich. Er stützte seine Hände zu beiden Seiten ihres Kopfes auf und sah finster auf sie hinunter. Er gab ein einschüchterndes Bild ab, doch die wohlmeinende Belustigung in seinen Augen strafte den Eindruck des harten Kerls Lügen.

»So köstlich eng…«, sagte er und drängte seine Hüften an sie. »Ich kann das den ganzen Tag lang tun.«

Sie keuchte, als er sich in ihr bog. »Es könnte dir gelingen, mich dazu zu überreden.«

Er zog sich langsam aus ihr heraus und kehrte dann ebenso qualvoll langsam zurück. »Ich dachte, du wolltest Kuchen.«

»Hmm ... ich habe es mir anders überlegt.«

Connor bewegte sich gleichmäßig vor und zurück. Während er sie langsam und mit Kunstfertigkeit fickte, stöhnte sie leise, und ihre Augen schlossen sich. Er bäumte sich auf und kniete sich hin, legte ihre Beine über seine muskulösen Oberschenkel und nahm seinen Rhythmus wieder auf. Die breite Eichel rieb sich in ihr und strich über einen Nervenknoten. Ihre Brustwarzen wurden stramm und ragten steil auf. Er stieß fest zu, und sie schrie auf, als er das Ende von ihr fand. Die Mischung aus Lust und Schmerz führte dazu, dass sich ihre Zehen einrollten.

»Du bist so tief in mir«, lallte sie und legte die Hände auf ihre geschwollenen Brüste, um den Schmerz zu lindern.

»Ich will noch tiefer in dir sein.« Sein Unterleib schnürte sich eng zusammen, als er ihre Hüften packte und sich bis zum Anschlag in ihr begrub. Ganz unten war er dicker, was bewirkte, dass sich ihre Klitoris neigte und zusätzliche Reibung bekam.

»Connor!« Sie warf den Kopf hin und her, dem Delirium nahe, denn sie konnte die Tiefe und das gemächliche Tempo, mit dem er sie vögelte, kaum aushalten. Es war so unglaublich gut. Unvorstellbar gut. Noch ein paar solche Stöße, und sie würde den Orgasmus ihres Lebens haben. »Ja ... mmm ... ja ...«

Er zog sich aus ihr zurück und stahl sich aus dem Bett davon.

Stacey zog sich mühsam auf ihre Ellbogen und gaffte ihn fassungslos an. »Wohin gehst du?«

Er sah über die Schulter und blinzelte unschuldig. »Ich hole dir ein Stück Kuchen. Du hast gesagt, du wolltest welchen.«

»D-du ... w-was ... *jetzt* ...?«

»Ich würde dich doch nicht zum Sex zwingen wollen oder etwas in der Art.«

»Komm sofort zurück!«

Er grinste, blieb in der offenen Tür stehen und lehnte sich mit unverfrorener Lässigkeit an den Rahmen. Splitterfasernackt und mit einer enormen Erektion bot er einen umwerfenden Anblick. »Nymphomanin«, neckte er sie.

»Komm her!«, drängte sie ihn ungeduldig. »Bitte.«

»War das ein Betteln?«

Sie kniff ihre Augen zusammen. »Komm her! Komm auf der Stelle her!«

Er verschränkte die Arme und musterte sie eingehend. »Was wirst du tun, wenn ich fort bin und du geil bist?«

»Mit mir selbst spielen«, sagte sie leichthin. »Aber das macht nicht annähernd so viel Spaß, wie mit dir zu spielen, und du bist da.«

»Tu es«, drängte er sie. Sein glühender Blick senkte sich auf ihre lüstern gespreizten Beine. »Ich will dir zusehen.«

Sie dachte darüber nach und betrachtete ihn dabei, wie er sie betrachtete. Seine leicht geöffneten Lippen und der beschleunigte Atem sagten ihr, dass ihn die Vorstellung anmachte, ihr beim Masturbieren zuzusehen.

»Wirst du beim Wichsen daran denken, wenn du fort

bist?«, fragte sie und stieß ihre gespreizten Finger durch ihr feuchtes Schamhaar.

Connor leckte sich die Lippen und nahm sich in die Hand. »Ich kann mir auch jetzt gleich einen dazu runterholen.«

Ihre Fingerkuppen lagen über ihrer angeschwollenen Klitoris, und sie rieb sie mit trägen, kreisförmigen Bewegungen. Sowohl das Fehlen seiner Körperwärme als auch ihre zunehmende Erregung ließen sie erschauern. Sie würde ein schnelleres Tempo brauchen, um zum Orgasmus zu gelangen, doch das war nicht der Zweck der Übung. Das Ziel bestand darin, Connor derart aufzugeilen, dass er zurückkommen und beenden musste, was er begonnen hatte. Sie stöhnte, und ein Ruck durchfuhr seinen ganzen Körper.

»Verdammter Mist«, krächzte er und richtete sich auf.

»Oh!« Sie bog den Hals zurück und reckte ihre Brüste in die Luft. Dann rieb sie sich fester und etwas schneller, streckte ihre Hand tiefer hinab, um die Nässe in ihrem Schlitz hervorzuholen, und hob sie wieder, damit sie ihre Klitoris noch geschmeidiger reiben konnte.

Dann waren seine Finger dort und stießen in sie hinein, heftig und wild. Sie keuchte und wand sich, und er stand neben ihr. Sein prachtvolles Gesicht war gerötet, seine Mundpartie angespannt, seine Iris von geweiteten Pupillen fast verschluckt. Seine Aufmerksamkeit war zwischen ihre Beine gerichtet, wo er mit großer Kunstfertigkeit an ihr herummachte und sie sich selbst fieberhaft streichelte. Sein Schwanz war steinhart, und auf der hochroten Eichel glitzerte der Samen, der aus dem winzigen Loch sickerte.

»Lass mich dich lutschen«, bettelte sie. Bei dem Gedanken lief ihr das Wasser im Mund zusammen.

Mit einem rauen, ärgerlichen Laut kehrte Connor ins Bett zurück. Er legte sich der Länge nach hin, sein Schwanz dicht vor ihrem Mund und ihre Muschi an seinem Brustkorb. Sie rollten sich herum, bis sie einander zugewandt waren; ihre Körpergröße unterschied sich so sehr, doch dafür war es perfekt.

Stacey packte seinen herrlichen Schwanz mit beiden Händen und bog ihn zu ihrem wartenden Mund hinunter. Ihre Zunge berührte die glühend heiße Spitze, und er fluchte grimmig, doch seine Finger kamen nicht aus dem Takt. Jetzt setzte er auch noch seinen schwieligen Daumen ein und manipulierte ihre Klitoris mit genau dem richtigen Druck, um sie wie eine Rakete abgehen zu lassen.

Mit einem gedämpften Schrei aus ihrem vollen Mund kam sie zum Höhepunkt, und ihre Zunge flatterte rasch über die empfindliche Stelle direkt unter dem vorspringenden Rand seiner Eichel. Er brüllte ihren Namen, und seine Hüften bäumten sich in seiner orgasmischen Ekstase auf, als er heftig kam. Stacey nahm alles in sich auf, bis auf den letzten Tropfen; ihre Wangen höhlten sich aus, als sie fest an ihm saugte und ihn mit geöffneter Kehle begeistert leer trank.

»Mehr ist da nicht zu holen, Süße«, murmelte er heiser. »Du bringst mich um.«

Stacey gab ihn erst frei, als er ihren Kopf matt von sich schob. Er wandte sich wieder ihrem Gesicht zu, schlang die Arme um sie und warf ein Bein über ihre beiden.

Als sie die Wange neben sein rasendes Herz legte und einschlief, fühlte sie sich liebevoll umsorgt.

11

Connor brauchte einen Moment, um zu begreifen, was ihn geweckt hatte. Er war sofort in Alarmbereitschaft und rückte von Staceys warmem Körper ab, als es ihm aufging – Schritte kamen auf die Haustür zu. Durch das Fenster hinter dem verschnörkelten schmiedeeisernen Kopfteil des Betts sah man auf das hintere Ende der Veranda, und er schob die transparente schwarze Gardine zur Seite und lugte zwischen den Lamellenläden hinaus.

Mit einem leisen Fluch drehte er sich um und streckte die Hand nach seiner Hose aus.

»Wer ist das?«, fragte Stacey. Es war ein schläfriges, heiseres Krächzen.

»Mom und Dad«, murmelte er.

»Was? Oh … Mist.« Sie setzte sich auf und sah zerzaust und gründlich durchgevögelt aus – ihre Lippen von Küssen geschwollen, die Wangen gerötet, die Haut rosig. »Glaubst du, es wird helfen, wenn wir ihnen sagen, sie sollen sich um ihre eigenen Angelegenheiten kümmern?«

»Das möchte ich doch sehr hoffen.« Er zog seinen Reißverschluss hoch und hielt ihr eine Hand hin. Während er sie vom Bett zog, ließ er einen raschen bewundernden Blick über ihren Körper gleiten, legte eine Hand auf eine wippende Brust und küsste sie leidenschaftlich. »Du ziehst dich an. Ich mache die Tür auf.«

Er wandte sich ab, und sie gab ihm einen Klaps auf den Arsch. »Ja, Sir.«

Connor warf einen gespielt finsteren Blick über die Schulter und verließ das Schlafzimmer, durchquerte die Diele und schloss die Haustür auf.

Aidan sah seinen Oberkörper und die nackten Füße und blickte finster drein. »Arschloch.«

»Scheißkerl«, gab Connor zurück.

»Ich übernehme keine Verantwortung für ihn«, sagte Aidan zu Lyssa. »Wenn er Mist baut, ist das nicht meine Schuld.«

Sie tätschelte seinen Arm. »Beruhige dich, Liebling.«

Connor lächelte Lyssa an. »Hallo.«

Das Lächeln, mit dem sie ihn ansah, war so reizend wie ihre ganze Person. »Hallo. Ich rieche gedeckten Apfelkuchen.«

Lachend trat Connor zurück und zog die Tür weit auf. Es war die spätnachmittägliche Stunde, zu der der Himmel mehr orange als blau war und der heißeste Teil des Tages hinter ihnen lag. »Ich bin sicher, dass Stacey den Kuchen bald anschneiden wird. Sie hat schon den ganzen Tag darüber gesprochen.«

»Bist du jetzt hier eingezogen?«, fuhr Aidan ihn an.

»Mensch, Alter!« Connor schüttelte den Kopf. »Du musst dich mal wieder flachlegen lassen oder Vitamine einnehmen oder so was.«

»Flachgelegt zu werden braucht er schon mal nicht«, beteuerte ihm Lyssa grinsend.

»Und ob ich das brauche«, widersprach Aidan, »und wenn du mir das versaust, Bruce, dann trete ich dir gründlich in den Hintern.«

»Wow.« Connor zog beide Augenbrauen hoch. »Euer Liebesleben muss wirklich toll sein, Lyssa. Er macht sich schreckliche Sorgen, er könnte es sich mit dir verscherzen.«

Sie zuckte aufreizend die Achseln. »Was soll ich dazu sagen?«

»He, Doc.« Stacey kam aus dem Flur ins Wohnzimmer. »Wollt ihr ein Stück Apfelkuchen?«

»Siehst du«, sagte Connor.

»Können wir miteinander reden, Bruce?«, fragte Aidan gepresst und wies auf die Haustür.

»Ich weiß es nicht. Können wir das?« Connor stemmte die Hände in die Hüften. »Du machst nicht den Eindruck, als könntest du reden. Du wirkst eher so, als wolltest du meckern.«

Aidan stand einen Moment lang still und angespannt da. Dann zog die schwache Andeutung eines Lächelns an seinen Mundwinkeln. »Bitte.«

»Na gut, von mir aus.«

»Soll ich dir ein Stück abschneiden?«, rief Stacey ihm nach.

»Ja, zum Teufel.« Er zwinkerte ihr zu. »Ich will diesen Kuchen probieren, der besser als Sex ist.«

»Das habe ich nicht behauptet!«, protestierte sie errötend.

»Um euer Liebesleben scheint es wirklich *nicht* besonders gut bestellt zu sein«, zog Aidan ihn auf. »Staceys Apfelkuchen ist gut, aber *so* gut ist er nun auch wieder nicht.«

»Pass auf, was du sagst.«

Aidans Gelächter folgte Connor durch das Fliegengitter auf die Veranda. Connor stellte sich an das Geländer und sagte: »Bevor du anfängst – mein Liebesleben geht dich einen Dreck an.«

»Darüber diskutieren wir später. Im Moment muss ich dir erzählen, was passiert ist, als ich aufgewacht bin.«

In Aidans Stimme schwang Aufregung mit, daher war Connors Aufmerksamkeit geweckt. »Ja?«

»Ich habe einen Brief gefunden, den ich an mich selbst geschrieben habe.«

Connor blinzelte. »Okay…«

»Während ich geschlafen habe.«

»Wager.« Dieser Gedanke erfüllte Connor mit Bewunderung. Der Lieutenant war gerissen und einfallsreich, zwei Eigenschaften, die jeder Offizier zu schätzen wüsste, wenn er sie an den Soldaten fand, die seinem Befehl unterstellt waren.

»Ja. Ich mochte ihn schon immer. Ein kluger Junge.«

Wager war einige Jahrhunderte darüber hinaus, ein »Junge« zu sein, doch Connor wusste, was er meinte.

Aidan fuhr sich mit einer Hand durchs Haar. Im Zwielicht hatte er es immer kurz getragen. Inzwischen waren die tintenschwarzen Locken länger, als Connor sie je gesehen hatte. Das machte die Gesichtszüge des Captains weicher und passte zu dem strahlenden Glück, das immer dann sichtbar wurde, wenn er Lyssa ansah. Er hatte sich verändert – ein einstmals verzweifelter Mann, der jetzt Hoffnung geschöpft hatte.

»Was stand darin?«, fragte Connor.

»Er hat Spuren eines Virus in den Dateien gefunden, die

ihr im Tempel runtergeladen habt.« Aidan ging auf die Hollywoodschaukel zu und setzte sich.

Connor drehte sich um und lehnte die Hüfte an das Geländer. »Ein Virus?«

»Ja, ein Virus! Oder ein Trojaner, der alles, was die Ältesten getan haben, überwacht hat.«

»Sie wurden abgehört?«

Aidan sah ihn grimmig an. »Ja.«

»Dann weiß also alles, was wir wissen, außer uns noch jemand?«

»Es sieht so aus.«

Connor packte die Holzlatten hinter sich und blickte über den Rasen neben dem Haus in den Garten des Nachbarhauses. Er atmete hörbar aus. »Hast du zufällig eine Ahnung, wie lange dieses Virus schon da war?«

»Das stand nicht in dem Brief. Wager ist dabei, es aufzuspüren, aber er warnt uns davor, den Atem anzuhalten. Er sagt, es wird eine Weile dauern, und er kann keinen Erfolg garantieren.«

»Dann gibt es also irgendwo noch jemanden, der den Ältesten nicht traut. Vielleicht erweist sich das als gut für uns.«

»Vielleicht aber auch nicht.«

»Das ist wahr.«

»In dem Brief wird auch erwähnt, deine Träume, in denen Sheron vorkommt, könnten wahr sein. Wager hat einen Ordner in einem Programm gefunden, das sich ›Traumunterwanderung‹ nennt. Etwas darüber, Träume mit Informationen zu verstärken, die die Träume einprägsam machen. Auch daran arbeitet er.«

»Der arme Kerl«, murmelte Connor. »Wie zum Teufel ist er bei der Elite gelandet? Dieses ganze Brusttrommeln muss sein Gehirn unendlich langweilen.«

Aidan lachte. »Er ist zu hitzköpfig für einen Schreibtischjob. Ich habe ihn mal gefragt, warum er sich der Elite angeschlossen hat. Er hat gesagt, sie sei seine große Liebe, und der Rest sei nichts weiter als ein Hobby.«

»Ein Hobby, dass ich nicht lache.«

Das tiefe Grollen eines Pkw-Motors zog die Blicke beider auf die Straße. Gleich hinter dem Maschendraht, mit dem Staceys Grundstück umzäunt war, fuhr eine schwarze Limousine mit dunklen getönten Scheiben langsam vorbei und bog dann in die Einfahrt.

Das Fliegengitter wurde geöffnet, und die Frauen kamen rückwärts aus dem Haus. Auf jeder Hand balancierten sie kleine Kuchenteller. Beide Männer warfen nur flüchtige Blicke in ihre Richtung.

»Wer ist das?«, fragte Stacey, der auffiel, dass sowohl Connor als auch Aidan Interesse an dem nahenden Fahrzeug zu zeigen schienen.

Aidan stand auf und sah sie mit gerunzelter Stirn an. »Du erkennst den Wagen nicht?«

Sie schüttelte den Kopf.

»Geh ins Haus«, ordnete Connor an und stellte sich zwischen sie und den Besucher.

Einen Moment lang fragte sich Stacey, welchen Erfolg es wohl hätte, wenn sie ihn darauf hinwies, dass sie keine Frau von der Sorte war, die sich herumkommandieren ließ. Schließlich ging sie um Connor herum und stellte die beiden Kuchenteller auf das schmale Kantholzgeländer.

»Ich wohne hier«, hob sie hervor. »Demnach will der Besucher zu mir, wer es auch ist. Oder sie haben sich verfahren. Das ist noch wahrscheinlicher, weil ...«

»Das übernehme ich, Cross«, warf Connor finster ein. »Du kümmerst dich um Lyssa.«

Als Aidan aufsprang und Lyssa grob ins Haus stieß, verstummte Stacey.

Connor packte ihren Arm und zerrte sie hinter seinen Rücken, als der Wagen ausrollte und die hintere Tür auf der Beifahrerseite geöffnet wurde. Stacey schlug auf ihn ein. Es begeisterte sie, dass er sich übertrieben um sie sorgte, doch sie fand es auch ärgerlich. Diese Übertreibung war zu viel des Guten, und ...

Ihr Mund sprang auf, als sie die Frau sah, die vom Rücksitz kletterte und sich auseinanderfaltete. Sie war schön genug, um Angelina Jolie arbeitslos zu machen. Das Mädel hatte schwarzes Haar und grüne Augen wie Stacey, doch sie war groß und gertenschlank und hatte die klar umrissenen Muskeln einer Bodybuilderin. Außerdem war sie einfach umwerfend – gesegnet mit vollkommen symmetrischen Gesichtszügen und einer sanft gebräunten Haut. Sie trug eine ärmellose graue Tunika und eine Hose mit weit geschnittenen Beinen, und ihre Kleidungsstücke erinnerten Stacey an die, die Connor getragen hatte, als er vor Lyssas Haustür aufgetaucht war.

»Ich habe keine Ahnung, wer das ist«, sagte Stacey.

»Captain Bruce«, rief die Frau zur Begrüßung.

Stacey bekam Gänsehaut, als sie ihr Lächeln sah. Die Frau hatte denselben Akzent wie Connor und Aidan, was nur noch mehr dazu beitrug, Staceys Unbehagen zu steigern.

»Du kennst sie?«, fragte Stacey mit einem flauen Gefühl in der Magengrube. Gegen eine Frau, die so aussah, hatte sie wirklich keine Chance.

»Rachel«, erwiderte Connor.

Connors grimmiger Tonfall hatte nicht die beruhigende Wirkung auf Stacey, die sie sich davon erwartet hatte. Sie war zwar froh, dass er sich nicht gerade darüber freute, Rachel zu sehen, aber andererseits waren dramatische Szenen nicht ihr Ding.

»Sieh sich einer an, wie süß du deine menschliche Geliebte beschützt«, brachte Rachel gedehnt hervor, während sie den Arm elegant auf die offene Wagentür legte. »Ich habe schon immer behauptet, der Bedarf an Sex sei eine Schwäche, die ausschließlich die männlichen Angehörigen der Elite haben.«

»Wovon zum Teufel redet sie?«, murmelte Stacey. »Wer ist das?« Ihre Augen wurden groß. »O mein Gott! Du bist doch nicht etwa verheiratet, oder?«

»Was?«, kläffte Connor und sah sie finster an. »Mit *der da*? Bist du übergeschnappt?«

»Mit irgendjemandem?«

»Nein!«

Rachel räusperte sich. »Verzeihung. Könntet ihr euch streiten, nachdem ich meine Angelegenheiten geregelt habe? Ich habe eine lange Fahrt vor mir und käme gern in die Gänge, wie es so schön heißt.«

Aidan kam zurück. Er reichte Connor etwas und sah dann Stacey an. »Du musst reinkommen, Stace.«

Stacey blickte auf den Gegenstand in Connors Hand hinunter, und ihr ging etwas auf.

»Ah, jetzt kapiere ich!« Sie grinste einfältig. »Es geht um das Schwert!«

»Süße«, stieß Connor durch zusammengebissene Zähne hervor. »Geh in das verdammte Haus. Sofort!«

»Sie lieben es, einen rumzukommandieren, stimmt's?«, fragte Rachel lachend. »Du kannst mit mir kommen, Süße. Ich habe ein paar ... *Freunde*, die dich gern kennenlernen würden.«

»Um an sie ranzukommen, wirst du mich erst töten müssen, Rachel«, sagte Connor herausfordernd.

Rachel warf das Haar zurück und lachte. »Ich weiß! Ist das nicht herrlich? Ich konnte es zwar kaum erwarten, dass der Schlüssel gefunden wird, aber dass ich dich und Cross als Zugabe bekomme, war die ganze Warterei wert.«

Restlos verwirrt wanderte Staceys Blick zu dem Mann auf dem Fahrersitz. Er sah aus wie einer der Kerle in *Men in Black*. Schwarzer Anzug, noch schwärzere Sonnenbrille. Irgendetwas an ihm war sogar noch irrer als die Vibes einer Cruella de Vil, die von Rachel ausgingen, und das, obwohl er sich nicht bewegte und sein Gesicht bar jeden Ausdrucks war.

»Aber die Herausgabe des Schlüssels jetzt zu verlangen, das wäre ein bisschen so, als spannte man den Karren vor das Pferd«, sagte Rachel und winkte lässig mit der Hand ab. »Ihr könnt euch also noch etwas länger mit euren unseligen Menschen vergnügen.«

»Warum spricht sie andauernd in dieser Form von ›Menschen‹?«, flüsterte Stacey erbittert. Sie hatte eine immense Abneigung gegen die andere Frau. Rachel war so verflucht selbstgefällig und fies. Und wie gereizt Connor und Aidan auf sie reagierten, sprach auch nicht gerade für sie.

»Was willst du?«, fragte Connor und trat vor. Drohend blieb er über den Stufen stehen, als wollte er damit ausdrücken, es sollte bloß niemand wagen, an ihm vorbeizugehen und sich Zutritt zum Haus zu verschaffen. In Anbetracht des riesigen Schwerts, das er aus der Scheide gezogen hatte und in der Hand hielt, war dieser Einschüchterungsversuch äußerst erfolgreich. Zumindest bei Stacey.

»Du hast etwas, das mir gehört, Bruce. Ich will es haben. Gib es mir zurück.«

Er stieg die erste Stufe hinunter. »Scher dich einfach zum Teufel.«

Rachels Grinsen wurde breiter. »Ich käme nicht mit leeren Händen. Das ist dir doch gewiss klar?«

»Du zeigst uns deins zuerst«, murrte Connor, ehe er den Kopf drehte und Aidan zuzischte: »Schaff sie ins Haus!«

Aidan packte Staceys Oberarm mit einem unnachgiebigen Griff und zog sie zur Tür.

»In Ordnung.« Sie ging mit ihm. »Aber ich sehe durchs Fenster zu.«

»Ich will die Dreifaltigkeit«, sagte Rachel.

Connor zuckte die Achseln. »Ich habe keine Ahnung, was das ist. Sieht so aus, als seist du angeschmiert.«

Stacey blieb an der Tür stehen. »Hör auf, sie zu provozieren! Sie ist übergeschnappt.«

»Vielleicht wird das hier deinem Gedächtnis auf die Sprünge helfen«, sagte Rachel. Sie warf einen Blick auf den Rücksitz. »Steig aus.«

Die hintere Tür auf der anderen Seite wurde geöffnet, und ein Mann stieg aus.

»O mein Gott«, hauchte Stacey, und ihre Hand fiel von dem Türgriff, als sie den Mann erkannte, der einen schwarzen Rollkragenpullover und eine Skihose trug. »Das ist Tommy! Was zum Teufel hat er bei denen zu suchen?«

Die Anspannung, die Connors große Gestalt erfasste, war geradezu greifbar. »Cross ... das ist Staceys Ex.«

Tommy stand neben dem Wagen. Er war offensichtlich benommen, seine Augen waren leer und verständnislos.

Im nächsten Moment bewegte sich der Fahrer. Er streckte einen Arm zum Beifahrersitz aus und zerrte ein gefesseltes und geknebeltes Bündel hoch, damit sie es sehen konnten.

Stacey schrie und krümmte sich beim Anblick von Justins verängstigten Augen und seinem tränenverschmierten Gesicht.

Rachels Lächeln ließ sie frösteln. »So, jetzt habe ich euch meins gezeigt. Und er wird meins bleiben, bis ihr mir die Dreifaltigkeit zurückgebt.«

Vom Instinkt angetrieben, rannte Stacey zur Treppe und zu ihrem Sohn. Connors Arm schoss blitzschnell vor und schleuderte sie zurück. Sie kreischte ihre Wut heraus und schlug um sich, während sie zu Boden ging. Als Aidan sie auffing und ihren tobenden Körper mit stählernen Armen festhielt, ging ihr die Luft aus. Sie bog und wand sich, und ihre Beine traten wie verrückt um sich, doch er war einfach zu groß und zu stark für sie.

Rachel griff in ihre Tasche und zog ein Handy heraus. Sie warf es Connor zu, der es auffing und an seinen Brustkorb hielt. »Ich werde dich anrufen und dir Anweisungen erteilen.«

»Wenn dem Jungen etwas zustößt«, warnte Connor sie, die Stimme gesenkt und todernst, »werde ich dich foltern, bevor ich dich töte.«

»Uih!« Aufreizend schüttelte sie ihren Oberkörper »Das klingt wirklich verlockend.« Ihr hübsches Gesicht verhärtete sich. »Ich will die Dreifaltigkeit, Captain. Sieh zu, dass ich sie bekomme, oder der Junge wird dafür büßen.«

»*Nein!*« Der Laut, der aus Staceys Körper kam, war fast unmenschlich. Es war der Schrei eines Tiers, erfüllt von Schmerz und Frustration und der Furcht einer Mutter um ihr Kind. Sie setzte sich gegen Aidans unnachgiebige Umklammerung zur Wehr, zappelte heftig und kratzte ihn, damit er sie losließ. »*Justin!*«

Ihre Augen waren vor Entsetzen weit aufgerissen, als sie beobachtete, wie sich ihr Sohn ebenso panisch wand wie sie selbst. Justin hob die gefesselten Hände, holte damit aus und schlug dem Mann, der ihn gefangen hielt, die Sonnenbrille aus dem Gesicht. Darunter kam eine Visage zum Vorschein, die ihren Herzschlag aussetzen ließ.

Der Mann schlug zurück, und Justin verlor sofort das Bewusstsein. Dann wandte der Mann Stacey die schwarzen Augen zu, zeigte grinsend einen Rachen mit spitzen, zerklüfteten Zähnen und kostete genüsslich ihre Qualen und ihren Ekel aus.

Ihre Schreie hallten um sie alle herum, bis Aidans Hand ihr den Mund zuhielt und ihren Schrei erstickte. Mit seiner tiefen Stimme redete er murmelnd auf sie ein.

Warum unternahmen sie nichts? Warum ließen sie zu,

dass dieses Miststück wieder in den Wagen stieg und die Tür schloss? Warum stand Tommy einfach nur da und zuckte mit keiner Wimper, als der Wagen mit ihrem gemeinsamen Kind darin rückwärts die Auffahrt hinunterfuhr? Warum hielt Aidan sie zurück, schnürte ihr die Luft ab und gurrte ihr ins Ohr, als würden all die Versprechen von Sicherheit und Vergeltung, die er ablegte, sie beruhigen?

Das Ding auf dem Fahrersitz fuhr mit ihrem kleinen Jungen fort, und sie konnte nur zusehen, weil sie von jemandem, den sie für einen Freund gehalten hatte, gewaltsam festgehalten wurde.

Aidan hielt sie fest, bis der Wagen aus ihrer Sichtweite verschwunden war; erst dann ließ er sie los. Sie war so wacklig auf den Beinen, dass sie stolperte und auf die Knie fiel, doch sie zog sich gleich wieder auf die Füße und drängte sich an Connor vorbei, als er versuchte, sie zurückzuhalten. Sie rannte zu Tommy und schlug auf ihn ein, schrie ihn an und schüttelte ihn.

»Du gottverdammter Junkie!«, schrie sie und schlug ihm mit aller Kraft, die sie besaß, ins Gesicht. »Du wertloses Stück Scheiße!«

Dann rannte sie, rannte um das Leben ihres Sohnes. Sie legte den Weg über ihr Grundstück zurück und jagte der schwarzen Limousine auf der Straße nach. Sie war schnell aus ihrer Sichtweite verschwunden, doch Stacey blieb nicht stehen. Sie konnte nicht stehen bleiben. Sie rannte, bis sie nicht mehr rennen konnte und zu Boden sank und weinte. Heulte. Und dann einen Schluckauf bekam.

»Stacey.« Connor kniete neben ihr, mit feuchten roten Augen, in denen großes Mitgefühl stand.

»Nein!«, schrie sie ihn an. »Du hast kein Recht zu w-weinen. Du hast z-zugelassen, dass sie ihn mitnehmen …« Sie schlug auf seinen nackten Brustkorb ein und trommelte dann mit ihren Fäusten darauf. »Wie k-konntest du z-zulassen, dass sie ihn mitnehmen? W-wie konntest du nur?«

»Es tut mir leid«, flüsterte er und gab sich keine Mühe, sich gegen ihren Angriff zu schützen. »Es tut mir schrecklich leid, Stace. Es gab nichts, was ich hätte tun können. Wenn es eine Möglichkeit gegeben hätte, ihn lebend an uns zu bringen, dann hätte ich es getan. Das musst du mir glauben.«

»Du hast es noch nicht mal versucht!«, schluchzte sie. »Du hast es noch nicht mal versucht.«

Stacey sackte auf seinem Schoß in sich zusammen; ihr verschwommener Blick war auf die ungepflasterte Straße gerichtet. Seine Füße waren nackt und bluteten, weil er ihr barfuß nachgelaufen war. Bei diesem Anblick zog sich ihr Herz zusammen, und das brachte sie nur noch mehr auf.

Connor hob sie hoch und trug sie zurück. Sie hatte keine Kraft mehr, sich zu wehren, doch sie fand keinen Trost in seinen Armen.

Ihr heißgeliebtes Kind war fort.

12

Lyssa saß weinend auf dem Sofa, als Connor mit Stacey ins Haus zurückkam. Aidan lief hin und her. Tommy wurde durch Isolierband auf einem Stuhl neben der Tür festgehalten. Da er geistig mit dem Zwielicht verbunden war, konnte man Staceys Ex nicht trauen. Die Ältesten hatten schon einmal versucht, Lyssa durch einen Schlafwandler zu töten, was sie auf den Umstand aufmerksam gemacht hatte, dass solche Machenschaften möglich waren.

Connor seinerseits fühlte sich hilflos, eine Verfassung, die ihm ein Gräuel und seiner geistigen Gesundheit sehr abträglich war. Staceys Schmerz fraß an ihm und machte ihn fast verrückt vor Mordlust und rastloser Wut.

»O Gott, Stace!« Lyssa zog sich auf die Füße, als sich das Fliegengitter lautlos hinter ihnen schloss. Sie eilte zu ihrer besten Freundin und umarmte sie, sobald Connor sie abstellte. »Es t-tut mir so leid! Das ist alles meine Schuld.«

Stacey schüttelte den Kopf. »Du konntest nichts tun.« Ihr giftiger Blick wanderte von Aidan über Tommy zu Connor, der zusammenzuckte. »Ein Jammer, dass wir keine großen, starken Männer um uns hatten«, höhnte sie und drängte sich auf dem Weg zum Telefon an allen vorbei.

»Stacey.« Lyssas Stimme war gesenkt und klang flehentlich. »Du kannst keine Hilfe rufen.«

»Warum zum Teufel nicht?«, fragte sie erbost und griff mit einer heftig zitternden Hand nach dem Mobilteil. »Weil die Bullen herkommen und sich denken könnten: ›Soso, sieh sich mal einer diese zwei muskelbepackten Kerle an, die früher bei den Sondereinheiten waren und *keinen Finger gerührt haben*, um eine Entführung zu verhindern‹.«

Connor hob das Kinn. Er wusste, dass es aufgrund der Informationen, die sie hatte, ihr gutes Recht war, sauer zu sein, doch ihr Hohn verletzte ihn trotzdem tief. Es traf nicht seinen Stolz oder sein Ego – beide hatten im Laufe seines Lebens schon mehr als nur ein paar Kratzer abgekriegt –, sondern sein Herz, das nie genügend beteiligt gewesen war, um Schmerz zu erleiden.

Und jetzt brachte das verdammte Ding ihn fast um.

»Du kennst sie nicht so gut wie wir, Stacey«, sagte er sanft. »Es gab nichts, was wir hätten tun können, um Justins Sicherheit zu garantieren.«

»Blödsinn!« Staceys Augen waren weit aufgerissen und dunkel, und die geweiteten Pupillen ließen nur einen schwachen Ring der leuchtend grünen Iris zurück. Ihre Haut und ihre Lippen waren blass, und ihre Hände zitterten. »Jeder von euch beiden hätte – *allein*, wohlgemerkt! – sowohl sie als auch diese Abscheulichkeit mit der Maske vor dem Gesicht ausschalten können!«

»Bist du sicher, dass sie nur zu zweit waren?«, fragte er.

Das ließ sie stutzen.

»Durch diese getönten Scheiben konnte man unmöglich auf den Rücksitz sehen.«

»Hinten saß noch jemand«, versicherte Aidan. »Jemand

hat die Tür auf der Beifahrerseite geschlossen, nachdem Tommy ausgestiegen ist.«

Stacey runzelte die Stirn, als sie darüber nachdachte.

Connor ließ nicht locker, denn es war ihm wichtig, dass sie es verstand. »Justin ist *deinetwegen* von Wert für sie, Stace. Rachel war auf einen Schlagabtausch vorbereitet mit dem Ziel, Justin zu töten und dich stattdessen an sich zu bringen. Das hätte den Einsatz erhöht, und du kannst uns unbesehen glauben, dass Rachel schwindelerregende Einsätze mag. Es muss einen Grund dafür gegeben haben, dass sie neben der offenen Wagentür stand. Ich bin sicher, dass sie ihre Glefe in Reichweite hatte und nur darauf gewartet hat, dass sich einer von uns von der Stelle rührt.«

»Was zum Teufel sind das für Antiquitäten, mit denen ihr handelt«, fauchte sie, »wenn sie wertvoll genug sind, um deshalb jemanden zu entführen?«

»He«, sagte Lyssa mit sanfter Stimme. Sie trat näher und legte den Arm um Staceys bebende Schultern. »Lass uns in die Küche gehen, und ich erzähle dir alles.«

»Ich muss die verdammten Bullen anrufen.«

»Lass es mich dir erst erklären. Wenn du dann immer noch das Gefühl hast, du müsstest die Polizei verständigen, fahre ich dich persönlich hin.«

»Was ist bloß *los* mit euch?«, schrie Stacey mit heiserer Stimme. »Mein Sohn ist fort, und ihr wollt, dass ich nichts unternehme?«

»Nein«, murmelte Connor, und seine Eingeweide verknoteten sich schmerzhaft. »Wir wollen, dass du an uns glaubst – an deine Freunde. Die Personen, die dich l-lie...«

Das Wort blieb ihm in der Kehle stecken, und er war

innerlich zu wund, um sich weiterem Hohn auszusetzen. Er hatte sie enttäuscht. Er hätte zwar nicht mehr tun können, als er getan hatte, ohne Justins Leben zu gefährden, doch es war ihm trotzdem misslungen, sie vor diesem Schmerz zu bewahren.

Liebe.

War das das richtige Wort? Er machte sich etwas aus ihr. Er wollte mit ihr zusammen sein. Es war ihm ein Gräuel, sie derart am Boden zerstört zu sehen. Er wollte, dass sie lächelte und lachte, er wollte ihre zärtlichen Berührungen und ihre atemlosen Lustschreie. Er wollte sie kennenlernen und sich ihr öffnen.

War das Liebe?

Vielleicht war es der Keim davon. Die ersten zarten Triebe. Würden sie jetzt verdorren und absterben? Oder konnte er den Schaden beheben und eine Chance haben, sie wachsen zu sehen?

»Ich bin deine beste Freundin, Stace.« In Lyssas liebliche Stimme hatte sich ein Hauch von Stahl eingeschlichen, der durch Connors Gedanken schnitt. »Ich habe dich sehr gern. Ich habe Justin sehr gern. Ich wünsche mir ebenso sehr wie du, dass er zurückkommt.«

Als Stacey zusammenbrach und haltlos weinte, wurde Connors Brustkorb eng. Sie stützte sich schwer auf ihre Freundin, und ihre schwarzen Locken vermischten sich mit Lyssas blonden Haarsträhnen. Es war der Klang von Hoffnungslosigkeit und Verzweiflung, und dieser Klang riss ihn schier in Fetzen. Sie war seine Frau, die einzige, die er jemals gehabt hatte. Es war seine Aufgabe, sie zu beschützen und für ihre Sicherheit zu sorgen. Stattdessen hatte er sie an die Gefahr herangeführt, die sie so schwer verwundete.

»Bruce!«

Er riss den Blick von Staceys Rücken los, als sie das Wohnzimmer verließ, und sah Aidan an. »Was ist?«

»Nimm deinen Grips zusammen und lass uns die Sache in Ordnung bringen.«

»Ich habe einen klaren Kopf.« Das stimmte nicht ganz. Vielmehr kam er sich vor, als bräche er in Stücke. Es war ein sehr seltsames Gefühl, in der Gegend verstreut zu sein. Sein Herz an einem Ort, der Verstand an einem anderen, sein Körper angespannt, weil er den Drang zur Jagd verspürte. »Wir können sie über das Handy ausfindig machen. McDougal hat das Potenzial.«

Aidan nickte; seine Gesichtszüge waren angespannt. »Das ist praktisch, wenn man aus heiterem Himmel ein Angebot für ein Artefakt von unschätzbarem Wert erhält. Wir machen den Händler ausfindig und überprüfen seine Legitimität, bevor wir mit der Transaktion beginnen. Aber das wird uns nicht dabei helfen herauszufinden, was Rachel will.«

Aufgrund der Zeit, die Connor in Aidans Slipstream verbracht hatte, besaß er einen mentalen Speicher von Aidans Erinnerungen. Darin hatte er herumgestöbert, seit Rachel ihre Forderung gestellt hatte, und er konnte nichts in den Erinnerungen finden, was Ähnlichkeit mit einer Dreifaltigkeit aufwies. Soweit Aidan wusste, handelte es sich bei keinem der Artefakte, die er an sich gebracht hatte, um den Gegenstand, den Rachel haben wollte.

Connor fuhr sich mit beiden Händen durch das Haar, gemartert von den Geräuschen gedämpften Weinens, die aus der Küche drangen. »Rachel ist entweder vollständig übergeschnappt, oder sie spricht von dem Dreckklumpen, den du mitgebracht hast.«

»Mist.«

»Ich sagte dir doch, ich hätte einen klaren Kopf«, murrte er.

Stacey stieß einen schrillen Schrei aus, und im Nebenraum zerbrach ein gläserner Gegenstand. Connor zuckte zusammen. Wenn Lyssa ihr vom Zwielicht erzählte, würde es gleich noch viel schlimmer kommen.

»Ich habe die Reisetasche im Wagen«, murmelte Aidan, ehe er zur Tür hinausrannte.

Connor starrte auf das Handy hinunter, das er in der Hand hielt, und begann in Gedanken eine Liste der benötigten Gegenstände anzulegen. Er würde ein Transportmittel und Kleidung brauchen, eine Kühltasche mit Nahrung und Getränken ...

»Was zum Teufel habt ihr beide mit meiner besten Freundin angestellt?«, fragte Stacey mit kalter Miene, als sie den Raum betrat.

Connor zog die Schultern zurück und sah ihr fest ins Gesicht. »Wir haben ihr das Leben gerettet.«

»Blödsinn.« Ihre Augen sprühten smaragdgrünes Feuer, was ihn nach der Leere, die er vorhin dort gesehen hatte, tatsächlich erleichterte. »Ihr habt sie davon überzeugt, dass ihr Träume bekämpft und sie eine Prophetin des Weltuntergangs ist.«

»Eine Prophezeiung«, korrigierte er sie. »Und wir sind Elitekrieger, Stacey. Wir bekämpfen keine Träume, wir beschützen sie.«

Nur das Beben ihrer Unterlippe ließ ihre Verzweiflung erkennen. Sie hatte die Schultern zurückgezogen und das Kinn stur in die Luft gereckt und war bereit, es allein mit der ganzen Welt aufzunehmen.

»Ich wusste doch gleich, dass mit euch etwas nicht stimmt«, sagte sie bitter. »Es war zu schön, um wahr zu sein. Was wollt ihr?«

Connor zog eine Augenbraue hoch.

»Na los«, hakte sie mit einem Hohnlachen nach. »Zwei prachtvolle Typen tauchen aus heiterem Himmel auf unseren Türschwellen auf. Sie haben keine Vergangenheit, und mein Junge wird entführt. Zufall? Das glaube ich kaum.«

Er brauchte einen Moment, um ihre Anschuldigung zu begreifen. Dann fragte er: »Du glaubst, ich hätte das getan?« Einen Moment lang starrte er sie mit offenem Mund an. »Du glaubst, *ich* hätte etwas mit Justins Entführung zu tun?«

»Das ist die einzige Erklärung, die mir einleuchtet.«

»Wer hat behauptet, dieser Mist müsste einleuchtend sein?«

Connor sprang auf sie zu und riss sie an sich, stieß die freie Hand in ihr Haar und zog ihren Hals zurück, damit sie gezwungen war, ihn anzusehen. »Wir haben *Liebe gemacht*. Ich war *in* dir. Wie kannst du mir nach dem, was zwischen uns gewesen ist, etwas so Abscheuliches unterstellen?«

»Das war Sex«, sagte sie abschätzig. Aber ihr Brustkorb hob und senkte sich an seinem, und in ihren Augen standen Tränen.

Da er bereit war, alles, wirklich *alles* zu tun, um ihr Vertrauen wiederzugewinnen, ließ er sie los, nahm dann ihre Hand in seine und zerrte sie zur Küche.

Lyssa wartete auf der Schwelle, machte ihnen aber rasch den Weg frei. Connor ging zu dem Messerblock aus Holz auf der mit weißen Fliesen gekachelten Arbeitsplatte und zog ein Messer heraus. Mit zusammengebissenen Zähnen drehte er sich zu Stacey um und schlitzte seinen Brustkorb diagonal auf, mit einem Schnitt von der Schulter bis zum Unterleib.

Sie schrie, als Blut hervorquoll und an seinem Rumpf hinablief. Er warf das Messer in die Edelstahlspüle und sagte grimmig: »Lass mich nicht aus den Augen.«

Das Brennen setzte ein, dann das Jucken. Seine Haut verheilte fast sofort. Es war eine oberflächliche Schnittwunde gewesen, die schnell behoben war, im Gegensatz zu Aidans tiefer Stichwunde, die Stunden für die Heilung gebraucht hatte.

»Heiliger Strohsack«, hauchte Stacey und wankte, als ihre Knie unter ihr nachgaben.

Connor fing sie auf und half ihr zu dem nahen Tisch in der Frühstücksnische. Sie berührte seine Haut und fuhr mit ihren Fingern durch das Blut, um zu prüfen, dass keine Narbe zurückblieb. In dem Moment kehrte Aidan zurück und stellte die schwarze Reisetasche neben ihrem Ellbogen ab.

Er zog den Reißverschluss der Tasche auf und holte das Buch, das er den Ältesten gestohlen hatte, und das mit einem Tuch umwickelte Bündel heraus. »Wir müssen dieses Ding säubern, Bruce, und nachsehen, ob wir in dem Buch eine Erwähnung finden können.«

»Ich muss mich auf den Weg zu McDougal machen«, sagte Connor, »bevor Rachel anruft.«

»Du kannst nicht hingehen. Du kommst niemals an der Sicherheit vorbei.«

»Das werden wir ja sehen.« Connor lächelte grimmig. »Ich kann die uralte Sprache nicht lesen, diese Unterrichtsstunden habe ich verschlafen, aber ich kann überall einbrechen und außerdem jedem die Scheiße aus dem Leib prügeln.«

Aidan schien Einwände erheben zu wollen.

»Vertrau mir, Aidan. Es ist besser so. Statt deinen Job zu gefährden, kannst du das Opfer einer Entführung spielen oder so was. Du wirst unbescholten dastehen.«

»Das ist ein beschissener Plan«, murrte Aidan.

»He, ich hatte den besten Lehrmeister.«

Aidan knurrte leise, sagte aber trotzdem: »Geh. Ich werde versuchen dahinterzukommen, warum sie diese verdammte Dreifaltigkeit unbedingt haben will.«

Stacey griff nach dem Buch, schlug es auf und ließ die Finger über den Text gleiten. »Was ist das?«

Da er eine Verbindung zu ihr herstellen musste, legte Connor ihr eine Hand auf die Schulter und beugte sich vor. »Vor der Erschaffung virtueller Datenbanken hat unser Volk unsere Geschichte in Texten dokumentiert, genau wie ihr es tut.«

»Du kannst das nicht lesen?«, fragte sie. Ihr Blick blieb auf die Seiten geheftet.

»Nein. Unsere heutige Sprache basiert darauf, genau wie eure Sprache im Lateinischen verwurzelt ist, aber nur Gelehrte und die übertrieben Neugierigen – wie Cross – wissen genug über ihre reine Form, um daraus schlau zu werden.«

»Himmel«, flüsterte sie. »Ich komme mir vor, als sei ich dabei, den Verstand zu verlieren.«

Er blickte zu Aidan auf, der seinen Blick auffing und sagte: »Wir kümmern uns um sie.«

Connor war es verhasst, dass er nicht derjenige sein konnte, der sie tröstete, doch er wusste, dass sein Platz in Staceys Leben bestenfalls äußerst unsicher war. Sie brauchte Zuspruch und Geborgenheit, und er wusste, dass sie beides nicht bei ihm suchen würde. Das Beste, was er jetzt tun konnte, war, die Logistik und Schmutzarbeit bei Justins Rettung zu übernehmen.

Er nickte. »Danke. Ich mache mich auf den Weg, um die Dinge zu holen, die wir brauchen.«

Stacey drehte sich auf dem Stuhl um, damit sie zu ihm aufblicken konnte. »Was für Dinge? Was brauchen wir?«

»Ich werde die Verfolgung deines Sohns aufnehmen. Dafür brauche ich spezielle Ausrüstung.«

Hoffnung schimmerte in ihren Augen. »Ich komme mit.«

»Auf gar keinen Fall«, sagte er mit fester Stimme. »Das ist zu gefährlich. Du brauchst …«

»Erzähl mir nicht, dass es zu gefährlich ist!« Sie sprang auf. »Wo Justin ist, da gehe ich auch hin. Hast du das Grauen in seinem Gesicht gesehen? Hast du diesen Freak gesehen, der neben ihm gesessen und sich hinter dieser verdammten Maske versteckt hat, damit ich der Polizei keine Beschreibung von ihm geben kann?«

»Eine Maske?« Lyssa runzelte die Stirn.

»Ja, Doc. Eine Maske. Mit schwarzen Augen und künstlichen Vampirzähnen. Schon allein der Anblick hat mir einen Schrecken eingejagt. Ich darf mir gar nicht ausmalen, was mein Kleiner durchmacht ...« Staceys erstickte Stimme gehorchte ihr nicht mehr, und sie verstummte.

Connor zog sie eng an sich, weil er gar nicht anders konnte, doch sie wehrte sich und riss sich von ihm los. Sie umrundete die Kücheninsel, als könnte ihn diese Barriere von ihr fernhalten.

Seine Mundpartie spannte sich an, denn ihre Ablehnung traf ihn tief.

»Eine Maske«, flüsterte Lyssa mit weißen Lippen. »O nein!«

Connor konnte sehen, dass sie verstand, was das bedeutete. Er hatte keine Ahnung, wie Rachel die von Albträumen infizierten Wächter beherrschte, doch er bezweifelte so oder so, dass die Leine straff genug war, um Justins Sicherheit über einen längeren Zeitraum zu gewährleisten.

Die Uhr tickte.

Connor steckte das Handy in seine Tasche und wandte sich ab, um zu gehen. »Ich verschwinde.«

Aidan ließ sich auf den Stuhl vor der Reisetasche sinken.

»Ich koche Kaffee«, sagte Lyssa.

»Ich gehe packen«, murmelte Stacey und verließ die Küche.

Connor biss die Zähne zusammen und rannte zur Tür hinaus, wobei er sich auf die bevorstehende Auseinandersetzung vorbereitete. Er würde Stacey nicht in Gefahr bringen. Es war das Beste, wenn sie sich gleich an diesen Gedanken gewöhnte.

Er stieg in Lyssas Roadster und fuhr los.

13

Die Auffahrt von dem massiven schmiedeeisernen Sicherheitstor zum Eingang von McDougals Villa war nicht gerade kurz. Sie war mindestens zwei Meilen lang und wand sich in einer Reihe scharfer Kurven den ziemlich steilen Hügel hinauf. Kameras auf Pfosten richteten sich auf Connor, um sein Vorankommen aufzuzeichnen, eine Vorsichtsmaßnahme, die McDougals Sicherheitsteam gar nicht erst zu verbergen versuchte.

Da er Aidans Erinnerungen gesehen hatte, wusste Connor, dass der eher abschreckende Empfang seinen Freund ein wenig eingeschüchtert hatte, als er das erste Mal hergekommen war. Monate später reagierte Aidan immer noch gereizt darauf, doch da der Job auf einzigartige Weise seinen Erfordernissen entsprach, arrangierte er sich damit. Sein leichtes Unbehagen wurde durch das Honorar und die unbegrenzten Reisekosten, die er auf die Spesenabrechnung setzen konnte, mühelos aufgewogen.

Connor war nicht geneigt, die bevorstehende Aufgabe nervös anzugehen, und diesen Luxus konnte er sich auch gar nicht leisten. Stacey und Justin brauchten ihn, und daher spielte sein persönliches Unbehagen seiner Meinung nach keine Rolle.

Er bog in das kreisförmige Ende der Auffahrt ein und

stellte Lyssas BMW auf dem Parkplatz ab, der Aidan namentlich zugewiesen worden war. Das Haupthaus stand hinter der nächsten Kurve. Dieses kleinere Gebäude war Aidan zur Verfügung gestellt worden.

Wenn sich Aidan hier an die Arbeit machte, stand ein Team von sechs Assistenten bereit, um ihm zu helfen. Da er sich eigentlich in Mexiko aufhalten sollte, war das Gebäude allerdings menschenleer, was Connor perfekt in den Kram passte. Er würde sich die Gegenstände, die er brauchte, »ausleihen«. Allerdings war er ziemlich sicher, dass McDougal das als Diebstahl betrachten würde.

Connor zog Aidans Schlüssel aus der Tasche und schloss die schwere Metalltür auf. Als er sie aufstieß, gingen die Lichter an und erhellten einen mit Linoleum ausgelegten Flur, von dem auf beiden Seiten Räume abgingen, die unterschiedlichen Zwecken dienten.

In mancher Hinsicht erinnerte ihn das sowohl an die Felsengrotte im Zwielicht als auch an die private Galerie im Tempel der Ältesten, wo der Boden zu vielfarbigen Strudeln zerfloss und Ausblicke auf die sternenbesetzte Weite des Alls bot. Er wusste selbst, dass es versponnen war, diese sterile menschliche Umgebung mit den Mysterien des Zwielichts zu vergleichen, doch er konnte das Gefühl eines Déjà-vu nicht abschütteln.

Connor schloss die dritte Tür rechts auf, und der Sensor neben der Tür nahm die Bewegung wahr und schaltete die Lichter an. Im Raum verstreut standen zahlreiche Edelstahltische herum, bedeckt mit elektronischen Geräten in verschiedenen Stadien der Montage. In einem speziell dafür entworfenen Gestell an der Rückwand standen Dutzende silberner Laptops. Dahin ging er zuerst.

Durch Aidans längere Abwesenheit waren sie alle geladen, und daher schnappte sich Connor den ersten, den er fand, und drehte sich um, um ihn in den Computer einzuscannen, der ihn aktivieren würde.

Das hohe Niveau von McDougals Sicherheitsmaßnahmen war sogar für jemanden erstaunlich, der Connors enormes Wissen besaß. Oft fragte er sich, warum der Mann derart vom Altertum fasziniert war und was es mit einer Gegenwart auf sich hatte, die ihm diese neurotische Wachsamkeit einflößte. McDougal empfing nie Besucher und wurde häufig mit Howard Hughes in den späten Stadien seiner Demenz verglichen.

»Wer sind Sie?«

Der Klang von McDougals krächzender Stimme ließ Connor zusammenzucken. Er warf einen Blick hinter sich, doch er war allein im Raum. McDougal sprach durch die kristallklaren Lautsprecher, die in jeder Ecke aufgestellt waren.

»Connor Bruce«, erwiderte er und malte sich aus, wie der Mann wohl aussehen mochte, der zu dieser Stimme gehörte. Es klang fast so, als sei er an ein Beatmungsgerät angeschlossen.

»Sollte ich Sie kennen, Mr. Bruce?«

Mit einem schiefen Lächeln schüttelte Connor den Kopf. »Nein. Ich fürchte, Sie kennen mich nicht, Mr. McDougal.«

»Warum machen Sie sich dann mit meinen kostspieligen Geräten aus dem Staub?«

Connor, der gerade dabei gewesen war, den mittlerweile funktionsfähigen Laptop in seine gepolsterte Hülle zu stecken, hielt inne. Eine einleuchtende Frage. Und er legte genug Wert darauf, dass Aidan seinen Job behielt, um die Wahrheit zu sagen. »Etwas Dringliches hat sich ergeben, und ich brauche Hilfe.«

»Ah ja. Ihr geldgierigen Typen seit nie ganz außer Gefahr, stimmt's?«

»Sie nehmen das gut auf«, bemerkte Connor.

»Welchen Platz nimmt Mr. Cross in Ihrem Plan ein?«

»Ich habe ihm einen schweren Gegenstand über den Schädel gezogen und seinen Wagen und seine Schlüssel gestohlen.«

»Und wie durch ein Wunder kennen Sie sich in meiner Einrichtung aus, als seien Sie schon viele Male hier gewesen?«

»Äh ... so ungefähr.«

Ein langes Zögern war wahrzunehmen, doch Connor blieb weiterhin in Bewegung und sammelte alle Gegenstände ein, die er brauchte, um das Signal von Rachels Handy zurückzuverfolgen. »Ich bin ein sehr wohlhabender Mann, Mr. Bruce.«

»Ja, Sir. Das weiß ich.« Er schnappte sich die Tasche, verließ den Raum und bewegte sich mit kühnen Schritten durch den Flur.

»Dafür gibt es einen guten Grund.«

»Den gibt es gewiss.« Connor tippte den Code ein, der die Tür zum Waffenarsenal öffnete.

»Ich lasse nicht zu, dass man mich ausnutzt.«

Ein Bestätigungssignal ertönte, und die pneumatischen

Schlösser lösten sich mit einem scharfen Zischen. Connor zog die schwere Tür auf und stellte seine Tasche auf den Tisch, der mitten im Raum stand. Das Paradies für einen Scharfschützen.

»Ich nutze Sie nicht aus, Sir.« Er begann, Handfeuerwaffen aus ihren jeweiligen Regalen zu ziehen, und legte sie neben den Laptop. »Ich verspreche, alles zurückzugeben, was ich heute mitnehme.«

»Einschließlich Mr. Cross?«

»Insbesondere Mr. Cross«, sagte Connor und füllte die Magazine mit Munition. »Er wird eine hässliche Beule am Kopf haben, aber ansonsten wird er nicht lädiert sein.«

»Ich bin geneigt, Sie aufzuhalten.«

»Ich bin geneigt, es schwierig für Sie zu gestalten.«

»Während wir miteinander reden, umstellen ein Dutzend bewaffnete Männer das Fahrzeug von Cross.«

Connor streckte eine Hand hinter sich und klopfte über seine Schulter auf den Griff der Glefe.

»Hmm ... Ich habe eine Schwäche für Schwerter«, sagte McDougal.

»Ich auch. Ich kann ziemlich viel Schaden damit anrichten. Schön ist das nicht, und daher zöge ich einen friedlicheren Verlauf vor, wenn Sie nichts dagegen haben.« Connor arbeitete emsig; er kippte die nächste Schachtel Patronen aus und füllte weitere Ladestreifen.

»Sie wissen sich eines Waffenarsenals gut zu bedienen, Mr. Bruce.«

»Für uns geldgierige Typen ist das eine Grundvoraussetzung.«

»Ich könnte mehr Männer wie Sie gebrauchen«, sagte

McDougal, doch in Wahrheit war es eine Forderung. Sie wussten beide, dass Aidan ihm ausgeliefert war. »Ich finde, Sie schulden mir etwas für meine Kooperation – sind Sie nicht auch dieser Meinung?«

»Was wollen Sie?«

»Ihr Einverständnis, dass wir es mit einer Gefälligkeit verrechnen, die Sie mir irgendwann erweisen werden. Das heißt, ich habe etwas gut bei Ihnen. Einen Job meiner Wahl.«

Connor hielt inne und schaute grimmig auf die Waffen in seinen Händen hinunter. Seine Instinkte waren glänzend geschärft, und er traute ihnen. Vorbehaltlos. Im Moment schepperten sie mit enormem Getöse. Er stieß hörbar den Atem aus. »Cross behält seinen Job?«

»Gewiss. Schließlich ist es nicht seine Schuld, dass Sie ihm den Schädel eingebeult haben, stimmt's?«

»Stimmt.«

»Ausgezeichnet!« Die raue Stimme triefte vor Zufriedenheit. »Das höre ich mit dem größten Vergnügen. Vielleicht könnten Sie Unterstützung gebrauchen? Arbeitskräfte? Ausrüstung?«

O ja ... er steckte tief in der Scheiße, wenn McDougal davon ausging, diese zukünftige »Gefälligkeit« sei all das wert. Aber was sollte das jetzt noch?

Scheiß drauf. Wenn er schon einen Handel mit dem Teufel abschloss, dann erwartete er auch, dass für ihn der Gegenwert seiner Seele dabei heraussprang.

»Alles von Ihnen Genannte«, sagte er und machte sich wieder an die Arbeit. »Kann ich auch noch einen Hubschrauber haben?«

Aidan starrte auf das winzige, filigran gearbeitete Dreieck mit seiner ausgeklügelten Gestaltung und fragte sich, welche Bedeutung ihm beizumessen war. Es maß etwa fünf Zentimeter, war dünn und hatte keine Rückwand. Er konnte hindurchsehen, und daher gab es keinen Einsatz, in dem etwas verborgen werden konnte. Hätte er dieses Objekt ohne jede Vorstellungen davon, was es war, gefunden, dann hätte er tatsächlich vermutet, er handele sich um einen Anhänger für eine Kette oder um ein anderes Schmuckstück.

»He.« Lyssa zog den Stuhl neben ihm heraus, setzte sich hin und stellte eine Tasse dampfenden Kaffee vor sich ab. »Ist es das?«

Er zuckte die Achseln und drehte das Buch um, damit sie die Darstellung auf der Seite sehen konnte. »Es handelt sich eindeutig um einen der Gegenstände, die ich zu finden gehofft hatte, aber es gibt Teile, die in Verbindung damit funktionieren, und die haben wir nicht.«

»Wenigstens ist es ein Dreieck«, sagte sie aufmunternd. »Das ist ein gutes Zeichen.«

»Ja, das gibt Grund zur Hoffnung. Ich bin auf eine Erwähnung der Mojave-Wüste gestoßen. Die Koordinaten hier« – er deutete auf die Seite – »weisen in diese Gegend, und die Erwähnungen von Höhlen scheinen es zu bestätigen.«

Sie legte ihre Hand auf seine. »Ich mache mir Sorgen. Ich glaube nicht, dass Stacey es verkraftet, wenn Justin etwas zustößt. Er ist alles, was sie hat.«

»Ich weiß.« Er richtete sich auf dem Stuhl auf. »Die Ältesten sind sehr gut darin, Schwächen zu finden und sie für sich zu nutzen. Ich habe etwas Derartiges vorhergesehen. Ich war bloß nicht darauf vorbereitet, dass es Stacey trifft.«

»Wie hätte das einer von uns wissen können?«

»Connor hat angedeutet, sie könnte aufgrund ihrer Nähe zu dir angreifbar sein. Ich dachte, er verarscht mich und schiebt das nur als Ausrede für sein Interesse an ihr vor. Offenbar habe ich mich geirrt.«

»Ich glaube, er mag sie wirklich.«

»Ja.« Aidan stieß den Atem aus. »Das glaube ich auch.«

»Und was tun wir jetzt?« Sie ließ ihn los und lehnte sich zurück.

»Ich werde mehr Dinge wie dieses hier suchen müssen« – er hielt das filigrane Dreieck hoch – »und das unter Verwendung eines Buches, das geschrieben wurde, als die Landschaft total anders aussah als jetzt. Ich werde ständig unterwegs sein. Wenn Connor und Stacey es schaffen, nach dem, was heute Nacht geschieht, miteinander klarzukommen, wird mir wohler zumute sein. Ich kann nicht ganz allein alle beschützen, Lyssa. Es passiert eine Scheiße nach der anderen.«

»Ich bin nicht sicher, dass seine Hilfe genügen wird, auch wenn ich sie noch sosehr zu schätzen weiß.«

»Das ist wahr.« Aidans Mund kniff sich zu einem grimmigen Strich zusammen. »Wir brauchen Verstärkung. Sowie wir eine Verschnaufpause haben, wird sich Connor hinsetzen und darüber nachdenken müssen, wen wir am besten aus dem Zwielicht rüberholen. Ich habe die Männer nicht mehr gesehen, seit sie Rebellen geworden sind. Ich habe keine Ahnung, wer der Aufgabe gewachsen ist und wer nicht.«

Lyssa beugte sich zu ihm und drückte ihm einen Kuss auf die Wange. »Ich kann kaum glauben, welche Opfer die Wächter für uns bringen.«

»Wir haben es vermurkst, Baby.« Er legte eine Hand in ihren Nacken und rieb seine Nase an ihrer. »Also sind wir dafür verantwortlich, es wieder in Ordnung zu bringen.«

Das Geräusch eines Wagens, der in die Auffahrt bog, zog die Aufmerksamkeit beider auf sich. Dann hörten sie noch einen Wagen. Und noch einen. Sie sprangen auf und rannten zur Haustür. Stacey stand auf der Veranda und beobachtete die Invasion mit ausdrucksloser Miene.

Eine Wagenflotte überschwemmte Staceys Grundstück. Humvees, Magnums, Jeeps und Lieferwagen. Ihre Scheinwerfer wiesen in alle Richtungen, während sie in einem großflächigen Muster den Rasen überzogen.

»Heilige Scheiße«, sagte Lyssa.

»Ich bin wahnsinnig geworden«, murmelte Stacey. Sie trug einen Jogginganzug und hatte die Hände in die Hüften gestemmt. »Eine andere Erklärung kann es für diesen ganzen Irrsinn nicht geben.«

Connor sprang aus dem Wagen, der dem Haus am nächsten stand, einem schwarzen Magnum. Er fing Aidans Blick auf und zuckte die Achseln. »Ich habe Verstärkung mitgebracht.«

»Das kann man wohl sagen.«

Die Dunkelheit eroberte den Garten wieder, als ein Paar Scheinwerfer nach dem anderen ausgeschaltet wurde. Männer und Frauen begannen, aus ihren Fahrzeugen auszusteigen. Heckklappen und Kofferräume wurden geöffnet und Unmengen von Ausrüstungsgegenständen ausgeladen.

Connor kam im Laufschritt die Stufen herauf und scheuchte alle ins Haus. »Dein Haus wird das Hauptquartier sein, Stace«, erklärte er, während er ihr und Lyssa die Tür aufhielt, damit sie eintreten konnten. »In Rachels Handy ist ein Sender eingebaut, der seinen Aufenthaltsort an sie übermittelt. Wenn wir hier unsere Zelte aufschlagen, wird der Eindruck entstehen, wir rührten uns nicht vom Fleck.«

»Tut mit dem verdammten Haus, was ihr wollt«, sagte Stacey, und ihre grünen Augen waren hart und entschlossen. »Solange ich Justin zurückkriege, ist mir alles andere scheißegal.«

Das Fliegengitter wurde geöffnet, und eine Flut von Individuen in Kleidung mit urbanen Tarnmustern strömte herein.

»Als Erstes«, sagte Connor zu der Gruppe, ohne sich an eine bestimmte Person zu wenden, und deutete auf Tommy, »sediert ihr ihn so stark, dass er über einen längeren Zeitraum ruhiggestellt ist.« Er sah Stacey an. »Wir bringen ihn ins Hotel zurück. Kannst du eine Nachricht schreiben, in der steht, Justin hätte dich angerufen und über Heimweh geklagt? Lass dir irgendetwas einfallen – dass du dich nicht mit ihm darüber streiten wolltest, daher bist du gekommen und wieder losgefahren, ohne ihn zu wecken.«

Stacey zog eine Augenbraue hoch.

»Etwas Plausibleres werden wir auf die Schnelle nicht aus dem Ärmel schütteln können«, argumentierte Connor. »Wenn du eine bessere Idee hast, dann lass sie hören.«

»Scheiß drauf.«

»In Ordnung.« Connor warf einen Blick auf Aidan. »Nun?«

»Es ist dreieckig«, erwiderte Aidan, »aber es ist ein kleiner Teil eines größeren Ganzen, und bis ich dahinterkomme, worum es sich bei den anderen Teilen handelt, kann ich mir nicht erklären, wozu es dient.«

Connor fing die Tasche, die ihm von einem von McDougals Männern zugeworfen wurde. »Ich muss mich der neuesten Mode gemäß kleiden, die ihr hier ausgestellt seht.« Er deutete auf die in Schwarz, Weiß und Grau gekleideten Personen um sie herum. »McDougal hatte keine große Auswahl in der Abteilung für Sportbekleidung.«

»Wie zum Teufel hast du all das aufgetrieben?«, fragte Aidan.

»Für eine Gefälligkeit der einen oder anderen Art.«

»Du kannst dich auf meine Mitarbeit verlassen«, sagte Aidan.

»Danke. Ich muss mich umziehen, bevor Rachel anruft. Hoffentlich bekommen wir einen Hinweis auf ihren Aufenthaltsort.«

Connor durchquerte den Flur zum Gästebad, das in einem zarten Meerschaumgrün gehalten war. Stacey mochte Farben, weil sie eine schillernde Persönlichkeit hatte. Daran dachte er, als er sich unter die Dusche stellte, und er dachte auch darüber nach, wie sonderbar es war, dass er sich solche Gedanken über sie machte.

Im Zwielicht gab es eine Wächterin namens Morgan, die für ihn über Jahrhunderte auf Abruf zur Verfügung gestanden hatte. Wenn er einen Quickie ohne Erwartungshaltung und mit noch weniger Gesprächen wollte, dann war sie das Mädchen, auf das er zurückgriff. Dennoch konnte sich Connor, so oft er auch mit ihr geschlafen hatte, nicht daran erinnern, wie ihr Haus eingerichtet war. Er wusste, dass sie Blumen mochte, und er brachte ihr immer einen Strauß mit, aber er wusste nicht, was ihre Lieblingsblume oder ihre Lieblingsfarbe war.

Über Stacey wollte er alles wissen.

Warum gerade sie? Warum gerade jetzt?

»Ach, scheiß drauf!«, murrte er und spülte sich das Shampoo aus dem Haar. Sein Gehirn schmerzte von dem Versuch, seine Gefühle zu verstehen.

Er machte sich etwas aus ihr. Punkt. Warum zum Teufel musste er wissen, warum? Es war einfach so.

Als Connor ein paar Minuten später aus dem dampfenden Badezimmer kam, stellte er fest, dass das Wohnzimmer, die Frühstücksnische und die Küche vollständig beschlagnahmt worden waren.

Das emsige Summen von Gesprächen erstarb schnell. Er runzelte die Stirn, und dann erklärte das leise Trällern eines uninspirierten Klingeltons die anhaltende Stille. Er bewegte sich im Laufschritt zu der Schwelle zwischen Wohnzimmer und Küche. Aidan warf ihm das Telefon zu, sowie er in Sicht kam.

Connor fing es geschickt und klappte es im selben Moment auf. »Ja?«

Ein Kabel verband das Telefon mit dem Laptop auf dem Tisch, der von einer jungen Dame mit streng frisiertem braunem Haar und einem teilnahmslosen Gesicht überwacht wurde. Sie reckte die Daumen in die Luft, um zu signalisieren, dass der Suchlauf gestartet war.

»*Captain Bruce*«, gurrte Rachel, »*habt Ihr die Dreifaltigkeit?*«

»Ein verschnörkeltes goldenes Dreieck?«, erkundigte er sich. »Das habe ich.«

»*Ausgezeichnet. Nachdem sie wohlbehalten in meinem Besitz ist, werde ich jemanden schicken...*«

»Das kommt gar nicht infrage.« Seine Hand schloss sich fester um das Handy. »Zug um Zug. Ich sehe den Jungen lebend, du siehst die Dreifaltigkeit.«

»*Ihr verletzt mich, Captain. Nach allem, was wir gemeinsam durchgemacht haben, traut Ihr mir immer noch nicht?*«

»Nein. Keine Spur.«

»*Nun gut. Wir treffen uns auf dem Parkplatz der Del Mar Mall in Monterey.*«

»Verstanden.« Er warf einen Blick auf das Mädchen am Laptop.

Sie schüttelte den Kopf.

Verflucht noch mal, er musste sie noch etwas länger an der Strippe behalten.

»Rachel? Wie wäre es mit einem kleinen Rat? Der Junge sollte besser keinen einzigen Kratzer haben.« Seine Stimme senkte sich unheilvoll. »Was sonst passiert, wird dir nicht gefallen.«

Connor biss die Zähne zusammen, als Rachel lachte, doch er wartete, bis sie das Gespräch beendete, und schaltete erst dann das Handy aus.

»Die letzten Auswertungen ergaben, dass das Gespräch

nicht aus dem Norden kam«, sagte die Brünette. »Es kam aus der Gegend um Barstow.«

Aidan sah Connor finster an. »Ich glaube, sie ist auf dem Weg in die Mojave-Wüste.«

»Können wir jetzt gehen?«, fragte Stacey, als sie aus der Küche in sein Blickfeld trat.

Sie trug ein geripptes schwarzes Tanktop, eine Tarnhose und Dschungelstiefel. Noch wichtiger war jedoch ihr Gesichtsausdruck. Glühende Augen und vorgeschobene Lippen sagten Connor, es würde heftig werden, sie davon abzubringen, dass sie mitkam. »Warum hilfst du Aidan nicht dabei herauszuknobeln, womit wir es zu tun haben?«, schlug er vor.

»Das hättest du wohl gern«, gab sie zurück. »Aber ich bleibe nicht hier.«

Er sah Aidan wieder an. »Schickst du jemanden rauf nach Monterey?«

Sie kannten einander so gut, dass sie ohne Worte kommunizieren konnten. Die Chancen, dass Rachel sich von ihrem Tauschobjekt trennen würde, waren so gering, dass man sie außer Acht lassen konnte. Justin war bei ihr. Monterey war ein Köder. Da sie drei Stunden brauchen würden, um die Mojave-Wüste zu erreichen, und etliche Stunden, um nach Monterey zu gelangen, wollte sie offenbar Zeit schinden.

»Ich bin kein Idiot«, sagte Stacey und kam auf ihn zu. Ihre Schädeldecke reichte kaum bis an seine Schulter, doch sie stemmte die Hände in die Hüften und wirkte bereit, es trotzdem gegen ihn aufzunehmen. »Du glaubst, du kannst mich nach Monterey mitschicken, stimmt's? In der Mojave-

Wüste ist man schneller, und du hoffst, dass du alles unter Dach und Fach bringen kannst, bevor ich in Gefahr gerate.«

Connor rang darum, sich eine strenge Miene zu bewahren, obwohl er in Wirklichkeit am liebsten gelächelt hätte. »Wenn Justin in Monterey ist, dann wirst du dort sein wollen.«

»Hör zu.« Sie legte den Kopf schräg. »Ich komme mit *dir*. Wenn du nach Monterey fährst, fahre ich auch hin. Wenn du in die Mojave fährst, fahre ich dahin. Jetzt schnapp dir deinen Kram und lass uns aufbrechen.«

Stacey sah Aidan an. »Welchen Wagen nehmen wir?«

»Stace, bitte«, flehte Lyssa. Sie stand von ihrem Stuhl am Ende des kleinen Tischs auf. »Bleib bei mir.«

»Tut mir leid, Doc, aber das geht nicht.«

Connor nahm sie am Arm und führte sie durch das überfüllte Wohnzimmer nach draußen. Am hinteren Ende der Veranda, unter dem Schlafzimmerfenster, blieb er mit ihr stehen, so weit wie möglich entfernt von den stetig herumlaufenden Leuten.

Stacey folgte Connor auf wackligen Beinen. Sie hoffte, ihm fiele nicht auf, wie unsicher ihre Schritte waren. Ihr graute bei dem Gedanken, er könnte eine Möglichkeit finden, sie zurückzulassen. Vielleicht war es unvernünftig, dass sie das Gefühl hatte, bei ihm sein zu müssen, aber sie konnte es nicht abschütteln. Sie fühlte sich fremd in ihrem eigenen Zuhause. Lyssa war ein wandelndes schlechtes Gewissen, und Aidan konzentrierte sich darauf, dass alles glatt ablief. Sie kam sich vor wie eine Außenstehende. Hilflos, verwirrt und wirklich gottverdammt verängstigt.

Connor war ihr einziger Anker in diesem Durcheinander, das ihr Leben war. Er war stoisch und gefasst. Und er war einsatzbereit. Was sollte sie tun, wenn er sie hier zurückließ?

Er blieb stehen und stieß den angehaltenen Atem aus. Das Dach der Veranda verbarg ihn im Schatten, doch in seinen glänzenden Augen sah sie Gefühle, nach denen sie sich sehnte und die sie ihm zugleich übel nahm.

»Stacey«, setzte er mit diesem ausgeprägten irischen Akzent, den sie hinreißend fand, leise an. »Was kann ich tun, um dich dazu zu bringen, dass du hierbleibst?«

»Nichts.« Ihre Stimme klang brüchiger, als ihr lieb war.

»Süße.« Sein gequälter Tonfall brachte sie zum Weinen.

»Du kannst mich nicht hierlassen, Connor. Das kannst du nicht tun.«

Er nahm ihr Gesicht in seine Hände und drückte feste Lippen auf ihre Stirn. »Ich werde nicht klar denken können, wenn du bei mir bist. Ich werde zu große Angst um dich haben.«

»Bitte«, flehte sie. Es war kaum mehr als ein Flüstern. »Bitte, nimm mich mit. Ich werde hier verrückt.«

Er würde Nein sagen, das merkte sie ihm an. Ihre Hände ballten sich in seinem T-Shirt zu Fäusten. Seine Haut war so heiß, dass sie die Feuchtigkeit durch die schwarze Baumwolle fühlen konnte. »Du bist mir etwas schuldig«, sagte sie. »Ich schwöre bei Gott, ich werde es dir nie verzeihen, wenn du mich hier zurücklässt. Wir werden niemals eine Chance haben – du und ich –, wenn du ohne mich fortgehst.«

Sein Körper wurde steif vor Anspannung, und er hob den Kopf. »Haben wir denn überhaupt noch eine Chance?«

Sie schluckte schwer, und ein Schraubstock aus Elend und Sehnsucht quetschte ihr den Brustkorb zusammen.

»Stacey?« Er presste seine leicht geöffneten Lippen auf ihren Mund, und seine Zunge flatterte über den Saum ihrer Lippen.

»Ich weiß es nicht«, hauchte sie an seinen Mund. »Ich kann jetzt nicht über alles nachdenken. Was du bist ... was das bedeutet ... Aber ich brauche dich. Ich muss mit dir zusammen sein.«

Connor rieb seine Schläfe an ihrer und fluchte tonlos. »Du musst auf mich hören. Du musst jeden Befehl befolgen, ohne ihn zu hinterfragen.«

»Ja«, versprach sie und drängte sich enger an ihn. »Ja, alles, was du sagst.«

»Du wirst mich noch umbringen«, murmelte er und fiel mit besitzergreifenden Lippen über ihren Mund her. Seine Daumen strichen über ihre Wangenknochen und wischten die Nässe fort, die ihre Tränen hinterlassen hatten. Er hielt sie beinahe zu fest an sich gedrückt, seine Leidenschaft war ihr fast zu viel.

Und doch war sie ihr willkommen, und auch seine Wärme und seine Kraft waren ihr willkommen, weil sie selbst keine hatte, und all das fehlte ihr, als er sich widerstrebend von ihr löste.

»Lass uns unsere Taschen holen«, sagte er mit einem resignierten Seufzen. »Je eher wir aufbrechen, desto eher werden wir Justin wieder an uns gebracht haben.«

Dankbar hielt sie ihn zurück und küsste ihn noch einmal. »Ich danke dir.«

»Das gefällt mir nicht«, murrte er. »Das gefällt mir überhaupt nicht.«

Aber er würde es trotzdem tun, weil er es ihr nicht abschlagen konnte. Diese Kapitulation hatte etwas Kostbares an sich.

Stacey verstaute das Gefühl sorgsam, um es an einem anderen Tag genauer zu untersuchen.

14

Connor blickte starr auf den Highway und stellte seine Zurechnungsfähigkeit infrage. Offenbar war sie zur Hölle gefahren, denn sonst säße Stacey jetzt nicht neben ihm auf dem Beifahrersitz.

»Dann seid ihr also alle unsterblich?«, fragte sie zaghaft.

Seine Hände schlossen sich fester um das Lenkrad. Der leistungsfähige HEMI-Motor des Magnum ließ sie mit fünfundachtzig Meilen in der Stunde über die Interstate 15 sausen, doch die Unruhe, die an ihm fraß, ließ es für ihn erscheinen, als stünden sie still. Sie erreichten ihr Ziel nicht schnell genug.

»Wir können getötet werden«, sagte er schließlich, »aber das erfordert viel Arbeit.«

»Wirst du Rachel t-töten?«

Er warf ihr einen Seitenblick zu. »Es kann sein, dass ich es tun muss.«

Sie nickte grimmig.

»Ich werde alles tun, was ich kann, damit es sauber und ordentlich abläuft, aber wenn es aufs Ganze geht, können wir es uns nicht leisten zu scheitern.«

»Nein, das können wir nicht.« Sie sah ihn mit einem unsicheren Lächeln an, das beruhigend gemeint war, und sein Herz zog sich schmerzhaft zusammen. »Ich habe mir gedacht, vielleicht kannst du mich gebrauchen, als du mir diese Waffe in die Hand gedrückt und mir erklärt hast, wie ich damit umgehen muss.«

»Das dient zu deinem eigenen Schutz. Mach dir um mich keine Sorgen, Stacey.« Er streckte einen Arm aus und legte seine Hand auf ihre, in der sie die Glock hielt. »Sorg dafür, dass du am Leben bleibst. Das ist das Allerwichtigste.«

Das Schweigen zwischen ihnen zog sich in die Länge. Diese Stille war weder allzu behaglich noch sonderlich unbehaglich.

Sie stieß den Atem aus und drehte sich dann auf dem Sitz zu ihm um. »Ich strecke also beide Arme vor mich und halte sie ganz ruhig, und ich drücke immer wieder auf den Abzug, bis sämtliche Kugeln verbraucht sind. Sogar dann, wenn sie am Boden liegen?«

»Ja, insbesondere dann, wenn sie am Boden liegen. Mit einer Schusswaffe kannst du sie nicht töten. Du kannst sie nur lange genug aufhalten, damit ich ihnen den Rest geben kann.«

»Mit dem Schwert.«

»Richtig. Die meisten Verletzungen heilen bei Wächtern, aber uns wachsen keine Gliedmaßen oder Köpfe nach.«

»Igitt.« Sie erschauerte.

»Und halt die Augen offen. Ich weiß, das klingt so, als verstünde es sich von selbst, aber der Widerhall von Schüssen ruft naturgemäß ein Blinzeln hervor. Auf diese Weise kann ein Schuss danebengehen.«

»Die Augen offen halten. Okay.«

Die Freisprechanlage signalisierte einen eingehenden Anruf, und sie sahen einander an. Connor aktivierte die Verbindung und sagte: »Sag mir bitte, dass du gute Neuigkeiten hast, Cross.«

Aidans irischer Akzent erklang aus den Lautsprechern. »Wir haben die schwarze Limousine geortet. Du hast dir das Nummernschild richtig gemerkt, und das hat uns zu einer Mietwagenfirma in San Diego geführt, die in all ihre Fahrzeuge GPS-Positionsanzeiger eingebaut hat. Du bist ihnen dicht auf den Fersen.«

»Wo?«, rief Stacey aus.

»Sie haben in Barstow angehalten, nicht weit von der Stelle, wo wir das Handysignal verloren haben. Hoffentlich haben sie beschlossen, sich für die Nacht zu verkriechen, und nicht einfach nur den Wagen stehen lassen.«

Connor blickte auf das grüne Autobahnschild, an dem sie gerade vorbeifuhren. »Wir werden in wenigen Minuten in Barstow sein.«

»Ich habe einen Hubschrauber hingeschickt«, sagte Aidan. »Es könnte sein, dass wir ihn brauchen.«

»Stace?« Lyssas Stimme drang voller Sorge durch die Leitung. »Wie läuft es?«

»Alles klar, Doc.«

»Die Mannschaft hier schwärmt in den höchsten Tönen von deinem Apfelkuchen«, sagte Lyssa. »Ich hoffe, du hast nichts dagegen. Ihr seid schon vor ein paar Stunden aufgebrochen, und die Leute werden hungrig.«

»Soll das ein Witz sein?« Stacey lächelte schief. »Sie helfen mir, meinen Jungen zurückzuholen. Ich liebe jeden von ihnen. Sie können essen, was sie wollen.«

»He!«, beschwerte sich Connor, der gemeinsame Sache mit Lyssa machte, um Stacey bei Laune zu halten. »Heb mir ein Stück auf.«

»Keine Sorge.« Stacey legte die Finger auf seinen Unterarm und zog sie dann schnell wieder fort. »Ich backe dir einen eigenen Kuchen. Du brauchst ihn mit niemandem zu teilen.«

Der Blick, mit dem sie ihn ansah, ließ seinen Atem stocken. Er sah Zuneigung in ihren Augen. Ihre Körpersprache sagte ihm, dass sie auf der Hut war, doch ihr Angebot machte ihm Hoffnung.

»Sie streiten sich darüber, wer etwas davon abkriegt«, sagte Lyssa mit einem leisen Lachen. »Zu viele Personen, nicht genug Kuchen.«

»Trotzdem ist er nicht besser als Sex«, beharrte Aidan.

»Das kommt auf den Sex an«, rief jemand im Hintergrund.

Diese Bemerkung zauberte ein echtes Lächeln auf Staceys Gesicht. Es tat Connors Herz gut zu sehen, dass etwas Leben in sie zurückkehrte. Sie war so blass, ihre Augen so groß und ihr üppiger Mund von tiefen Stressfalten umrahmt.

»Wenn ich euch reden höre, bekomme ich Hunger«, klagte er. Er hatte seit dem Frühstück nichts gegessen, und er zog ungern mit leerem Magen in die Schlacht.

»Okay.« Die Wachsamkeit in Aidans Tonfall ließ Connor aufhorchen. »Du wirst die nächste Ausfahrt nehmen.«

Connor warf einen Blick über die Schulter und war sowohl für die zahllosen Träume dankbar, in denen er das Autofahren gelernt hatte, als auch für den schwachen Verkehr. So ziemlich die einzigen Fahrzeuge hinter ihm dienten zu seiner Verstärkung – Lieferwagen mit Säuberungstrupps und Humvees mit bewaffneter Deckung. Eines Tages würde er Aidan fragen, wozu McDougal ein privates Heer brauchte, aber im Moment war er dankbar für die Unterstützung. »Okay, wir sind auf der Abfahrt.«

Aidan steuerte sie von dem Freeway fort und zu einem Motel, das wahrscheinlich noch nie gute Zeiten erlebt hatte und jetzt erst recht nicht gut in Schuss war. Es sah aus, als sei das zweistöckige Gebäude früher einmal in Apricot und Braun gestrichen gewesen, doch in dem gelben Schein der Parkplatzbeleuchtung ließ sich das nicht mit Sicherheit sagen. Der Anstrich war gesprungen und blätterte ab, und die kalifornische Sonne hatte die Farben ausgeblichen.

Connor parkte den Wagen kurz nach dem Etablissement am Straßenrand und sagte: »Wir gehen rein.«

»Sei vorsichtig«, ermahnte ihn Aidan. »Ich weiß, dass du noch nie mit Menschen zusammengearbeitet hast, also hör auf mich. Versuch nicht, alles selbst zu machen. McDougal gibt sein Geld mit Verstand aus. Er engagiert nur die Besten. Verlass dich darauf, dass dein Team seine Arbeit tut. Ich bin ziemlich sicher, dass du für die Hilfe dieser Leute teuer bezahlen wirst, also nutze sie nach Kräften. Ich brauche dich lebend.«

»Verstanden.« Der Befehl war zwar unverblümt erteilt worden, doch Connor war sich über die Freundschaft klar, die hinter den Worten stand, und empfand sie als wohltuend. Er hielt sich in einer fremden Welt auf, aber er war nicht so allein, wie es ihm anfangs vorgekommen war.

Er unterbrach die Verbindung, stieg aus dem Wagen

und sah über das Dach hinweg Stacey an, die ebenfalls ausgestiegen war. Seine Schultern ragten weit über das Wagendach. Sie dagegen war klein und musste sich auf die Zehenspitzen ziehen, damit sie ihn besser sehen konnte.

»Wir werden die Sache folgendermaßen angehen«, begann er. »Zuerst einmal sehen wir uns einfach nur um. Wir nehmen uns den Wagen und die Rezeption vor, um zu sehen, ob sie hier sind oder das Transportmittel gewechselt haben und getürmt sind.«

Sie nickte grimmig.

»Versuch nicht, ein Held zu sein«, sagte sie.

»Ich bin gut, meine Süße, glaube mir. Aber mit mehreren Gegnern und einer gefährdeten Geisel bin ich nicht in der Position, in der ich gegen alle kämpfen und dich im Auge behalten kann. Falls sie tatsächlich hier sind, darfst du dich keiner Gefahr aussetzen, damit ich mich darauf konzentrieren kann, Justin rauszuholen, und nicht stattdessen dir den Arsch retten muss.«

Er sah, wie sehr ihr die Vorstellung zusetzte, ihr Sohn könnte in der Nähe sein – und sie müsste sich dennoch zurückhalten. Trotzdem sagte sie: »Das verstehe ich.«

»Vertraust du mir?« Er bemühte sich gar nicht erst, die Gefühle zu verbergen, die hinter dieser Frage standen. Im Moment war sein Mangel an Distanz sowohl seine größte Stärke als auch sein größter Nachteil.

Stacey kniff die Lippen so fest zusammen, dass sie weiß wurden, dann schimmerten Tränen in ihren Augen.

Connor schlug so fest mit seiner Handfläche auf das Wagendach, dass sie erschrocken zusammenzuckte und nach Luft schnappte.

»Verflucht noch mal! Hör auf, an all die Loser in deiner Vergangenheit zu denken, und denk jetzt an *mich!* Vertraust du *mir?*«

»Wir kennen uns doch kaum, du blöder Arsch!«, schrie sie ihn an. »Benimm dich nicht so, als wären wir schon ewig miteinander bekannt.«

»Ich mache mir viel aus dir, Stacey. Es spielt keine Rolle, wie lange wir uns schon kennen. Dieses Gefühl entsteht hier« – er schlug sich auf den Brustkorb – »und mir ist es wichtig. Ich glaube, wenn du den Versuch aufgeben würdest, dir einzureden, alle Männer seien gleich, dann würdest du begreifen, dass Zeit keine Rolle spielt.«

»Du hast leicht reden, weil dein Leben endlos ist.«

»Ja, klar, und dein Leben ist es nicht, und was tust du damit? Du vergeudest es.« Connor hob eine Hand, als sie ihm ins Wort fallen wollte. »Ich lebe seit Jahrhunderten, Stacey. Ich habe viele Frauen gekannt. Mit manchen habe ich Jahre verbracht. Ich habe Dinge mit ihnen getan, für die ich mit dir bisher noch keine Zeit hatte, und doch weiß ich jetzt schon, dass es diesmal etwas anderes ist.«

Kopfschüttelnd trat er zurück und öffnete die hintere Tür auf der Fahrerseite. »Vergiss es. Ich weiß selbst nicht, warum ich gefragt habe.«

»Ich habe nicht gesagt, dass ich dir nicht vertraue.« Sie kam um das hintere Ende des Wagens herum.

»Du hast aber auch nicht gesagt, dass du es tust.«

Er bedeutete ihr, näher zu kommen, und hielt dann ein Schulterhalfter hoch, damit sie hineinschlüpfte. »Das wirst du tragen, um die Waffe darin aufzubewahren. Verteidige dich, falls es sein muss.« Er zog die Riemen enger, bis das

Halfter straff saß. Dann drehte er Stacey zu sich um. »Aber ich will, dass du vorher fortläufst. Schieß nur, wenn du keine andere Wahl hast. Kapiert?«

»Ja.«

Connor wollte sich abwenden, doch sie hielt ihn am Arm fest. »Ich glaube nicht, dass du irgendeinem anderen Typen ähnelst, den ich jemals gekannt habe.« Ihr Daumen strich unruhig über seine Haut, eine zerstreute Liebkosung.

»Damit hast du verflucht recht«, knurrte er und küsste sie kurz und heftig, ehe sie sich ihm entziehen konnte. »Ich bin der Typ, der dich mürbe machen wird. Der Typ, der dir jedes Mal, wenn er in der Stadt ist, zur Last fällt. Der Typ, der dich bei jeder Gelegenheit, die sich ihm bietet, verführen wird, sogar dann, wenn du Nein sagst ... Blödsinn, vor allem dann, wenn du Nein sagst.«

Stacey blickte mit weit aufgerissenen Augen zu ihm auf und zog mit ihren Zähnen an ihrer Unterlippe.

»Ich kann dir nicht versprechen, dass ich einen Anzug tragen und jeden Abend zum Essen nach Hause kommen werde.« Er schob sie fort, damit er seine Schwertscheide vom Rücksitz nehmen und sie über seinen Rücken hängen konnte. »Aber ich kann dir versprechen, dass du mir wichtig sein wirst. Und ich bin stur, und daher kann ich dir nur raten, dich an mich zu gewöhnen.«

Er zog eine Windjacke aus dem Wagen und drückte sie ihr in die Hand. »Das hilft dabei, die Waffen zu verbergen.« Dann sah er an sich hinunter und stöhnte. »Okay. Wir sehen aus wie Ganoven. Verdammter Mist.«

»Da kann ich mich als nützlich erweisen.« Stacey griff in ihre Taschen und zog zwei knallbunte glitzernde Gummibänder heraus. Wenige Minuten später standen zwei kindliche Rattenschwänzchen von ihrem Kopf ab, und sie hatte grellroten Lippenstift aufgetragen. Sie betrachtete ihr Spiegelbild in der Fensterscheibe des Wagens, um sich ein Lederhalsband anzulegen und es zu schließen. Dann drehte sie sich zu ihm um. »Da schaust du, was?«

Connor zog die Augenbrauen hoch. »Huch!«

Sie zuckte die Achseln. »Ich dachte mir, damit diese Hose es bringt, ist Kreativität gefragt. Also habe ich alles mitgebracht, damit ich schräg genug aussehe, um sie tragen zu können. Was dein Schwert oder die Gorillas angeht, kann ich allerdings nichts tun.« Stacey deutete auf die kleine Armee, die sich ganz in ihrer Nähe zum Aufbruch bereit machte. »Wir werden wohl so tun müssen, als wollten wir zu einem Kostümfest, falls jemand fragt.«

»Klar ... also ... das Halsband gefällt mir.«

Die immense Wertschätzung, die sie in Connors Blick sah, ließ Stacey erschauern. Selbst wenn er stinksauer und frustriert war und unter großem Stress stand, versuchte er noch, ihr Komplimente zu machen. Dafür liebte sie ihn, ungeachtet der Situation zwischen ihnen, und auch dafür, dass er sich genug aus ihr machte, um all das auf sich zu nehmen. Klar, seine »Leute« hatten ein eigennütziges Interesse an dem, was hier vorging. Aber er kämpfte vor allem um Justin und erst in zweiter Linie um die Dreifaltigkeit. Das wusste sie ganz sicher.

»Kann es losgehen?«, fragte sie; die Worte kamen heiser vor Dankbarkeit heraus.

»Sicher.« Connor schloss die Wagentür und nahm Stacey am Ellbogen. Er sah die Männer an, die in der

Nähe warteten, und sagte: »Vier von euch behalten die nähere Umgebung im Auge. Der Rest kommt mit mir.«

Als er sie fortführte, fühlte sie Kraft und Führungsqualitäten in seiner Berührung, und Stacey wusste beides zu würdigen, während sie die Straße überquerten und den Parkplatz des Motels betraten. Das Pflaster war gesprungen und abgenutzt, und die Wagen, die dort parkten, wiesen übermäßige Gebrauchsspuren auf. Viele der Lampen waren entweder aus oder flackerten mit einem ärgerlichen, lautstarken Surren, das Staceys ohnehin schon aufgescheuerte Nerven zum Zerreißen spannte. Der Boden war mit Abfällen verschmutzt, und nicht allzu weit entfernt jaulte ein Hund erbärmlich, eine angemessene Begleitung für eine solche Vernachlässigung.

Insgesamt hatten sie ein Dutzend Männer mitgebracht. Von den acht, die in ihrer Nähe blieben, lösten sich vier von der Gruppe, als Connor mit einer Geste den Befehl erteilte, und begannen sich zwischen den geparkten Wagen durchzuschlängeln.

»Weißt du«, sagte Stacey, »ich kann mir nicht vorstellen, dass Rachel über Nacht an einem solchen Ort hier bleibt. Nicht wenn es in der Stadt haufenweise andere Unterkünfte gibt und die Mojave so nah ist.«

Aus dem Augenwinkel sah sie ihn nicken. »Ich bin deiner Meinung. Wahrscheinlich haben sie den Wagen hier stehen lassen, aber selbst das ist eigenartig. Er würde viel zu sehr auffallen – sieh dir das an, genau das meinte ich. Man kann ihn nicht übersehen.«

Der von Wolken gefilterte Mondschein wurde flimmernd von dem schwarzen Lack zurückgeworfen; das machte es einfach, die Limousine zu finden, obwohl sie in einem unbeleuchteten Winkel des Parkplatzes abgestellt worden war. Sie näherten sich ihr langsam und vorsichtig. Connor übernahm die Führung; Stacey folgte gemeinsam mit den anderen ein paar Schritte hinter ihm.

Wenige Meter vor der Limousine blieb er stehen und deutete auf den dicken Zementsockel, in den eine der nahen Lampen eingelassen war. »Warte dort drüben und hilf beim Ausschauhalten.«

»Wonach halte ich denn Ausschau?«, fragte sie.

»Nach jedem, der sich nähert.« Als er einen der Männer ansah, war sein Blick hart und grimmig. Sie konnte dieser nonverbalen Verständigung nicht folgen. »Ich muss mir den Wagen genauer anschauen, und ich will nicht dabei gestört werden. Sieh dich nach allen Seiten um und horche, damit dir kein verdächtiges Geräusch entgeht.«

Sie war ziemlich sicher, dass er bloß versuchte, sie sich vom Hals zu schaffen, aber sie hatte versprochen, auf ihn zu hören, und genau das würde sie tun.

Ohne ein weiteres Wort kam Stacey seiner Aufforderung nach und folgte dem Typen, der ihr zugeteilt worden war, zum bezeichneten Standort. Dabei behielt sie die Umgebung immer im Auge. Die Laterne, unter der sie stand, befand sich am Ende des Parkplatzes genau in der Mitte, daher hatte sie einen unverstellten Ausblick auf das Anwesen. Außerdem roch es dort grässlich. Sie vermutete, mehr als nur ein paar Tiere – und vielleicht auch Menschen – hatten den abgelegenen Ort als Pissbecken benutzt.

Eine Mischung aus Ekel und Furcht versetzte ihren Magen in Aufruhr. Was auch immer Connor und die anderen mit dem Wagen taten – sie arbeiteten nahezu lautlos. Der Typ neben ihr sagte nichts, und sein Gesicht und seine Augen waren vollkommen ausdruckslos.

Es herrschten eisige Temperaturen, doch Stacey hatte den Verdacht, dass es ihre Furcht war, die sie so heftig zittern ließ. Die Leuchtreklame, die freie Zimmer anpries, blinkte und verlockte sie dazu, einen schnellen Blick auf die Glastür zur Rezeption zu werfen. Die Tür war so schmutzig wie alles andere hier, mit irgendetwas Widerlichem bespritzt und so schmierig, dass sie offenbar seit Jahren nicht mehr abgewaschen worden war.

Connor kehrte so verstohlen zu ihr zurück, dass Stacey ihn fast nicht wahrgenommen hätte. Fragend zog sie die Augenbrauen hoch.

»Lass uns ins Büro gehen«, sagte er mit alarmierendem Eifer, ergriff ihren Ellbogen und zog sie fort.

»Warum?«

»Weil ich es sage.«

Etwas Unterschwelliges in seinem Ton ließ sie über die Schulter blicken. Zwei der Männer blieben in Verteidigungsstellung bei dem Fahrzeug stehen. Sie konnte nicht sehen, was sie mit der Limousine getan hatten – falls sie überhaupt etwas Sichtbares getan hatten.

Dann fiel ihr eine Spiegelung schimmernden Mondscheins ins Auge. Sie wurde langsamer.

Irgendetwas tropfte aus dem Kofferraum auf den Asphalt und bildete eine stetig wachsende Pfütze. Nach der Geschwindigkeit zu urteilen, mit der die Flüssigkeit heraussickerte, war sie dicker als Wasser ...

»O mein Gott!« Sie stolperte, und Connor hielt sie aufrecht, ohne seine Schritte zu verlangsamen. »Was ist in dem Kofferraum?«

»Unser Freund mit den Zähnen.«

Das Herz rutschte ihr in die Hose, und sie schluckte schwer. »Du dachtest, Justin könnte drin sein, stimmt's? Deshalb hast du mich fortgeschickt.«

»Die Möglichkeit bestand.«

Sein Kiefer war verbissen, der Blick starr nach vorn gerichtet, seine Schritte zielstrebig.

»Du glaubst, er ist tot, stimmt's?« Sie hob die Stimme und wollte sich von ihm losreißen. »Was hast du da drinnen gesehen? Sag es mir!«

Connor blieb stehen und riss sie fest an sich. »Sprich leise, verdammt noch mal!«

Mit einem schnellen Ruck seines Kinns bedeutete er den anderen Männern, weiterzugehen. Als sie allein waren, sagte er: »Da ist nichts anderes drin als ein Kopf und ein Körper, und keines von beiden gehört deinem Sohn.«

»O mein Gott ... o mein Gott ...«

»Genau hier kommt dieses Vertrauen ins Spiel, um das ich dich gebeten habe.«

Sie nickte heftig und riss sich los, um gegen das Gefühl von Klaustrophobie anzukämpfen.

»Stace.« Sein irischer Akzent wurde weicher. »Wir gehen jetzt ins Büro. Wir müssen sämtliche Überwachungskameras, die dieses erbärmliche Motel haben könnte, deaktivieren und herausfinden, welche der Zimmer derzeit belegt sind. Dann gehen wir von Tür zu Tür, bis wir sicher sind, dass sie nicht hier sind.«

Stacey krümmte sich keuchend. Vor einem Moment

hatte sie noch gefroren, doch jetzt schwitzte sie. »Du glaubst nicht, dass sie fort sind?«

»Wahrscheinlich sind sie fort, aber wir müssen sicher sein. Komm schon.« Er zog sie hoch und lief weiter. »Du wolltest unbedingt mitkommen; jetzt musst du dich zusammenreißen.«

Wie sollte sie sich zusammenreißen, wenn sie das Gefühl hatte, sie müsste sich jeden Moment übergeben? Die Personen, die ihren Sohn in ihrer Gewalt hatten, waren Leute, die andere köpften und ihre Leichen in Kofferräume stopften. »Mir ist so übel.«

Er fluchte tonlos und blieb wieder stehen. »Tu mir das nicht an«, sagte er barsch. »Ich muss weitermachen. Verstehst du das? Ich habe dir versprochen, dass ich Justin zurückhole. Ich habe dir versprochen, wenn du mir eine Chance gibst, halte ich mein Versprechen. Zwing mich nicht zu scheitern.«

Sie schnappte nach Luft, nickte und verdrängte durch reine Willenskraft entsetzliche Bilder aus ihrem Kopf. Er hatte recht. Sie wusste, dass er recht hatte. Wenn sie jetzt durchdrehte, würde sie alles versauen. »Kapiert.«

Connor zog sie wieder in eine aufrechte Haltung und bog ihr Kinn zum Himmel, um ihre Atemwege zu öffnen und ihr damit ein tieferes Luftholen zu ermöglichen. »Du bist tapfer, meine Süße.« Er drückte ihr einen Kuss auf die Nasenspitze. »Ich bin stolz auf dich. Lass uns jetzt gehen.«

Einen Fuß vor den anderen. Stacey wusste, dass sie es in winzigen Schritten schaffen konnte. Wenigstens glaubte sie das, bis sie die Tür des Büros erreichten und einer der Männer sie abfing.

»Vielleicht sollte die Dame besser draußen bleiben«, sagte er.

In dem Moment erkannte Stacey, dass es sich bei dem Schmutz, mit dem die Glasscheibe bespritzt war, um Blut handelte. Und es war nur eine verschwindend geringe Menge dessen, was den Teil des Empfangsbereichs, den sie sehen konnte, bedeckte.

Sie würgte.

»Du darfst dich nicht übergeben«, knurrte Connor. Er presste ihr eine Hand auf den Mund und zerrte sie fort. Seine Stimme erklang leise und grob direkt neben ihrem Ohr. »Die Behörden werden Ermittlungen anstellen. Du darfst keine DNA-Spuren hinterlassen. Hast du verstanden? Nick mit dem Kopf, wenn du mich verstanden hast.«

Stacey konnte sich nicht rühren. Der Anblick, der sich ihr geboten hatte, hatte sie vor Grauen erstarren lassen.

»Okay.« Er hob sie hoch und trug sie an den Rand der öffentlichen Straße. »Wir bringen dich zum Wagen zurück und schließen dich dort ein. Du hältst die Waffe immer schussbereit ...«

Sie wand sich und schaffte es, dass er sie abstellte. »Ich kriege das hin«, versprach sie ihm. »Ich kann dir helfen.«

»Du bist ein Wrack«, sagte er. »Du wirst verhaftet und wegen Mordes angeklagt werden.«

»Ich werde für euch Schmiere stehen.« Stacey sah, dass er den Kopf schüttelte. Sie legte eine Hand auf seinen Brustkorb und sagte: »Ich werde es mir niemals verzeihen, wenn ich dir nicht helfe.«

»Du kannst mir helfen, indem du Aidan zurückrufst

und ihn auf den neuesten Stand bringst.« Connor nahm ihr Gesicht in beide Hände und sah ihr fest in die Augen. Das Gefühl in den schillernden Tiefen war sogar im Dunkeln zu sehen. »Du bist ein kostbares, heiteres Licht in meinem Leben. Ich will, dass du so bleibst. Lass mich dich wenigstens vor dem Schlimmsten bewahren.«

Sie dachte einen Moment lang darüber nach, konnte aber das Gefühl nicht abschütteln, ihn im Stich zu lassen. Dann blickte sie über seine Schulter auf den Empfang, und ihr Magen rebellierte heftig.

»Ja, du hast recht«, gab sie zu. »Ich verkrafte es nicht. Bring mich zum Wagen zurück. Ich werde anrufen.«

Connor legte die Hand auf ihr Kreuz und führte sie mit so großen Schritten zu dem Magnum, dass sie nur im Dauerlauf mithalten konnte.

»Es tut mir leid«, sagte sie, als er mit der Fernbedienung die Tür öffnete und ihr auf den Beifahrersitz half.

»Was tut dir leid? Dass du das Richtige tust? Dass du deine Grenzen kennst?« Er beugte sich vor und sah ihr in die Augen. »Ich bewundere dich, meine Süße. Ich bin nicht enttäuscht von dir.«

Als er sich aufrichtete, sagte er: »Ich komme zurück. Halte die Waffe auf deinem Schoß in Bereitschaft. Und ruf Aidan an.«

Er schloss die Tür und schaltete mit der Fernbedienung die Alarmanlage wieder ein. Dann war er verschwunden.

Stacey zog den direkten Gebrauch des Handys vor, statt die Freisprechanlage zu benutzen.

Aidan meldete sich sofort. »Was gibt es?«

»He, ich bin es.«

Aidans Stimme wurde sanfter. »He, Stace. Was tut sich bei euch?«

»Wir haben den Wagen gefunden. Der Fahrer ist tot. Er liegt geköpft im Kofferraum. Am Empfang gibt es einen Toten. Oder auch mehrere. Ich konnte nicht reingehen. Alles ist voller Blut. T-tonnen von Blut. Ü-überall ...«

»Ganz ruhig, Stace, es ist alles in Ordnung. Wir kümmern uns darum. Wie hältst du dich? Kommst du klar?«

»Ja.« Sie stieß den Atem aus und warf einen Blick in Richtung Empfang.

»Wo ist Connor?«

»Er sieht gerade nach, welche Zimmer belegt sind.«

Das Büro war in dem Winkel untergebracht, den die Zufahrt und die Straße bildeten. Zwei Außenwände des Foyers waren vollständig verglast und boten sowohl von der Straße als auch vom Motel selbst aus einen Blick in das Innere. Etliche Ständer mit Broschüren und ein Tisch mit einer Tischdecke, auf dem eine Kaffeemaschine stand, verstellten den Blick auf den unteren Teil des Foyers. Während sie hinschaute, sprach Connor mit einem der Männer, der daraufhin nickte und dann auf sie zukam.

»Wo bist du?«

»Er hat mich im Wagen eingeschlossen.«

»Gut. Rühr dich nicht von der Stelle. Weitere Leute sind unterwegs. Sie werden demnächst eintreffen.«

»C-Connor ...« Ihre Stimme brach.

»Mach dir um ihn keine Sorgen«, sagte Aidan nachdrücklich. »Ich habe lange an seiner Seite gekämpft, Stace. Er ist der beste Soldat, den ich kenne. Wenn es mein Kind wäre und ich Hilfe bräuchte, würde ich keinen anderen als ihn auswählen. Er ist verdammt gut.«

Sie nickte ruckhaft.

»Stace? Ist alles in Ordnung mit dir?«

»Ja. Tut mir leid. Ich hatte vergessen, dass du mich nicht sehen kannst.« Ein durchgedrehtes kleines Lachen entrang sich ihr. »Ich kann nicht glauben, dass ich heute Nachmittag einen Kuchen gebacken habe.« *Und mit einem Mann geschlafen habe, der mir weiche Knie macht.*

»Halte durch. Sobald wir das Motel gesichert haben, kannst du mit dem Hubschrauber zurückfliegen.«

Sie schüttelte den Kopf und sagte: »Nein. Ich muss hier sein, wenn sie Justin finden.«

Aidans Seufzen war nicht zu überhören. »Dann hör weiterhin auf Connor.«

»Selbstverständlich.«

Sie beendeten das Gespräch. Stacey blieb in drückender Stille und mit einem Wachposten neben ihrer Wagentür zurück. Sie merkte, dass ihr Herz rasend schnell schlug und ihr Atem flach war, und beides machte sie benommen.

»Himmel«, murrte sie und zwang sich, langsam und locker zu atmen. »Reiß dich zusammen, Stace.«

Ein Lichtschimmer sprang ihr ins Auge.

Da sie ohnehin schon überreizt war, riss sie den Kopf rasch nach links herum, wo der Straßenrand auf eine kleine Böschung traf, die mit Bäumen getüpfelt war.

Dort stand Rachel mit einem grauenhaften Grinsen; ihr einst so schönes Gesicht war ein Albtraum aus Kratzern und Löchern, die einen Menschen umgebracht hätten. Ein großes Stück von ihrer Kopfhaut fehlte, und das Fleisch war so tief eingerissen, dass der Knochen darunter sichtbar war.

Aber das war es nicht, was Stacey dazu brachte, laut zu schreien.

Das volle Ausmaß ihres Grauens galt ihrem Sohn, der schlaff und bewusstlos in einem von Rachels Armen hing. In der anderen Hand hielt die Frau ein heimtückisch wirkendes Schwert.

Der Wachposten, den Staceys durchdringenden Schreie alarmiert hatten, entdeckte das makabre Paar. Er schrie in das Mikrofon seines Headsets und stürmte los. Stacey kämpfte mit der Tür, tastete hektisch nach dem Verschluss und fluchte frustriert, bis das verdammte Ding nachgab und sie endlich freiließ. Sie taumelte aus dem Wagen und keuchte, als Connor an ihr vorbeiraste. Sie versuchte, ihm zu folgen, lief um die Stoßstange herum und würgte heftig.

Der Kopf des enthaupteten Wachpostens rollte vor ihren Füßen aus, die blicklosen Augen und sein aufgerissener Mund für alle Zeiten vor Entsetzen erstarrt.

Als sie aufblickte, sah sie, wie sich ein Schwarm von mindestens einem Dutzend der schaurigen Geschöpfe grinsend auf Connor stürzte. Die Klinge seines Schwerts, das er mit beiden Händen führte, funkelte und blitzte mit außerordentlicher Geschwindigkeit und schlug links und rechts von ihm Gliedmaßen ab. Er kämpfte in einem beweglichen Kreis aus Stahl, wirbelte herum und bog sich in einem tödlichen Tanz. Weitere Wachposten in Tarnkleidung rannten den kurzen Hang hinauf und erschufen eine Szene wie aus einem Horrorfilm.

Stacey nahm das furchterregende Schauspiel benommen wahr und staunte über die Anmut und die Kraft, mit der sich Connor bewegte. Er war so groß und kräftig, und doch waren seine Wendigkeit und sein Tempo beeindruckend. Es gab ihr Zuversicht, ihn mit solcher Geschicklichkeit und Konzentration kämpfen zu sehen. Sie war sicher, dass sie ohne ihn vor Angst gelähmt gewesen wäre. Mit ihm fühlte sie sich zu allem fähig.

Stacey rannte los, steckte die rechte Hand in ihre Windjacke und schlang sie um den Griff der Glock. Sie riss sie aus dem Halfter und schöpfte Trost aus ihrem Gewicht. Sie hatte noch nie in ihrem Leben eine Schusswaffe abgefeuert, aber jetzt war sie mehr als bereit, irgendetwas kurz und klein zu schießen.

Sie stolperte über die Wurzel eines Baums und fiel mit einem schmerzhaften Aufprall, der ihr die Knochen durchrüttelte, auf die Knie. Schwerfällig zog sie sich wieder auf die Füße und hetzte weiter, doch die kurze Verzögerung war ein Glücksfall, da sie ihr Tempo abbremste. Sonst hätte sie nicht die Zeit gefunden, die Schuhsohle neben einem Baum rechts von ihr zu entdecken.

Justins Schuh.

Stacey rannte darauf zu, hob ihn auf, blickte vor sich und sah den anderen.

Der andere Schuh saß noch am Fuß ihres Sohnes.

»Justin!« Sie hastete zu ihm, und ihre freie Hand tastete seinen Körper nach Verletzungen ab. Nach Lebenszeichen. Er war so blass, seine Augen sahen so geschwollen aus, und eine Seite seines Gesichts war mit getrockneten Blutspritzern verkrustet. Sie legte die Pistole hin und rüttelte an seinen Schultern. »Justin! Wach auf, Liebling. Bitte, Liebling, wach auf! Justin!«

Sie klopfte ihm auf den Brustkorb und schlug ihm auf die Wangen. »Liebling. Liebling, tu mir das nicht an. Wach sofort auf! *Justin!*«

Er hustete, und Stacey stieß einen erleichterten Schrei aus. Tränen verschleierten ihre Sicht, und ihr Herz schmerzte, als er sich auf eine Seite rollte und stöhnte. Sie konzentrierte sich so vollständig auf ihn, dass sie die nahende Gefahr übersah, bis es zu spät war. Ein scharfer, tiefer Schmerz traf ihren Arm, und dann breitete sich eisige Kälte in dem Muskel aus. Sie schrie laut auf und schlug wild um sich.

Das animalische Gebrüll einer männlichen Stimme erfüllte die Luft. Sie erhaschte einen flüchtigen Blick auf goldenes Haar, und dann wurde Rachel nach oben gerissen und fortgeschleudert, als wöge sie gar nichts. Die Frau, die geradezu groteske Schäden davongetragen hatte, rollte mit einem gluckernden Lachen davon und überließ es Stacey, die riesige Spritze zu finden, die ihren Bizeps durchbohrt hatte.

»Ich werde zurückkommen, um mir das zu holen, was in dir ist«, zischte die Frau und sprang mit übernatürlicher Kraft in Sicherheit, als Connor ihr mit dem Schwert in der Hand nachsetzte.

»Du verfluchtes Miststück!«, schrie Stacey. Sie griff nach der Pistole und fiel auf den Rücken.

Connor attackierte Rachel und wälzte sich mit ihr auf dem Boden herum. Stacey versuchte verzweifelt, in eine gute Schussposition zu gelangen, doch da die unerträgliche

Kälte durch ihren Arm hinauf und in ihr Gehirn zog, wusste sie, dass sie ohnmächtig werden würde.

Gerade als die Schwärze ihr Gesichtsfeld einzuengen begann, bäumte sich Rachel auf und bot ihr eine perfekte Zielscheibe. Stacey zielte zwischen ihren gespreizten Beinen, feuerte einen Schuss nach dem anderen ab und leerte das ganze Magazin in Rachels brutal zugerichteten Körper. Die Frau wurde von jedem Treffer erschüttert und fiel dann zu Boden.

Lachend.

Als Stacey das Bewusstsein verlor, folgte ihr dieses Gelächter in die Besinnungslosigkeit.

15

»Wie fühlst du dich, Champion?«, fragte Connor, als er sich auf Staceys Sofa neben Justin niederließ und ihm einen riesigen Becher heiße Schokolade in die Hand drückte.

»Mir ist eiskalt.« Dunkle Ringe umgaben die Augen des Jungen mit den geweiteten Pupillen, und seine Haut wies eine ungesunde Blässe auf – Anzeichen eines Schocks. Eine braune Locke fiel ihm in die Stirn und ließ ihn verloren und viel jünger als seine vierzehn Jahre wirken.

»Ich hole dir noch eine Decke.«

Die Haustür stand offen, was das Kältegefühl verstärkte, aber McDougals Männer waren noch dabei, ihre Sachen rauszutragen, und Justin wollte nicht in sein Zimmer gehen. Er zog die Unruhe und das Dröhnen des unbeachteten Fernsehers vor, denn es gab ihm ein Gefühl von Sicherheit, von so vielen Menschen umgeben zu sein.

»Danke, Connor.«

Die Dankbarkeit auf Justins Gesicht traf Connor schwer. Für das, was heute Nacht passiert war, würden die Ältesten bezahlen. Es würde sie teuer zu stehen kommen.

»Gern geschehen.«

Connor zog sich auf die Füße und ging auf den Flur und Justins Zimmer zu. Im Hubschrauber war dem Jungen eine Dosis Propranolol verabreicht worden, und er würde das Medikament für die nächsten zehn Tage viermal täglich nehmen. Die »Pille fürs Vergessen« war noch in der Versuchsphase, aber klinische Tests lieferten Resultate, die Grund zur Hoffnung gaben, und Connor drückte die Daumen, dass das Mittel bei Justin Wunder wirkte.

Der Junge würde sich trotzdem noch an die Geschehnisse erinnern, doch die Gefühle hinter den Erinnerungen würden nicht mehr da sein. Seine Erinnerungen würden sich von seinen Gefühlen lösen und ihn eher zu einem objektiven Beobachter als zu einem emotional vernarbten Opfer machen. Heiler im Zwielicht würden ihm mit dem Rest behilflich sein.

Connor öffnete gerade Justins Schlafzimmertür, als Aidan aus Staceys Schlafzimmer trat. »Wie geht es ihr?«, fragte er, und seine Eingeweide verkrampften sich.

»Ihr Zustand ist stabil, aber sie ist immer noch bewusstlos.« Aidan trat näher zu ihm. »Sie hat etwas in ihrem Gehirn, Bruce. Es ist klein – etwa von der Größe eines Reiskorns –, aber es ist ein Fremdkörper. Es lässt sich unmöglich beurteilen, wie ihr Körper im Lauf der Zeit darauf reagieren wird.«

Connor streckte eine Hand aus, stützte sein Gewicht an der Wand ab und schnappte hörbar nach Luft. »Verdammte Scheiße... Mann.« Er sah seinen Freund hilflos an. »Wissen wir, was es ist?«

»Sie redet im Schlaf.« Aidan wand sich vor Unbehagen. »In der uralten Sprache.«

»*Was?*« Connor fuhr sich mit einer Hand durchs Haar und stöhnte. »Wie kriegen wir es aus ihrem Kopf raus?«

»Medizinisch ist es nicht machbar. Nicht hier auf dieser Daseinsebene, nicht ohne sie zu töten. Die Menschen sind nicht im Besitz der erforderlichen Technologie.«

Die Tür zum Schlafzimmer ging auf, und ein Mann steckte den Kopf hinaus. »Sie ist bei Bewusstsein.«

Connor richtete sich auf. »Kann ich es ihrem Sohn sagen? Kann er sie sehen?«

»Sie ist bei klarem Verstand«, sagte der Mann.

»Sagen Sie ihr, dass ich in einer Minute bei ihr bin, okay?« Connor sah Aidan wieder an. »Ich muss Justin holen.«

Aidan nickte, und Connor eilte zurück ins Wohnzimmer.

»He«, sagte er, als er auf das Sofa zuging. »Deine Mom ist aufgewacht.«

»Kann ich sie sehen?« Justin setzte sich auf und stellte seinen halb leeren Becher auf den Couchtisch.

»Ja, komm schon.« Connor half ihm, unter den drei oder vier Decken herauszukommen, die sich auf ihm türmten, und ging mit ihm zu Staceys Zimmer.

Sie betraten den abgedunkelten Raum so leise wie möglich. Neben dem Bett piepten und blinkten etliche Monitore. Stacey lag dick eingemummelt in der Mitte, eine winzige, zerbrechliche Gestalt, bei deren Anblick sich Connors Brustkorb zuschnürte.

»Hallo, Schätzchen«, flüsterte sie Justin zu und streckte ihm ihre Arme entgegen.

Justin kletterte sofort an ihre Seite und begann zu schluchzen. Stacey fiel in sein Weinen ein, schlang die Arme um ihren Sohn und presste ihre feuchte Wange gegen seinen Kopf.

Der Anblick ließ Connors Augen brennen. Er wandte

den Blick ab und fand Aidan an der Tür vor. Sein Freund bedeutete ihm rüberzukommen, und Connor ging, denn er war froh, von der gefühlvollen Szene abgelenkt zu werden. Es waren Gefühle von der Sorte, die ihn innerlich kaputt machten, weil sie sich wie Messer in seine Eingeweide bohrten.

»Ich habe kurz mit ihr gesprochen«, flüsterte Aidan. »Sie sagt, Rachel hätte die Absicht zurückzukehren, um dieses Ding in ihrem Kopf wieder an sich zu bringen. Was es auch immer ist – sie halten es bei uns für sicherer als bei ihnen.«

Connors gesamter Körper spannte sich. »Vielleicht glauben sie aber auch, wir würden es zerstören, wenn es sich nicht in etwas befände, dessen Verlust uns unerträglich ist. Sag mir, dass McDougals Männer Rachel gefunden haben.«

»Sie haben sie nicht gefunden.« Aidans Miene war ernst. »Sie haben seit eurem Aufbruch die Gegend durchsucht. Es ist keine Spur von ihr zu finden. Trotz ihrer schweren Verletzungen ist es ihr gelungen zu entkommen.«

»Verdammter Scheißdreck!«

»Pass auf, was du sagst«, ermahnte ihn Stacey.

Er drehte sich zu ihr um und sah sie an. Sie erwiderte den Blick mit glitzernden Augen und schob ihre Lippen zu einem Kussmund vor. Ein leiser sehnsüchtiger Laut grollte in seiner Kehle.

»Ich weiß nicht, was ich tun soll«, sagte er und sah Aidan wieder an. »Ich weiß nicht, wohin ich gehen soll oder was ich tun soll oder wie mir zumute sein soll.«

»Du tust, was ich getan habe«, sagte Aidan. »Du vergisst all dieses ›Sollen‹ und wagst den Sprung.«

Connor schnaubte. »Nichts ist jemals so einfach, wenn es um Frauen geht.«

»Ich habe nicht behauptet, es wäre einfach. Aber wenn du sie willst, dann tu dein Bestes, damit etwas daraus wird. Dein Glück ist es wert.«

Glück. Das wünschte sich Connor. Er wünschte es sich mit Stacey. »In Ordnung.« Und ebenso rasch beschloss er: »Dann lass uns sehen, dass wir aus McDougals Männern eine Alarmanlage rausleiern, ehe sie endgültig verschwinden. Die müssen Spitzenprodukte haben. Dieses Haus soll so gut gesichert werden, dass man uns in Fort Knox darum beneidet. Ich werde oft weg sein. Ich muss wissen, dass die beiden bestens geschützt sind.«

»Eine großartige Idee.« Aidan lächelte. Er öffnete die Tür und bedeutete Connor vorauszugehen. »Sehen wir zu, dass wir auf unsere Kosten kommen.«

Stacey erwachte mit brutalen Kopfschmerzen, die ihr den Schädel zu spalten drohten.

Sie presste beide Handflächen auf die Schläfen, wälzte sich herum, wand sich und stöhnte. Sie stieß gegen Justin, und er protestierte murmelnd. Sie flüsterte eine Entschuldigung, wälzte sich in die andere Richtung und fiel seitlich aus dem Bett. Sie landete auf dem Fußboden und schrie auf, biss sich jedoch gleich auf die Unterlippe, um weitere Geräusche zu unterdrücken. Ein rascher Blick auf die Uhr zeigte ihr, dass es kurz vor drei morgens war. So, wie sich ihr Kopf anfühlte, bezweifelte sie, dass sie den nächsten Sonnenaufgang erleben würde.

Sie kroch einen oder zwei Meter voran und stand dann

gezwungenermaßen auf. Es war zu schmerzhaft, sich auf allen vieren vorwärtszubewegen. Wie sie es durch den Flur schaffte, wusste sie selbst nicht, aber in dem offenen Wohnbereich war es kälter als in ihrem Schlafzimmer, und die Kälte linderte das Brennen ihrer Haut.

»Stacey?«

Connors ausgeprägter Akzent wand sich um ihre Wirbelsäule und strömte hinab wie warmer Honig. Erleichterung durchflutete sie und ließ sie fast wieder zu Boden sinken.

»Wo bist du?«, keuchte sie, denn sie fürchtete sich davor, die Augen zu öffnen. Der Mondschein, der durch die Lamellenläden schräg nach oben auf die Decke fiel, war sogar hinter hastig geschlossenen Lidern zu hell. Die volle Wucht des Lichts würde nur das Gefühl verstärken, ein Eispickel durchbohre ihr Gehirn.

»Hier«, ertönte seine tiefe Stimme, »hier bin ich.«

Warme Arme schlangen sich um sie und schmiegten sie an einen harten, nackten Brustkorb, auf dem spärlicher Flaum wuchs.

»Ich bin so froh, dass du geblieben bist.«

»Ich lasse dich nicht allein, meine Süße. Selbst wenn ich nicht hier bin, werde ich nicht wirklich fort sein.«

»Mein Kopf tut weh«, wimmerte sie, und Tränen strömten über ihre Wangen.

»Der Arzt hat Medikamente für dich dagelassen. Lass mich …«

»Nein!« Sie klammerte sich an seinen Hosenbund und erkannte durch die Berührung, dass er eine Jogginghose trug. Der Gedanke, dass er hier war, auf ihrem Sofa schlief und sie beschützte, gab ihr das Gefühl, auf eine Weise geliebt zu werden und in Sicherheit zu sein, wie sie es noch nie zuvor erlebt hatte. »Verlass mich nicht.«

»Süße.« Seine Lippen pressten sich auf ihre Stirn, und der Schmerz ließ etwas nach. »Es bringt mich um, dich weinen zu sehen.«

»Tu das noch mal«, bettelte sie. »Gib mir noch einen Kuss.«

Sein Mund berührte ihre Haut und legte sich diesmal auf ihre geschlossenen Augen und Wimpern, um die Tränen wegzuküssen. Das Pochen in ihrem Kopf ließ nach.

Stacey bog den Hals nach hinten und nahm mit ihren Lippen seinen Mund gefangen. Sowie sie ihn kostete, heizte sich ihr Blut auf und begann zu fließen, und ihr Herz schlug schneller. Wie durch ein Wunder ließ der schmerzhafte Druck nach.

»Stace«, murmelte er in ihren Mund hinein, während sie leidenschaftlicher wurde. »Was tust du da?«

»Ich will dich.«

Sie fühlte das Erstaunen, das ihn überlief, und dann das Begehren, das er nicht beherrschen konnte.

»Du bist verrückt«, sagte er, doch seine Hände lagen auf ihren Hüften, und seine Finger glitten unter ihr Baumwolltop, um die Haut auf ihrem Rücken zu berühren. Seine Berührung war beruhigend und besänftigend.

Je mehr er sie berührte, desto weniger schmerzte ihr Kopf.

»Lieb mich«, flehte sie.

»Justin ...?«

»Die Waschküche hat eine Tür.«

»Du solltest nicht ...«

»Jetzt sofort, Connor!«

»Ach, scheiß drauf.« Er hob sie hoch und trug sie in den hinteren Teil des Hauses. Als sie die Waschküche erreichten, trat er den Wäschekorb aus dem Weg, der die Tür aufhielt, und stieß sie zu. Er setzte Stacey auf den alten Schreibtisch, den sie zum Falten der Wäschestücke benutzte, und starrte sie mit einem versonnenen Lächeln und glühendem Blick an. »Und was nun?«

In ihrem Hinterkopf ertönte ein durchdringendes Kreischen, das quietschenden Reifen ähnelte. »Hör nicht auf, mich anzufassen.«

Connor stützte seine Hände zu beiden Seiten ihrer Hüften auf, um sie zwischen sich und dem Schreibtisch einzuzwängen, und knabberte zart an ihrem Hals. »Sag mir, was du brauchst, Süße.«

Sie griff nach ihm und umarmte ihn. Unter ihren Handflächen fühlte sie heiße, seidenweiche Haut, die sich über unruhigen Muskeln spannte, und sie schmolz innerlich. Sie stöhnte, als seine Zähne an ihrem Ohrläppchen knabberten. »Ich brauche dich.«

»Du hast mich.« Er presste sie auf den Tisch zurück, und seine Hand glitt zwischen ihre Beine. Trotz der dicken Tarnhose hatten seine Fingerspitzen keine Schwierigkeiten damit, ihr zu geben, was sie wollte. »Ich gehe nicht weg. Wir werden es irgendwie hinkriegen.«

»Ja ... oh, das tut gut ...«

»Mhm«, stimmte er ihr zu und öffnete geschickt den Knopf an ihrer Hose, ehe er den Reißverschluss runterzog. Die ganze Zeit über taten seine Lippen, seine Zunge und seine Zähne wunderbare Dinge mit der zarten Haut an ihrer Kehle, und seine andere Hand hielt ihren Hinterkopf, sodass sein großer, harter Körper buchstäblich um ihren geschlungen war. Die Geräusche in ihrem Kopf verstummten. Vielleicht wurden sie aber auch vom Rauschen des Bluts in ihren Ohren übertönt.

»Connor.« Sein Geruch drang in ihre Nase. Einen solchen Duft gab es kein zweites Mal auf Erden – würzig und exotisch. Fremdartig. Sie liebte diesen Geruch. Ihr ureigener Traummann.

Er hatte recht; Zeit spielte keine Rolle. Was zählte, war, wie sie sich fühlte, wenn sie mit ihm zusammen war. Er war ein standhafter Fels gewesen, als sie ihn brauchte, und sie wusste, dass er es immer sein würde. So war er nun mal.

Als seine Hand unter ihren Slip glitt, keuchte sie auf.

»Wie geht es deinem Kopf?« Seine Stimme war so glutvoll wie die Sünde, sein Akzent ausgeprägt und vor Lust triefend.

»Ich ... ich ...«

»Tut dein Kopf noch weh?« Connor küsste sie mit glühender Leidenschaft, und seine Zunge, die über ihre glitt, lenkte sie gekonnt von allem anderen ab. Ein raues, gereiztes Knurren erhob sich in seinem Brustkorb, als sie an seinen Fingerspitzen feucht wurde.

»O Gott.« Stacey stöhnte und kniff die Augen fest zu, als er einen Finger in sie hineingleiten ließ. »Fick mich, bitte! Mach schnell.«

Er brachte ihre verzweifelten Rufe mit seinem Mund zum Verstummen und schmiegte sie sanft an sich, als er sie flach auf den Schreibtisch legte. Er zog ihre Hose bis zu den Knien hinunter, hob ihre Beine, die dicht nebeneinander waren, in die Luft und lehnte sie an seine Schulter. Als sie seine warme, glatte, seidige Eichel fühlte, wand sich Stacey vor Gier, denn sie wollte ihn in sich fühlen.

»Ganz ruhig, meine Süße ... du bekommst, was du willst«, schnurrte er.

Ihre Hände schlangen sich um die abgerundete Kante des Schreibtischs, als sein dicker Schwanz in sie hineinstieß. Sie schrie auf und wölbte sich ihm in ihrer Lust entgegen. In dieser Haltung war sie eng, und das zwang ihn, sich mit kurzen, heftigen Stößen einen Weg in sie zu bahnen.

Wimmernd vor Lust rang sie darum, alles, was er hatte, in sich aufzunehmen. »Für diese Stellung bist du zu groß«, keuchte sie.

»Du wirst mich aufnehmen.« Er ließ seine Hüften kreisen und glitt tiefer in sie hinein. Rückte vor, zog sich zurück und erhob Zentimeter für Zentimeter Anspruch auf ihren Körper. Jeder Vorstoß war die reinste Qual und tat doch so unbeschreiblich gut.

Ihre Nägel krallten in das Holz der Tischplatte, als er sie tiefer liebkoste und seine breite Eichel diese gierige Stelle in ihrem Innern massierte, die nie genug von ihm bekommen konnte.

»Stacey«, ächzte er mit rauer Stimme, während er ruckhaft seine Hüften bewegte. »Deine Muschi ist in dieser Haltung so verflucht eng. Wie eine heiße, feuchte Faust. Das tut verdammt gut. Ich glaube, ich könnte kommen, ehe ich ganz in dir drin bin.«

»Wage es bloß nicht!« Sie legte die Hände auf ihre

schmerzenden Brüste und drückte zu. »Du hast damit angefangen. Also bring es zu Ende.«

»Keine Sorge, ich werde es bestimmt zu Ende bringen.« Sein prachtvolles Gesicht war gerötet, seine Augen glutvoll, die Stirn von einem Schweißfilm bedeckt. »Verdammter Mist ... ja ... ich werde es zu Ende bringen. Tief in dir.«

Lieber Gott, ob sie das überleben würde?

Er trieb sie in die Raserei, als er fester und schneller zustieß. Der Bund seiner Jogginghose, die nur bis auf seine Hüften runtergezogen war, rieb sich an ihren Schenkeln. Der Anblick war enorm erotisch, und dasselbe galt auch für ihre Haltung, gefesselt und für seine Lust in Stellung gebracht. Seine Hüften kreisten und stießen immer wieder zu, rein und raus. Ihre Möse krampfte sich um seinen Schwanz, am Rande des Orgasmus.

Staceys Rücken wölbte sich durch, und ihr ganzer Körper spannte sich erwartungsvoll an. Das war es, was sie brauchte. Was sie wollte. Mit ihm verbunden zu sein und von ihm begehrt zu werden. »Ja ...«

Connor berührte sie tiefer, und seine schweren Hoden klatschten rhythmisch gegen die Rundung ihres Hinterns und brachten ihre Muschi dazu, sich enger um ihn zusammenzuziehen. Ihre Augen sahen ihn unter schweren Lidern an und betrachteten seine von der Leidenschaft geröteten Gesichtszüge und die goldene Haarlocke, die ihm in die Stirn fiel. Der Griff, mit dem er sie mühelos hielt, ließ seinen Bizeps und die Brustmuskulatur deutlich hervortreten. Seine Bauchmuskulatur spielte wundervoll unter seiner goldenen Haut, während er sie fickte, und Schweiß ließ ihn glitzern.

»Du gehörst mir«, stieß er durch zusammengebissene Zähne hervor. »Ich werde dich behalten.«

Seine Besitzansprüche erregten sie und gaben ihr den letzten Anstoß, den sie brauchte, um zum Höhepunkt zu gelangen. Stacey biss sich auf die Unterlippe, um nicht laut aufzuschreien, als der Orgasmus ihren gesamten Körper straff anspannte.

Connor ächzte und mühte sich durch ihre Zuckungen. Er erhöhte das Tempo, bis sie glaubte, sie würde jeden Moment vor Lust kreischen. Nur die nahe Tür und der Wunsch, ungestört zu bleiben, zwangen sie zu schweigen.

Sie fühlte, wie er anschwoll und unvorstellbar hart wurde, und dann stöhnte er: »*Stacey*...«

Seine Hüften trafen auf ihre wie ein Presslufthammer und erschütterten den alten Schreibtisch, und seine Finger gruben sich in das Fleisch ihrer Schenkel. Sein Schwanz zuckte heftig, spritzte dann ab und füllte sie mit einem dickflüssigen Glutstrom. Er nahm sie weiterhin, durchdrang ihre Muschi, die sich zusammenzog, und entleerte seine Lust und seine Liebe tief in ihrem Inneren.

»Verdammter Mist«, keuchte er, als es vorbei war, und lehnte seine Wange an ihre Wade. »Du wirst mich noch umbringen.«

»Mein Kopf tut nicht mehr weh«, brachte sie in atemlosem Erstaunen hervor.

»Ich kann meinen Kopf nicht mal mehr fühlen«, erwiderte Connor. »Ich glaube, du hast ihn mir weggesprengt.«

Sie lachte, erfüllt von weiblichem Triumph.

Connor zog sich aus ihrem Körper zurück. Er trocknete seinen Schwanz mit einem Handtuch ab, das in der Nähe herumlag, zog seine Jogginghose hoch und widmete sich dann ihr, um sie sorgfältig zu säubern und ihre Kleidung zu richten.

»Komm her, Kleines.« Connors Stimme war von Zärtlichkeit erfüllt, während er sie in seine Arme zog.

Stacey hielt sich an ihm fest. »Ich glaube, ich bin dabei, mich in dich zu verlieben«, gestand sie schüchtern. »Ich hoffe, du flippst jetzt nicht aus. Ich habe nun mal den Hang, mich Hals über Kopf in Dinge zu stürzen, und bei dir...«

Seine Lippen pressten sich auf ihre, um ihrem Wortschwall Einhalt zu gebieten. »Mach schon«, drängte er sie heiser. »Du brauchst den Kopfsprung nicht zu fürchten. Ich springe mit dir.«

16

Philip Wager starrte mit weit aufgerissenen Augen die Daten auf dem Bildschirm an, und sein Herz klopfte rasend schnell, geradezu fieberhaft und verzweifelt. Seine Finger umklammerten den Rand der Konsole so fest, dass seine Knöchel weiß hervortraten und er sich zwang, seinen Griff zu lockern. Er stieß den Stuhl zurück und stand auf.

»Verdammter Mist«, flüsterte er, während sich sein Gehirn damit herumschlug zu begreifen, was er vor sich sah. »Das ist unmöglich.«

»Offensichtlich nicht«, murmelte eine Stimme direkt hinter ihm.

Er wirbelte zu seinem Besucher herum, und der Anblick des Mannes, der dort stand, ließ ihn innerlich zusammenzucken. Seine Glefe befand sich außer Reichweite hinter ihm, und daher war er der Spitze der Klinge, die auf seinen Brustkorb gerichtet war, hilflos ausgeliefert. »Ältester Sheron«, erwiderte er und warf über die Schulter unter der grauen Kutte hinweg einen Blick auf den Höhlengang. Er suchte nach einem möglichen Zugang. Oder nach Hilfe. Allerdings war nichts davon in Sicht.

»Wager«, begrüßte ihn Sheron munter.

»Wie seid Ihr hier reingekommen?«

»Ich kann mir überall Zutritt verschaffen. Ich war nicht am Bau des Zwielichts beteiligt, aber jede Nachrüstung und Verbesserung, die innerhalb der letzten Jahrhunderte an der Matrix vorgenommen wurde, stammt von mir.«

Philips Herzschlag stotterte, als er den Wert eines solchen Wissens überdachte.

»Wie ich sehe, weißt du die Möglichkeiten zu würdigen.« Sherons Stimme war vom Stolz eines Mentors erfüllt. »Die meisten der Ältesten haben es vorgezogen, ihre Aufmerksamkeit auf das Aufstellen von Regeln zu konzentrieren. Das halten sie für die Quelle unserer Autorität. Ich wusste jedoch, dass unsere wahre Macht unserer Fähigkeit entsprungen ist, das Zwielicht zu erschaffen. Daher wollte ich alles darüber wissen. Das wurde als die am wenigsten erstrebenswerte Aufgabe angesehen, und daher stand es mir frei zu tun, was ich wollte.«

»Ihr habt das Virus eingeschleust.« Philip gingen Hunderte Fragen durch den Kopf, aber die Antwort auf diese kannte er mit Sicherheit.

»Ja, und ich wusste immer, dass du derjenige sein würdest, der tief genug graben würde, um es zu finden. Ich habe versucht, dich eliminieren zu lassen, aber die anderen wollten nichts davon hören. Sie kannten meine Gründe nicht, verstehst du. Für ihr Empfinden war es Strafe genug, dir für deine vermeintlichen Vergehen, die ich selbstverständlich übertrieben habe, Beförderungen zu versagen.« Der Älteste tat es mit einer verächtlichen Handbewegung ab. »Da du keinen Zugang zu den Einrichtungen hattest, die erforderlich waren, um mir auf die Schliche zu kommen, habe ich es auf sich beruhen lassen. Aber mir war bewusst, dass es eines Tages zu diesem Moment kommen würde.«

»Was habt Ihr vor?«, fragte Philip und wich zu seiner Glefe zurück, die in ihrer Scheide auf einem Tisch in der Ecke lag. »Ihr müsst es über Jahrhunderte geplant haben.«

Sheron hob eine Hand, stieß seine Kapuze zurück und zeigte ein schauriges Lächeln. »Ja. So ist es. Und deshalb kann ich nicht zulassen, dass du alles verdirbst. All diese Äonen des Wartens auf den richtigen Augenblick, in denen ich meine Spielfiguren langsam, aber zielstrebig auf dem Brett verschoben habe. Kannst du dir vorstellen, wie viel Geduld dafür erforderlich war? Jetzt stehe ich ganz dicht davor. Aber du könntest in einem einzigen Moment alles zerstören.«

»Erklärt mir, was Ihr im Schilde führt«, beschwor ihn Philip, der immer noch zurückwich und hoffte, er käme nah genug an seine Glefe heran, um sich darauf zu stürzen und sich zu verteidigen. »Ich kann Euch helfen.«

»Du gehst davon aus, meine Motive seien altruistisch und du würdest mir helfen wollen. Aber vielleicht hoffst du auch einfach nur, mich abzulenken, damit ich nicht merke, dass du dich deiner Waffe näherst.«

Philip blieb still stehen und zuckte die Achseln.

Sheron lachte.

»Falls es dich tröstet«, sagte der Älteste, »kann ich dir versichern, dass dein Opfer dem Gemeinwohl dienen wird.«

»Ach wirklich?«, brachte Philip gedehnt hervor. »Und ich dachte schon, Ihr wolltet mich einfach nur daran hindern, jedem zu erzählen, dass Ihr eine halb sterbliche Tochter habt.«

»Das kommt noch dazu. Es gibt nur zwei Personen, die das wissen, und das ist eine zu viel.«

»Sie ist die Partnerin eines der Wächter.« Vielleicht waren seine Gedankengänge abwegiger, aber für Philip waren die in dieser Verbindung angelegten Möglichkeiten sowohl mannigfaltig als auch erschreckend. »War das von Anfang an Eure Absicht?«

Sheron packte seine Glefe entschlossener. »Ich bitte um Entschuldigung, Lieutenant. Die Zeit drängt. Ich muss Euch jetzt töten. Ich kann nicht bleiben und plaudern.«

Philip ging abwehrbereit in die Hocke.

Der Älteste warf sich zu einem Todesstoß nach vorn.

17

Stacey nahm den Fuß vom Gaspedal, als ihr Wagen sich ihrem Haus näherte, und kostete mit etwas Abstand den Blick auf ihre Familie aus. Connor stand wie ein goldener Gott im Licht der untergehenden Sonne; auf seinem nackten Rücken glitzerte der Schweiß seiner Anstrengungen, und sein kräftiger Bizeps zeigte ein wunderbares Muskelspiel, während er eine weitere Schraube in den weißen Lattenzaun bohrte, der rasch den alten Maschendraht ersetzte.

Von dem Moment an, als der Immobilienmakler ihr das Haus gezeigt hatte, war sie der Meinung gewesen, die moderne Umzäunung vermindere seinen idyllischen Charme. Connor, der sie so gut kannte, hatte sie damit überrascht, dass er gestern, während sie arbeiten gegangen war, das Ganze in Angriff genommen hatte. Er tat ständig solche Dinge – er ahnte ihre Wünsche und arbeitete daran, sie zu erfüllen. Das war eines der vielen Dinge, die sie an ihm liebte.

Während sie zusah, kam Justin in Sicht, ebenfalls ohne Hemd. Er reichte Connor die nächste Schraube, und dann gab Connor ihm den Bohrer. Mit unendlicher Geduld setzte ihr Traummann ihrem Sohn eine Schutzbrille auf und zeigte ihm, wie man den Akkubohrer benutzte. Justin befestigte ganz allein den Rest der Zaunlatte. Dann trat er zurück, um voller Stolz das Werk seiner Hände zu bewundern, wobei sich seine jugendlichen Gesichtszüge verwandelten.

Die Anstrengung, die erforderlich war, um ihrer Liebe standzuhalten, schnürte Staceys Brustkorb zu. Ihre Augen wurden feucht, und ihre Nase begann zu laufen. Sie griff nach einem Papiertaschentuch und zwang sich, tief und regelmäßig durchzuatmen. Wenn sie sich zu sehr aufregte, fing ihre Nase an zu bluten, eine Nebenwirkung der Gehirninjektion, von der sie nicht wollte, dass Connor sich deswegen Sorgen machte.

Als nähme er das Gewicht ihrer Blicke wahr, hob Connor den Kopf und sah sie. Er grinste und winkte. Stacey sammelte sich, stieg aufs Gaspedal und fuhr auf das Haus zu, bog in die Auffahrt ein und schaltete den Motor aus. Connor öffnete die Tür und half ihr aus dem Wagen, ehe sie auch nur die Zeit gefunden hatte, den Schlüssel aus dem Zündschloss zu ziehen.

»Du hast mir gefehlt«, polterte er und zerrte gerade so kräftig an ihr, dass sie an ihn stieß. »Und ich bin ganz vernarrt in diesen Kittel.«

Sie lachte und fand ihn albern, doch sie war froh, dass er es war. Sie hielt sich selbst für ein bisschen übergeschnappt und fand es großartig, ihr Leben mit einem Mann zu verbringen, der ausgerechnet diesen Teil von ihr mit Komplimenten überhäufte. »Das sagst du über all meine Arbeitskittel.«

»Ja, aber den hier mag ich ganz besonders gern. Er ist sexy.«

Stacey hob beide Augenbrauen und schaute auf ihre

Kleidung hinunter. »Irgendetwas mache ich wohl falsch, wenn zwei Zeichentrickhunde deiner Vorstellung von sexy entsprechen.«

»Ah, aber sieh dir doch die Glupschaugen von diesem Hundemädchen an und wie es mit diesen langen Wimpern klappert, wenn es den Hundejungen ansieht. *Das* ist romantisch.«

Stacey schüttelte den Kopf und blickte zu ihm auf; sie sonnte sich in dem warmen, liebevollen Glanz seiner Augen. »Romantisch ist sexy?«

»Das kannst du laut sagen«, murmelte er, ehe er sie rasch und heftig auf den Mund küsste. Als er sich von ihr löste, war sein Blick glutvoll vor Verlangen. »Mehr als dich küssen kann ich nicht, wenn Justin in der Nähe ist. Sogar davon dreht sich ihm der Magen um, sagt er.«

»Heute Nacht gehörst du mir«, antwortete sie und gab ihm einen Klaps auf den Hintern.

»Darauf kannst du wetten.« Connor nahm sie an der Hand und zog sie in Richtung Haus. »Ich muss dir etwas zeigen.«

»Ach ja?«

Jedes Mal, wenn er ihr etwas »zeigte«, war sie davon hin und weg. Seine Suche nach den Artefakten zwang ihn, häufig Reisen zu unternehmen, aber er dachte immer an sie, während er unterwegs war. Das wusste sie, weil er sie so oft anrief und ihr so viele Geschenke mitbrachte. Sie wusste nicht, wie er das hinkriegte, aber er schaffte es, diese Geschenke während seiner viel zu kurzen Aufenthalte zu Hause eins nach dem anderen hervorzuzaubern. Stacey wusste, dass sie niemals die Geduld gehabt hätte, die dafür erforderlich war. Aber sie musste zugeben, dass es auf diese Art viel mehr Spaß machte.

Er führte sie durch das Wohnzimmer ins Schlafzimmer und schloss die Tür hinter ihnen.

»Was ist mit Justin?«, rief sie ihm ins Gedächtnis, doch sie fühlte, wie sich ihr Blut trotzdem aufheizte. Connors Vorstellung von einem Quickie stellte den sexuellen Marathon jedes anderen Mannes in den Schatten. Einmal waren sie auf dem Weg zur Haustür gewesen, weil sie ihn zum Flughafen fahren wollte, als er beschlossen hatte, er müsse sich – *noch einmal* – intimer von ihr verabschieden ... Er hatte keine halbe Minute gebraucht, um sich seines Handgepäcks und seiner Hose zu entledigen und ihr die Hose auszuziehen, die sie unter ihrem Arbeitskittel trug. Keine fünf Minuten später hatte er sie dazu gebracht, Lustschreie in den Polstern ihres Sofas zu ersticken, während er sie schnell und wild von hinten nahm.

»Er wartet auf mich.« Von seinem Lächeln wurde ihr ganz anders. »Wir werden diese Seite der Einfahrt vor Sonnenuntergang fertigstellen.«

Connor warf ihre Handtasche und ihre Schlüssel auf das Bett, griff dann nach dem Saum ihres T-Shirts und zog es ihr über den Kopf. Augenblicklich tauchte er in das Tal zwischen ihren Brüsten ein und schnupperte dort.

»Mmh ... du riechst gut«, ertönte sein gedämpftes Lob.

»Du bist verrückt.«

»Im Ernst.« Er hob den Kopf und zog eine Augenbraue hoch. »Du und dein gedeckter Apfelkuchen – das sind in dieser stinkenden Welt die beiden Dinge, die am besten riechen.«

Lachend fuhr sie mit den Fingern durch sein dichtes Haar. »Die Welt stinkt nicht.«

»Wen willst du hier verarschen?« Er griff nach ihrem Hosenbund und zog ihr die Hose runter, und während sie ihre Turnschuhe von den Füßen trat, nahm er sich einen Moment Zeit, um zu bewundern, was er freigelegt hatte. »Also, wenn *das* nicht sexy ist.«

»Besser als Zeichentrickhunde?« Sie sah ihn mit klappernden Wimpern an.

Ihr Körper war derzeit ziemlich gut in Form, denn wenn Connor zu Hause war, sorgte er dafür, dass sie ein beträchtliches Konditionstraining absolvierte, und wenn er fort war, verwendete sie zusätzliche Sorgfalt auf ihr Äußeres. Sie vertraute ihm vorbehaltlos und wusste, dass er sie mit jedem Quadratzentimeter seines großen Herzens liebte, und sie sah den Beweis seines aufgestauten Verlangens und die Lust in seinen Augen, sobald er am Flughafen einen ersten Blick auf sie erhaschte.

Aber sie vergaß auch nie, dass der Mann überirdisch schön war. Wenn er prachtvoll für sie aussah, dann war es nicht zu viel verlangt, dass sie versuchte, sich dafür zu revanchieren. Das war das Mindeste, was sie tun konnte.

»Vielleicht«, sagte er mit einem schelmischen Achselzucken.

Ihr Mund sprang auf, als sie die Beleidigte spielte, und er griff um sie herum und öffnete den Verschluss ihres BHs.

»Okay.« Sein irischer Akzent wurde beim Anblick ihrer nackten Brüste stärker. »*Das* hier ist eindeutig besser als Zeichentrickhunde.«

»Tja, das ist wenigstens etwas, vermute ich.«

»Aber nicht *das* Etwas«, neckte er sie, als er sich hinkauerte und ihren Slip mit sich hinunterzog. Connor drückte einen Kuss auf ihren Beckenknochen und stand auf. »Komm schon.«

Mit seiner Hand in ihrem Kreuz dirigierte er sie zum Badezimmer. Dort erwartete sie ihr neuer Whirlpool mit automatischer Heizung, mit dampfendem Wasser gefüllt und von Kerzen umgeben. Eine metallene Ablage reichte von einer Seite der Wanne zur anderen. Darauf standen eine kleine Kristallglasvase mit Stargazer-Lilien – ihren Lieblingsblumen – und eine schwungvoll geöffnete Schachtel Edelpralinen.

»Wie hübsch!« Sie stieß einen Pfiff aus und berechnete in Gedanken Tage und Daten, um sich zu erinnern, ob sie sich ein Jubiläum oder einen besonderen Anlass merken sollte. Sie zuckte zusammen, weil sie einen schmerzhaften Stich im Kopf fühlte, und gab den Versuch augenblicklich auf. Jetzt war nicht der richtige Zeitpunkt für Nasenbluten.

Wer hätte gedacht, dass das menschliche Gehirn nur eine bestimmte Menge an Informationen verkraften konnte, bevor es platzte? Gott sei Dank behielt jemand im Zwielicht sie im Auge. Lieutenant Wager hatte sie unterbewusst dazu gezwungen, eines Nachts, als Connor fort war, im Schlaf eine Mitteilung an sich selbst zu schreiben.

Ich arbeite daran. Halte durch.

P.S.: Wow! Was für Unmengen von tollem Zeug du hier drinnen hast!

Wie dem auch sein mochte. Stacey war jedenfalls wohler zumute, seit sie wusste, dass jemand aktiv daran arbeitete, ihr zu helfen. Sie konnte nicht wissen, was sie getan hätte, wenn sie Wager nicht gehabt hätte. Der Versuch, den Schaden zu beheben, würde Connor in den Wahnsinn treiben, und sie wusste, dass er nichts tun konnte. Das sagten ihr die Äonen von Informationen, die sie in ihrem Schädel hatte. Irgendwie mussten sie die Daten aus ihrem Kopf herausholen, und nur die Elite im Zwielicht besaß die erforderliche Technologie.

»Es gefällt dir?«, fragte Connor strahlend.

»Und wie«, bestätigte sie und wandte ihm das Gesicht zu, ehe sie sich auf die Zehenspitzen zog, um ihn zu küssen. »Was ist der Anlass?«

»Das ist das Etwas.«

»Das Bad ist nicht das Etwas?«

»Nee.« Er hielt ihr seine Hand hin und half ihr in die Wanne.

Nachdem sie mit einem lustvollen Seufzer im Wasser versunken war, griff Connor nach einem bereitliegenden Feuerzeug und zündete sämtliche Kerzen an. Dann drückte er ihr einen Kuss auf die Stirn und sagte: »Ich bin bald wieder da.«

Er verließ den Raum, und Stacey lag einen Moment lang in dem warmen Wasser und versuchte dahinterzukommen, was er aushecke. Ihr Blick schweifte um die Wanne herum; ihr Herz war prallvoll, und doch war ihr gleichzeitig ganz leicht zumute. Sie streckte die Hand nach einer Praline aus und hielt in der Bewegung inne, als ihr das zusammengefaltete Blatt Papier unter der Goldfolie der Pralinenschachtel auffiel. Neugierig zog sie es heraus und faltete es auseinander.

Antrag auf Heiratserlaubnis.
Stacey erstarrte.

Die Spalte mit den Informationen über den Ehemann war mit klaren, forschen Druckbuchstaben ausgefüllt.

Sie atmete langsam und bedächtig aus und grinste dann breit. Vielleicht träumten manche Frauen von romantischen Liebeserklärungen, Smokings und großen Gesten. Connors Geste war für sie in Ordnung, weil sie von Herzen kam. Sie wusste, dass er Schwierigkeiten damit hatte, seine Gefühle in Worte zu fassen, aber er hatte keine Schwierigkeiten damit, ihr zu zeigen, was er empfand. Nachdem sie es ihr Leben lang mit Schmeichlern zu tun gehabt hatte, denen es an Substanz gefehlt hatte, begeisterte es sie, einen Mann zu haben, der zu so viel mehr als bloß wohlklingenden, nichtssagenden Phrasen fähig war.

Von draußen hörte sie Connors tiefe Stimme auf der Veranda. Wahrscheinlich erklärte er Justin etwas. Stacey war grenzenlos erstaunt über Connors Freude am Lehren und sein Geschick darin. Es war eine natürliche Ausweitung seiner Rücksicht. Er sagte gern, er sei ein Muskelprotz und geistig keine große Leuchte, doch sie glaubte, was ihn ausmachte, war vor allem sein großes Herz.

Vor Zufriedenheit seufzend legte sie das kostbare Blatt Papier sorgfältig wieder hin und begann sich zu waschen; sie bereitete ihren Körper auf die lange Liebesnacht vor, von der sie wusste, dass sie bevorstand.

»Hat dieses verträumte Lächeln das zu bedeuten, was ich vermute?«

Als sie den Kopf drehte, sah sie Connor mit nassem Haar und einem Handtuch um die Hüften im Türrahmen lehnen. Der Anblick erinnerte sie an ihre erste gemeinsame Nacht und ließ ihre Pulsfrequenz in die Höhe schnellen. Sie liebte es, wenn er so scharf auf sie war, dass er keine Minute mehr darauf warten konnte, in ihr zu sein. Nach dem Zelt zu urteilen, zu dem sein Schwanz das Frotteetuch aufstellte, sah es so aus, als stünde er dicht davor, den Fall so zu sehen.

»Hat dieses Blatt Papier das zu bedeuten, was ich vermute?«, gab sie mit einem frechen Zwinkern zurück.

»Falls du meinst, es bedeutet, dass ich dich liebe und dich in jeder Hinsicht zu meiner Frau machen möchte, ja. Dann siehst du das richtig.«

»Ich will dich.« Der heisere Tonfall, der sich in ihre Stimme eingeschlichen hatte, ließ keinen Zweifel daran bestehen, was sie wollte. Sie war machtlos dagegen. Jedes Mal, wenn er das Wort »Liebe« aussprach, stellte sich bei ihr als instinktive Reaktion das Verlangen ein, sich um ihn zu schlingen. Ihn festzuhalten und sich von ihm festhalten zu lassen. Zu fühlen, wie sein wunderschöner Körper sich anspannte, wenn er sie lange und heftig fickte. »Ist es schon neun Uhr?«

Sein bedächtiges sinnliches Lächeln löste ein Erschauern tief in ihrem Unterleib aus. »Nein. Aber Lyssa und Aidan sind gerade mit Justin aufgebrochen. Er wird heute Nacht bei ihnen bleiben.« Connor zog rasch an dem Handtuch, ließ es fallen und enthüllte seinen herrlichen Schwanz. »Um neun Uhr wirst du mich anflehen, dich Atem holen zu lassen.«

»Ach ja?« Sie leckte sich die Lippen, als er näher kam, und drehte sich, um sich auf ihre Knie aufzurichten.

»Ach ja«, bestätigte er und beugte sich über sie, um auf den Schalter zu drücken und die Düsen anzustellen.

Sie hatten die alte Dusche und Wanne ersetzt, als er eingezogen war, um Platz für ihn zu schaffen. Connor hatte etliche Artefakte an McDougal verkauft, was ihnen eine beträchtliche Summe eingebracht hatte. Sie hätten in ein größeres und moderneres Haus ziehen können, doch das wollte keiner von ihnen. Stattdessen zogen sie es vor, ihr vorhandenes Haus herzurichten.

Als Connor in die Wanne steigen wollte, hielt sie ihn auf. »Warte.«

Er spannte sich an, und als sein Schwanz noch mehr anschwoll, wusste sie, dass ihm klar war, was sie wollte.

»Liebes ...« Seine Stimme klang so gequält, dass ihre Brustwarzen hart wurden. Er *liebte* es, wenn sie ihm einen blies. Er liebte es auf eine Weise, die dazu führte, dass sie es liebend gern tat. Bei Connor machte sie das so scharf, dass sie das Gefühl hatte zu schmelzen.

Sie packte seine Erektion mit tropfnassen Händen und zog seinen hochgereckten Schwanz zu ihrem wartenden Mund hinunter. Ihre Zunge schoss heraus und leckte ihn um das winzige Loch in der Spitze herum, und er erschauerte heftig.

»Stace«, hauchte er, und seine Hände glitten durch ihr vom Wasser geglättetes Haar. »Du bringst mich um.«

Das Lächeln, mit dem sie ihn bedachte, war voller Schalk. »Ein Glück, dass du unsterblich bist, was?«

Sie öffnete den Mund, saugte den dicken Schopf gerade nur hinein und ließ ihre Zunge neckisch über die empfindliche Stelle direkt unter der Eichel flattern. Connors kräftige Schenkel zitterten, und sie griff mit einer Hand um ihn herum und legte sie auf seinen Arsch.

»Ja«, stieß er durch zusammengebissene Zähne aus und bewegte behutsam die Hüften. »Dein Mund ist so geil ... und wie du meinen Schwanz leckst ...«

Wenn es ihr möglich gewesen wäre, hätte sie gelächelt. Sie liebte es, wie er sie lobte und wie sanft seine Hände sogar in größter Leidenschaft über ihre Kopfhaut glitten. Sie verdoppelte ihre Bemühungen, ihm Freude zu machen, saugte stärker an ihm und knetete mit ihren Fingern seine festen Arschbacken. Ihr Kopf bewegte sich auf und ab, während ihr Mund über den pochenden Schaft glitt und sein Stöhnen und seine kehligen Schreie als Anhaltspunkte benutzte. Sie nahm ihn so tief es ging in sich auf, bis er ans Ende ihrer Kehle stieß.

»Verflucht. Oh, verflucht, das tut ja so verdammt gut, Stace.«

Sie zog den Kopf zurück, leckte ihn und ließ die Zunge um seine von den Säften glitschige Eichel gleiten. Mit ihrer Zungenspitze fuhr sie jede pochende Ader nach. Sie legte ihre Hände um seine Eier und rollte sie zärtlich, bevor sie ihren Finger weiter nach hinten streckte und seinen Damm massierte.

Er keuchte, fluchte und schwoll immer mehr an. Sie stöhnte vor Lust, und schon allein bei der Vorstellung, dieser große Schwanz würde in sie eintauchen, wurde ihre Muschi feucht und heiß.

»Ich werde kommen«, warnte er sie und fickte ihren Mund mit unkontrollierten Stößen, die nur deswegen nicht so tief eindrangen, weil er seine Faust um das untere Ende seines Schwanzes geschlungen hatte.

Sie hätte den Kopf zurückziehen und sich von ihm bis zum Ziel reiten lassen können. Er liebte auch das und würde sich nicht beklagen, aber sie wollte es genauso haben. Sie wollte fühlen, wie er völlig die Fassung verlor, und das ging am besten, wenn sich nicht die Hälfte seiner Konzentration auf *ihren* Höhepunkt richtete. Sie summte einen ermutigenden Laut, und Connor knurrte.

»Das war's«, brachte er mit seinem ausgeprägten irischen Akzent hervor. »Lutsch meinen Schwanz, Süße. Lass mich kommen. Ich stehe so dicht davor... *Mist*... ja, genau *so... Stace!*«

Connor spritzte einen harten, dicken Strahl ab, und die heiseren Schreie, mit denen er kam, erfüllten das Badezimmer mit einer sinnlichen Musik, die zu hören sie nie müde werden würde. Er riss sich los und zog sie auf die Füße, wobei ein Schwall Samen auf ihren Brustkorb traf, ehe er ihren Hintern auf den Wannenrand drückte und sich in ihre gierig zupackende Muschi stieß.

Sie schrie auf, verblüfft über ihre Lust, denn es war herrlich, ihn tief in ihrem Inneren pulsieren zu fühlen. Er schlang seinen großen, kräftigen Körper um sie und presste seine Stirn, auf der ein Schweißfilm stand, in ihre Halsbeuge. »Ich liebe dich.«

»Connor.« Stacey schlang ihre Arme um ihn und hielt ihn eng an sich gedrückt. »Ich liebe dich auch, Baby.«

Sein Brustkorb zuckte an ihr und vibrierte dann heftig, als er das Gelächter hinausließ. »Ich bin Jahrhunderte älter als du, meine Süße.«

»Eine reine Frage der Auslegung«, murmelte sie und leckte seinen Geschmack von ihren Lippen.

»Ich habe in meinen vielen Lebensjahren eine Menge gelernt«, schnurrte er. Dann richtete er sich auf und ließ seine Hüften kreisen. Sie keuchte, als sich von der Stelle in ihrem Inneren aus, die er streichelte, Glut in konzentrischen Kreisen ausbreitete. »Das hier zum Beispiel.«

Er zog sich aus ihr zurück und stieß leicht in sie hinein. Dann zog er sich wieder zurück und stieß tief zu. Stacey wand sich und glitt auf dem nassen Wannenrand aus. Connor packte sie und hielt ihre Hüften mit seinen Händen fest. »Fühlt sich das gut an?«

Er fickte ihre Muschi mit atemberaubenden Stößen, da er genau wusste, worauf er sich konzentrieren musste, damit sie um mehr flehte. Mit der erhitzten Länge seines steinharten Schwanzes drückte er ihr sein Brandzeichen von innen nach außen auf. Sein erster Orgasmus hatte ihn keine Spur schrumpfen lassen. Der Mann besaß unglaubliche Ausdauer. Zum Glück hatte er sich mit dem richtigen Mädchen zusammengetan, denn sie nahm alles, was er hatte, und wollte dann ...

»... mehr«, drängte sie, und ihre Nägel gruben sich in seine Haut.

»Aber du bist so eng. Ich glaube nicht, dass du mehr von mir in dich aufnehmen kannst.« In seinem Lächeln drückte sich männliche Befriedigung aus.

Stacey spannte alles in ihrem Inneren an, nur um zu beobachten, wie seine Augen glutvoll wurden und seine Wangen sich röteten. »Ich kann dich in mich aufnehmen, Großer.«

Er stieß sie nach hinten und stützte seine Hände zu beiden Seiten von ihr auf. »Mit den Füßen in einem Whirlpool voller Badeschaum habe ich nichts, wogegen ich mich stemmen kann.«

»Ausreden, nichts als Ausreden.« Sie stützte ihre Arme hinter sich auf und schlang die Beine um seine Hüften. »Es ist ein Glück für uns beide, dass ich trainiert habe.«

Sie spannte ihre Muskeln an, hob den Hintern und ließ sich auf seinen Schwanz gleiten.

»Verflucht«, keuchte er, und seine Bauchmuskulatur zog sich fest zusammen. »Das fühlt sich verdammt gut an.«

Sie schmollte. »Ich will kommen.«

»Dein Wunsch ist mir Befehl.« Connor schob die Hand zwischen ihre Körper, legte seinen Daumen auf ihre Klitoris, ließ ihn kreisen und rieb sie, während sein Schwanz langsam und vorsichtig in sie stieß.

»Ja«, flüsterte sie, fasziniert von dem Gefühl, gedehnt zu werden, damit er in sie hineinpasste. »O Gott, ja!«

Ihr Höhepunkt ließ sie erschauern, und er flüsterte ihr, wie er es immer tat, unanständige Wörter zu, die ihren Orgasmus in die Länge zogen.

»So schön. Diese süße kleine Möse, die an meinem Schwanz saugt.« Connor streichelte sie weiterhin, während die Muskeln in ihrem Inneren zuckend zupackten. »Ich werde dich ins Bett bringen und dich so reiten, wie ich es will. Hart und tief.«

»Tu das«, schluchzte sie und klammerte sich an ihn, als sich ihr Körper in Wonne auflöste.

Sie hatte keine Ahnung, wie sie es ins Bett schafften. Sie erinnerte sich nur noch daran, an einen festen Brustkorb geschmiegt zu werden, in dem ein kräftiges Herz unter ihrem Ohr schlug, und dann an etwas Zartes und Kühles unter ihrem feuchten Rücken, als er sie auf Rosenblüten bettete.

»Heirate mich«, sagte er und steckte ihr einen antiken Smaragdring an den Finger. »Lass mich dich für immer lieben.«

»Ja.« Sie schrie leise auf und wölbte sich unter ihm, als er in sie hineinglitt und sich mit ihr vereinigte.

Das stärkte sie beide. Gemeinsam waren sie stark.

Glossar

CHOZUYA: Ein Brunnen am Eingang zum *Jinja* (Shinto-Schrein), wo Schöpfkellen Gästen die Möglichkeit bieten, sich vor dem Betreten der Haupttempelanlage zu reinigen.

GLEFE: Spätmittelalterliche Lanze mit einer schwertförmigen Ausbuchtung an der Spitze.

HAIDEN: Der einzige Teil eines Shinto-Schreins, der für die Allgemeinheit zugänglich ist.

HONDEN: Das Allerheiligste in einem Shinto-Schrein. Im Allgemeinen ist es für die Öffentlichkeit nicht zugänglich.

JINA: Im allgemeinen Sprachgebrauch bezieht sich *Jinja* oft auf die Gebäude eines Schreins.

SHOJI: In der traditionellen Architektur Japans ist ein Shoji ein Raumteiler oder eine Tür, die aus *Washi*, also Reispapier, besteht, das über einen hölzernen Rahmen gespannt ist. Shoji-Türen sind oft so entworfen, dass sie aufgeschoben werden oder in der Mitte faltbar sind, um

Raum zu erhalten, der für eine Schwingtür erforderlich wäre.

SLIPSTREAMS: Breite Strahlen beweglichen Lichts, die Ströme unterbewusster Gedanken darstellen.

TAZZA: Kelch

TORII: Als Tor zu einem Shinto-Schrein (*Jinja*) markiert der Torii heiligen Boden, die Pforte zwischen der physischen und der spirituellen Welt.

Danksagung

Mein Dank für ihre kritischen Anmerkungen geht an meine Schriftstellerkollegin Annette McCleave (www.Annette McCleave.com), die mir geholfen hat, den Schwerpunkt für den Beginn dieses Buchs zu finden.

Umarmungen gehen an fabelhafte Autorinnen und liebe Freundinnen: Renee Luke, Sasha White und Jordan Summers, die immer für einen Schwatz zu haben waren, wenn ich jemanden brauchte, der zuhört, mich bemitleidet und mir einen schnellen Tritt in den Hintern gibt.

Und an meine Schwester Samara Day, die mich und meine Aversion erträgt, am Telefon zu reden.

Du bist eines der kostbaren Lichter in meinem Leben, Sam. Ich habe dich vom Tage deiner Geburt an von ganzem Herzen geliebt. Da du zu einer Frau herangewachsen bist, die ich bewundere und respektiere, liebe ich dich heute umso mehr. Du bist ein Segen, und ich bin dankbar für jeden Tag.